U0577152

一个人的旅行

孙洪然　著

北京日报出版社

图书在版编目（CIP）数据

一个人的旅行 / 孙洪然著 . -- 北京 ： 北京日报出
版社，2022.4
（新时代散文）
ISBN 978-7-5477-4131-3

Ⅰ．①一… Ⅱ．①孙… Ⅲ．①散文集－中国－当代
Ⅳ．①I267

中国版本图书馆 CIP 数据核字（2021）第 228994 号

一个人的旅行

出版发行： 北京日报出版社
地　　址： 北京市东城区东单三条8-16号东方广场东配楼四层
邮政编码： 100005
电　　话： 发行部：（010）65255876
　　　　　　 总编室：（010）65252135
印　　刷： 成都市兴雅致印务有限责任公司
经　　销： 各地新华书店
版　　次： 2022年4月第1版
　　　　　　 2022年4月第1次印刷
开　　本： 880毫米×1230毫米　　 1/32
印　　张： 8.5
字　　数： 195千字
定　　价： 49.80元

版权所有，侵权必究，未经许可，不得转载

序

倾听自己的声音

王清平

　　陆续拜读完洪然先生的《一个人的旅行》，随手做了近万字笔记，现在回头整理这些笔记，想说的话很多。

　　与许多传统游记散文不同，《一个人的旅行》虽然写了作者个人多年的旅行，从天南地北，到乡村田野，足迹清晰，线路明确，但是，书中数十篇游记散文更像是作者洪然的思想旅程，记录了他对生命的感情，对世界的看法，对大自然的敬畏。与洪然先生儒雅清秀的形象一样，每一篇游记散文都精致得像一颗百香果，优美隽永的文字饱含着深刻的思想，总是那么深邃，那么耐人寻味。

　　许多人创作游记散文总是以新奇的目光打量异地的自然山水，进而抒发对祖国大好河山的赞美之情，然而，洪然先生的游记散文基本上看不到那种空泛苍白的抒情，充盈于作品字里行间的满是对世态人性的思考，时常伴以家国情怀的忧思。读来令人过目不忘。

思想深邃　爱憎分明

旅游，作为产业，越来越火。每年节假日，各大景区人头攒动，熙熙攘攘。人，为什么旅游？难道只为了拉动旅游产业发展？从个体而言，大都是出于自身需求。旅游带给人的愉悦的确是窝在家里难以想象的。但"一个人的旅行"又会是怎样的一种旅行？弱水三千，只取一瓢饮。洪然先生用一本书的篇幅写了"我"一个人的旅行，回答了人为什么旅游等问题。

非常欣喜地看到，洪然先生的游记散文与众不同。全书每一篇散文都有作者自己的身影，更有作者自己的心跳。无论置身于名山大川，还是徜徉在家乡田园，绝大多数时候是一个人在旅行，即便不是一个人也都是写自己的所见所闻和独立思考。

洪然先生的独立思考主要集中在几对矛盾上：古与今，真与假，美与丑，善与恶，商与学，诚与诈，智与愚，现实与理想等。因为世俗遮蔽了灵性，或现实褫夺了理想，又或奸诈欺压了诚信，再或丑恶愚弄了美善，总之，本书中充满了许多这样的矛盾。但是，作者的观点无疑都是热情讴歌真善美、无情鞭挞假丑恶。一个予予独行的天涯孤旅，面对着大自然和古人的馈赠，常有思古之情，常念民生之疾，常怀天下之忧，不能不佩服洪然先生的高洁思想境界。

"念天地之悠悠，独怆然而涕下！"阅读《一个人的旅行》常常想起这两句古诗。至于为什么总是一个人在旅行，也许是时间宽裕，也许是世事烦心寻找解脱，但是，正像本书中所引用的那句话："只有在一个人旅行时，才能听得到自己的声音。"

这大概算是解读本书的一把钥匙吧！

那么，只属于一个人的旅途会有怎样的坎坷？远离家乡的游子又能听到自己什么样的心声？那些心声为什么不能在写家乡的散文中出现？数十篇游记散文里又闪烁着怎样的智慧光芒和思想锋芒呢？

本书的许多篇章都非常精彩。这里只就《初见平遥》《悬空寺，避不开的市井》重点谈谈。

洪然先生第一次到平遥旅游，看到的不只是晋商辉煌的过往，还有导游不时提醒的"下一个景点更精彩"。其实，下一个景点还是购物。作者本人是个背包客，不想购买更多的土特产，用导游的"诚信"比较曾经辉煌的晋商之"诚信"，哪里还能找到晋商的影子？从晋商的历史遗迹与现实对比中，从平遥想到遥远的"吾乡"，作者心绪难宁，感慨万千。平遥之旅给了作者什么收获？"两个半小时，伴着秋风行走，甩着汗水凝望，蜻蜓点水站立，如一次短暂而害羞的相亲，和平遥只有朦胧的一面之缘。"这种感受独特而又新鲜。

我也去过平遥，也是来去匆匆，感慨大体与洪然先生一致，只不过是"朦胧的一面之缘"，但我没有留下只言片语，因为我没有更多新鲜的感受，而洪然先生以"短暂而害羞的相亲"打比方，俏皮而新颖，咀嚼这样的句子，醍醐灌顶。

《悬空寺，避不开的市井》几乎承袭了作者类似的感受。在悬空寺旅游，身处大山深处，脚踏千年悬空寺，心里想着佛、道、儒。与其说是一次寻古之旅，不如说是一次心灵之旅。面对眼前的"人头攒动，比世间的喧嚣更甚，扰了佛的清净，拆了道的无为"。这是与《初见平遥》相似的观点，作者抓住了现实与古迹之间的矛盾，在结尾处，作者又从比较中抒发了内心的感觉："今天，在这里，佛法愈显慈悲，道经愈显精微，儒学愈显深厚，我心愈显虔诚。走过千里山川，越过千年沧桑，只为千年古寺，独尝千种艰辛。徘徊在翠屏峰下，伫立峡谷，抬头仰望烟雾弥锁的空中楼宇，虽人流如织，繁杂喧嚣，可我的尘心已失，失却在悬空寺那霭霭迷香里，失却在袅袅梵音中。"

由此不难看出，《一个人的旅行》不是完全意义上的游记，而是一次又一次的思考之旅、心灵之旅。旅行为思考插上了翅膀，背负着思绪在飞；景点为思想提供了容器，思想因美景而丰厚；路途为爱憎拉开了距离，纵横交织着爱恨情仇。洪然先生借旅行之名，抒独立思考之实，倾听了自己的思想之声，就像自称是"一个孤独散步者"的法国思想家卢梭，为读者奉献出一道思想盛宴。

谋篇新奇　别出心裁

洪然先生长期从事散文创作，在散文的谋篇布局上煞费苦心，十分讲究。就像他展示给世人的做人做事风格一样，严谨细腻，一丝不苟，尽力而为，争取出新。

从全书七辑看洪然先生的布局。统一从地域角度出发，由远及近，从外向内，"我"像一个风筝，从家乡放飞，先是天南地北，后是江南，再到省内苏北，最后是泗洪的乡镇和自己工作的地方。如果说本书是一个圆的话，圆心就是"我"和家乡，一圈一圈放大到祖国的天南地北。从中不难看出洪然先生谋篇布局的良苦用心。"第一辑　天南地北"，足迹留在祖国的天南地北；"第二辑　雪域西藏"，记述了一次西藏之行；而"第三辑　皖南风情"和"第四辑　江南茶味"，又集中笔墨记录江南风情和茶事；"第五辑　楚风汉韵""第六辑　水韵家园""第七辑　美丽乡村"，重点写了家乡周边游和家乡游。整本书平衡有度，稳重大气。

每一篇游记散文的谋篇布局更是很有讲究，真的令我佩服。拜读洪然先生的游记散文有一种感觉，虽然游记元素齐全，时间、线路、景点、感受，一样不少，但总体感觉不完全是游记，每一篇皆结构紧凑，构思巧妙。有的记述为主，有的议论为主，有的描写为主，篇篇不同。有的开头直奔主题，先入为主；有的移步换景，卒章显志；有的总分结合，夹叙夹议，各有各的妙处。我一直认为游记是散文中最难写的体裁，因为很难不落俗套。但纵观洪然先生本书的作品，几乎没有雷同。作为一个长期从事教育工作的作家，做到这一点十分难得。

就说《一个人的旅行》吧，洪然先生是怎么构思这篇游记散文的呢？出乎我的意料。这是一次真实的旅行，目的地是河南的云台山。但是，这又是一次幻想的旅行，因为没有一处实景可以求证。这更是一次寻找自我甚至寻求救赎的旅行，因为千回百转地在向一个人诉说。这样的游记很少见。车行驶在陌生的土地上，不知道下一站会是哪里，哪里有路哪里就是出口吧，没有方向，没有目的地，没有时间，也许连自己都没有了。洪然先生一连用了七个"假如你在"，抒发了一个人旅行的孤独和渴求。是对爱人的回忆吗？是对亲人的思念吗？似乎都不像。但意象告诉我，这是对旅行的渴望，更是对爱情、亲情的渴望。独自驾车疾驰在高速公路上，七个"假如你在"仿佛七帧画面在眼前闪过，伴着自驾游的进程，在山间的中巴车上，在山峰上，在骤然而至的山雨中，在异乡的不眠之夜里，因为眼前晃动着"你"的影子，让"我"对眼前的景和人，耳畔的风和雨，不能说是熟视无睹，但总感觉少了温润的色彩和温暖的情怀。每一个"假如"都是真实存在过的，只不过因为失去而变成了回忆；每一个"假如"都是充满欢声笑语的，只不过如今独自听着自己的声音；每一个"假如"又都是浪漫的，但似乎又没有特定的指向。是天涯海角的初恋，还是失之交臂的情人，始终给人一种朦胧的美感和猜想。因此，我说，与其说这是一篇游记，还不如说是一篇抒情散文，"假如你在"的排比式段落，不断强化着"一个人的旅行"的意义。这样的谋篇布局是不是煞费苦心，别出心裁？

另一篇《我在大湖等你》也是一篇优美的写景抒情散文，分节向客人介绍洪泽湖畔家乡的风情和人文。作者巧妙地设想一个"你"要来，而这个"你"因文学而与作者结识，并在微信上探讨过人生等话题，而作者提前向"你"描述家乡的汴河、洪泽湖、湿地公园、抗日根据地等。"你"就像一条线串起了家乡的美景，如果没有"你"这个虚拟人物，那么平凡平淡而又司空见惯的美景便不会如此绚烂多姿。最后居然亮明"你"是一位空姐的真实身份，便为幻想从空中观赏家乡美景提供了独特视角。拜读此文，连我这个泗洪人也对家乡的美景虽不能至却心向往之了。

同样是写洪泽湖湿地的散文，《满眼清韵满眼绿》记述了一次游玩湿地的过程和感慨，而《湿漉漉的脚印》则以"她"拟人化了古徐水街。但读后又感觉"她"不完全是现实中的古徐水街，"她"应当是古徐国的历史文明，应当是现实中对古徐水街的斑驳感受。如果说《我在大湖等你》中的"你"虚拟了一个远方的朋友，守望着家乡的美好风情，那么《湿漉漉的脚印》中虚拟的一条水街"守望着那从远古华夏走来的仙子，飘落在这美丽水街，携着黄土高原深厚人文气息，踏着水波汪汪的青石板，留下一串湿漉漉的脚印……"

最让我难忘的一篇是《我去芳村做回"且"》。反复拜读，仍然不能相信这是一篇游记散文，感觉它更像是一篇虚构的散文化小说。

在这里，人物完全虚化了，既是芳村的人物，又像是家乡的某些人物。芳村，我没有去过。从文中可知，作者是受到付秀莹作品的诱惑早有计划远去河北芳村的，结果将在芳村的经历写得如此美好，有《边城》的文笔和意境。文中洋溢着作者浓浓的臆想，出现的几个人物也许完全是真实存在的，"难看小酒馆"的主人居然真叫"难看"，支书建信与春米的眉来眼去，包含太多的想象和世俗烟火气息。而"我"此时完全是个看客和臆想者。

游记散文还能这样写？拜读洪然先生《一个人的旅行》后，我不时向自己发问。掩卷一想，为什么不能这样写？范文般的游记散文不应成为固定的模式。长期从事教育工作的洪然先生深知这个道理。他在游记散文上大胆突破，另辟蹊径，别出心裁，自出机杼，以一种全新的谋篇布局呈现给读者，不仅很好地承载了他的独立思考，而且给人一种耳目一新的阅读快感。值得推崇。

语意万象　耐人寻味

《一个人的旅行》不仅思想丰沛，谋篇新奇，而且语言精练，炼句严谨，用词考究。全书文字清新优美，词意纵横，语意万象，摇曳多姿。每一句读来都是那么耐人寻味。

先是散文标题凝练，结构多变，长短不一，或是一句话为题，或是一个词组为题。《跌进太平老街的怀抱里》以一个行为做题，既温馨，似乎又有点暧昧。《我去芳村做回"且"》看似暧昧，又似乎有点费解，吸引你读完以后才知道"我"在芳村做了什么，"且"是什么意思。《在长沙，遇"见"贾谊》除了给人一种跨越千年的对话感觉，而且强调了遇见地点是在长沙。而书名"一个人的旅行"直截了当突出了全书的文体和内容。第二辑的标题全部采用了偏正结构，而且都带有破折号，整齐而富有变化。第一辑中的《小七孔，画在水波上的风景》，标题提炼得精当，紧扣一个"水"字，"水中卧龙""水间鸳鸯""水上森林""水间拉雅""水上古桥"分别写出了水波上的风景，如诗如画，令人想起唐朝柳宗元《小石潭记》的精致和优美。

对词句的考究更体现在每一篇游记散文里。例如，《初见平遥》的这一段："平遥，我们只是初见，还没来得及揭开你的面纱，看一看你的雍容，品一品你的精明，便遗憾地离开。"这里的"雍容"和"精明"与文中所写的内容已经得到印证，但还是说没有来得及看一看和品一品，留下遗憾。为什么遗憾？因为平遥的"精明"，耐人寻味。在《悬空寺，避不开的市井》里，又有这样的描写："霎时间狂风大作，吹紧了本就单薄的衣衫，吹翻了艰难撑起的雨伞，也吹皱了我虔诚的心境。"这是现实中的狂风，也是头脑里的狂风，带着虔诚心境膜拜悬空寺，却看到了什么呢？向内"吹紧"了衣衫，向上"吹翻"了雨伞，怎么还可以"吹皱"了心境？分明是借用了南唐冯延巳"吹皱一池春水"的诗意，紧了衣衫，翻了雨伞，皱了心湖，多美，多贴切，多生动！散文居然也讲究"两句三年得"（唐朝贾岛的诗句），洪然先生的炼字本领非一日之功。

我还注意到，洪然先生书中引经据典，化腐朽为神奇，恰到好处。

在名山大川旅行时，大概古代经典诗文伴着美景次第出现在作者脑海里，呈现在一篇篇散文中。《悬空寺，避不开的市井》那"我不禁惊叹道：'噫吁嚱，危乎高哉！真乃鬼斧神工啊！'"分明出自唐朝李白的《蜀道难》的开头。《小七孔，画在水波上的风景》直接引用唐朝王维的《山居秋暝》中的诗句"明月松间照，清泉石上流"和唐朝刘禹锡的《陋室铭》中的名句"山不在高，有仙则名。水不在深，有龙则灵"。《桂林漓江游》中，"头脑中不禁想起唐朝大文学家韩愈留下的千古佳句'江作青罗带，山如碧玉簪'"。《再现千华》中，联想起唐朝杜牧的诗句"多少楼台烟雨中"。

即使是写在家乡周边游的游记散文里，洪然先生也会引经据典，丰富作品的内涵。《项王之剑》开篇写道："项籍者，下相人也，字羽。"自然也会引用宋朝李清照赞扬项王的那首千古名诗："生当作人杰，死亦为鬼雄。至今思项羽，不肯过江东。"《我在大湖等你》引用唐朝诗人白居易的诗句："汴水流，泗水流，流到瓜洲古渡头……"之后，又引用了多首古诗。唐朝大诗人王昌龄的《采莲曲》中的诗句："荷叶罗裙一色裁，芙蓉向脸两边开。乱入池中看不见，闻歌始觉有人来。"唱一曲："采莲南塘秋，莲花过人头。低头弄莲子，莲子清如水。"

我大致数了一下，洪然先生本书中直接引用经典不下百处，间接引用更多，化用古代经典意境的文字则数不胜数。由此不难看出他的古典文学积累之深厚，几乎是信手拈来，恰到好处。这就大大丰富了他的游记散文的文学性。

每个人都在独自旅行。但不是每个人都能在旅行中倾听自己的心声。洪然先生用丰富的思考还原每一次旅行，用新奇紧凑的篇章和摇曳多姿的文字呈现美景和思考，且行且吟，让我们倾听到一个人旅行的心声。

谨向洪然先生表示感谢，并祝《一个人的旅行》尽快出版发行！

2020 年 10 月 21 日

王清平，祖籍山东高唐，1959 年 12 月出生于江苏泗洪，曾任宿迁市文联主席、宿迁市政协文化文史和学习委主任，现为江苏省宿迁市关工委副主任、宿迁市作家协会主席、中国作家协会会员、江苏省作家协会全委会委员、国家一级作家。

目 录

第一辑

天南地北

初见平遥

平遥的名气很大，大得"如雷贯耳"。

我怀揣着好奇，怂恿着向往之心，趁着八月秋风醉游人的季节，打点好行囊，直奔这座被称为"古代中国华尔街"的平遥古城！

在去平遥的路上，导游告诉我们一个颠覆三观的理念。平遥人信奉"学而优则商"和"俊而慧则商"，而不是"学而优则仕"。就是说：只有读书好、聪明伶俐又漂亮的孩子，才能被商家老板选中，收为学徒、伙计，也才能兴商兴业。

我那接受了几十年"学而优则仕"的孔子思想，被瞬间击碎。至此，我们孜孜以求的儒家文化，被晋商思想挤压成孔方兄，几千年的经卷，也被闪着光泽的金元宝压得碎如瓦砾，弃如敝屣。我只愿相信，这是一家之戏言。

车到平遥，旅游大巴停在古城墙外。我们如一群赶集的乡下农民，散兵游勇，步行从西北城门进入，城内有电瓶车接送，人满车行，避大街，走小巷。途中所见房舍门面宽大，门楼豪华，院落重重，皆为雕梁画栋，极尽奢华。尤其是那些雕花木窗木门，美轮美奂，无不彰显出当年主人的富裕和讲究。想当年，晋商富甲天下，尤其是知名票号老板，也就是当今的银行家，富得流油，哪能不穿金戴银，豪宅华庭呢？！当然，路中所见院落，有的保存完好，任人参观，也有的关门闭户，门庭冷落。更多的是用老宅开设旅馆和商店，做起了生意。这千年古宅、文物珍宝，被无端地亵渎，颇有点暴殄天物的心寒。

"入乡随俗"是句老话。平遥是个商都，到了平遥，只能遇商言商了。

电瓶车把我们送到集结点后，跟随着导游来到古城内的"明清一条街"。街面不宽，商店林立，铺面皆为古建筑，檐下有彩绘，梁上有彩雕，古色古香。游客挤挤挨挨，有水泄不通之势，颇有些繁华都市的味道。浓重的现代商业气息扑面而来，把我这个爱清净的人熏染得心中晃晃的，有些胸闷气喘。

在一个店铺门前，导游指着金光闪闪的门牌说："这个店是旅游公司指定的星级购物点，保证货真价实，还包管托运。"其实在路上，我们对平遥的特产已略知一二。

进得店里，正如导游所说，这里有闻名遐迩的平遥牛肉；有制作精良、工艺精巧、适合女孩子用的推光漆首饰盒；有健脾、养胃、益气的长山药粉；有糯米酿造、香味醇厚、酒性温和、老少皆宜的黄酒；还有山西老陈醋，等等。

游客们在店内热情选购。我是一个背包客，不需要买多少土特产，便出门来到大街，闲逛、乱转。正如导游所说，街面上挂有五星匾牌的只有一两个。诚信，正是当今所缺失的。我从内心发出一声感叹：这就是晋商精神之一吧。

从商店的后门走出，顺着小巷，乘着树荫，左拐右转，来到平遥县衙。仪门前，我们拽拽衣袖、拉拉衣角，仿若自己进衙坐堂办案一般，整理好仪表，方才严肃规整地进得县衙。

距今六百多年历史的县衙，是一片坐落于古城中心，坐北面南，呈轴对称布局，灰砖灰瓦，飞檐翘角的建筑群。建筑格局主次有序，错落有致，结构合理，且保存完整。院内青砖铺路，垂柳成荫，花草满署，是一个办公、怡情两不误的好场所。难怪十一世班禅考察时会欣然题词："平遥县衙，古衙之最"。

走出县衙，太阳已偏西，大街上人们依旧穿着单薄的衣衫，戴着遮阳帽，不住地擦着汗水。当走过西大街的"日升昌票号"时，导游说，下一个景点更精彩。

我们脚步匆匆地敲击着温热的路面，如"嗒嗒"的马蹄声，只来得及向门里扫一眼，便从中国民族银行业先河的"天下第一号"门前飘过，从创建"股份制"的先行者雷履泰面前飘过。没有缅怀，来不及思考，要去赶一个未知的"更精彩"。

接近西大街与南大街的交会处，便是"协同庆"，即中国钱庄博物馆。看介绍，这个钱庄建于清朝咸丰年间，鼎盛时建筑宏伟，规模最大，讲究豪华，功能齐全，且富可敌国。前后有七进院落，相互独立又有连接，其中第五个院落为金库，安全、隐蔽、便利。

导游告诉我们："地下金库里有个百米黄金大道。现在开放，大家都有机会走走，亲身体验一下过去大财主们兑换金元宝的感觉。"

说话间，一个大掌柜打扮的年轻人，带我们效仿古人，先走百米黄金大道。一群人嘻嘻哈哈，懒懒散散地走着，如走过影城昏暗的过道，去看一场电影，缺少一点庄严和神圣。来到金库，需购买金元宝，三十元、五十元、一百元……皆可。地下钱庄，门前有人看守，凭票入内。于是，我也和大多数人一样，压不住好奇之心，掏五十元买了银票，进得库内，兑换一坨小小的元宝。当然，这些元宝都是假的，但在灯光的映照下，也闪闪发光，让人看得心潮澎湃。

库内还有一镇馆之宝，叫龙柱。据说在明朝时用海南黄花梨雕刻而成，是平遥的定海神针。大掌柜说："抚摸这根龙柱能助你财源滚滚。"大家争先恐后，摸得不亦乐乎，我也试试吧。谁不想财源滚滚、工作顺心顺意呢？摸完龙柱，左手扶龙柱，右手托元宝，在龙柱前美滋滋地照了相，这才心满意足地离开。

走出"协同庆"，拐入南大街，一路东行，"同兴公镖局"渐入眼帘。走进去，一架二十世纪六七十年代淮北地区常见的独轮车停在院内，车头左右各插一面黄色三角旗，旗上书红色"王镖"二字。这镖局的主人叫王正清，是名扬京城、威震全国的武林大师。彼时，交通不便，商旅路途艰辛，且有匪徒打劫，保镖业便应运而生。咸丰五年（1855年）时，王正清看准时机，创建该镖局。凭借武功，专做受人钱财、为人保财护身之业。这独轮车，便是重要交通运输工具，它的特点是，方便走崎岖不平的山路。再往里走，内侧还有一个小型练功场，专供押镖人平时练习武艺。

那是一个弱肉强食的年代，只有武功高强的人，才敢接押贵重的镖物，且看镖收钱，正如今天的物流，看货收款一样。我们常说：机会总是留给有准备的人，它稍纵即逝，抓住者即成功，商机更是如此。

看到这独轮车，我想起童年时看过的电影画面，成群结队的老百姓，推着独轮车，为前线打仗的解放军运送物资。陈毅元帅曾深情地说："淮海战役的胜利，是人民群众用小车推出来的！"是的，这小车不光推出了富甲一方的平遥，推出了名震中国的晋商，也推出了一个中华人民共和国呢！

平遥商人多、富人多，当然也有一批知名的读书人、文化人。孙盛，一个敢于不顾"满门抄斩"恐吓，秉笔直书的著名晋朝史学家；孙康，以"映雪读书"流传千古，又一个晋朝平遥人。也许，这有褒扬本家之嫌。还有著名画家李苟、著名歌唱家郭兰英等也出生在这片古老的土地上。

看完"同兴公镖局"，作为读书人，我很想去文庙祭祀万世师表孔子，可行程上没有安排，也没有时间，只好作罢。

两个半小时，伴着秋风行走，甩着汗水凝望，蜻蜓点水站立，如一次短暂而害羞的相亲，和平遥只有朦胧的一面之缘。

如今，似乎每个城市，无论大小，都浸润在商业化氛围中。商店铺面随处可见，街道两旁，道路两边，小区门旁，学校门旁，星罗棋布。人们习惯于从代理商那里，二手三手地倒腾来真真假假的货物，赚得一星半点差价，营生糊口。很少有人愿意扎扎实实地去创新业，办工厂，做实业。只看到平遥商业繁荣的表面，未学到晋商的精髓，更没有理解"学而优则商"的深意，当然就不会有厚重的知识和文化的铺垫。吾乡一个三十几万人口的城市，政府为引导市民读书，把繁华闹市的小公园改建为读书广场，厕所里设读书处，广场上建朗读亭。小城百姓视若奇闻，观奇者多，阅读者少。看来，如今静下心来读书思考，不是一件正常的事，也就不是一件容易的事。倘若，在每个公园、每个广场都建读书吧、朗读亭，会如何？我想，什么时候，走在大街上少听到叫卖声，多听到生产的马达声、古典音乐声和朗朗的读书声，少一些浮华气、商业气，多一些文化气和书卷气，不是更好？

平遥，我们只是初见，还没来得及揭开你的面纱，看一看你的雍容，品一品你的精明，便遗憾地离开。

平遥，我还会再来。

悬空寺，避不开的市井

中秋时节，晋北的天空高远辽阔。天上的白云，如被一张弯弓弹抖后，晾晒在蓝蓝床单上的一朵朵棉絮，柔软，松散，可心。天是晴朗的天，云是雪白的云，路是笔直的路。

我们乘坐的山西旅游客运大巴在浓浓的秋意中行驶，路两旁一排排挺拔高挑的杨树，在瑟瑟的秋风中呼啦啦地叫着。太阳不断地变换着俯视我们的角度，把向着太阳张望的树叶，涂抹成了一朵朵白闪闪、亮光光的花朵。

旅游大巴疾风骤雨般地行驶，把路两旁已经熟透了的玉米地抛向背后，迎来一块又一块熟透的玉米地，黄土地掩盖在不停摆动着的已经干枯的玉米秆下，空气中的水分早已被饥渴的禾苗吮吸干净，干烈烈的秋风，没有了一丝湿润的水汽。我们眼巴巴望向那远远的山峦，希望美丽的恒山早一点映入眼帘。

终于，远处一匹奔腾的骏马，马蹄踏在高高矗立的塔碑上，碑上"悬空寺胜境"五个字映入眼帘。

车子在恒山金龙峡谷停下，远远便见到那悬挂在翠屏峰千仞峭壁间的悬空寺。整个寺院，上载危崖，下临深谷，就像凸在绝壁上的一幅浮雕，丹楼朱阁，玲珑精致，凌空危挂，气势壮观。我不禁惊叹道："噫吁嚱，危乎高哉！真乃鬼斧神工啊！"

古人盛赞道："飞阁丹崖上，白云几度封。""蜃楼疑海上，鸟道没云中。"

走近峡谷，河边矗立着一块巨大的岩石，上面镌刻着"壮观"二字，字体端庄遒劲。细看，不禁肃然，竟然是"诗仙"李白的墨宝。735年，李白云游恒山，夜宿悬空寺，为其壮观所惊愕，吟得"危楼高百尺，手可摘星辰。不敢高声语，恐惊天上人"千古五绝一首，并欣然挥笔题写"壮观"二字。导游小李说：大家看看这两个字有没有写错的地方？大家细看，果然有错，"壮"字多了一点。有人说：是李白喝醉了酒，写的醉书。有人说：李白多写这一点是赞叹悬空寺比任何胜景都要壮观一点……

站在寺前干涸的河道上仰望，一字排开的四十多间殿阁，凌空飞架在万丈绝壁之上、迷蒙云雾之间，仿若一座海市蜃楼！

细看悬空寺，更像一幅玲珑剔透的浮雕，镶嵌在万仞峭壁间；楼中有穴，窟中有楼，高低相错，曲折回环，半嵌于山崖之中，半悬于河谷上空，真可谓"半壁楼殿半壁窟"啊。

导游介绍说：悬空寺始建于一千四百多年前的北魏王朝后期，原名"玄空寺"，意取道家之"玄"，佛家之"空"，为木质框架式结构，面积152.5平方米，建筑有单层、双层和三层，有山门，有钟楼，也有大殿，大大小小共四十一间，由南向北、由低向高一字排开，横向悬亘在赭黄色的崖壁凹腰间。历代都曾对悬空寺做过修缮，北魏王朝将道家的道坛从平城，就是今天的大同，南移到此，古代工匠们根据道家"不闻鸡鸣犬吠之声"的要求建设而成。

悬空寺背靠翠屏山，面对北岳恒山，两山对峙，形成一个峡谷，风大雨骤，风卷黄沙，气候很坏。但是，在这个恶劣的大环境中，悬空寺却选建在这个世外桃源，生存在一个特别的小气候中，避风、避光、避水，永葆青春，避灾免难，让人难以想象！

　　沿着崖边的石径，络绎不绝的人流，如赶一场盛大的庙会。

　　走进这千年古刹，按照寺内规定的游览线路，踩着"吱吱"作响的木地板，小心翼翼，战战兢兢，如临深渊，如履薄冰。攀上窄窄的陡梯，穿过狭窄的栈道，跻身窄小的殿宇，凝望着这饱受千年沧桑的古老而奇特的建筑，别是一番苦滋味在心头。

　　位于崖壁最高处的三教殿，始建时离地面高达九十米，由于历年河床淤积上升，现只有五十八米。从廊栏探身俯视，如置身九天，心惊目眩，飘然若仙，感觉自己脚底下软绵绵的，缺少了凌空漫步的胆量。

　　悬空寺设计精巧，利用峭壁间自然凹凸状态，将一般寺庙平面建筑的布局演化在立体的空间中。整座寺庙由立木和横木支撑着，这些以横木为梁者叫作"铁扁担"，是将当地特产铁杉木加工成方形，再深深插进岩石里。据说，木梁用桐油浸过，具有防腐作用。而且，这些立木的落点都经过精心计算，以保证能把整座悬空寺支撑起来。有的木柱起承重作用，有的用来平衡楼阁的高低；有的需要在上面加一定重量，才能够发挥它的支撑作用。所以，从远处看，很像是"三根马尾空中吊"。这一奇妙的原理是很难用现代科学理论解释的。

　　如今的悬空寺，也是国内现存唯一"佛、道、儒"三教合一的独特寺庙。它有十一个佛教殿宇、六个道教宫观，还有一处三教合一的"三教殿"，设计者让"佛、道、儒"三教鼻祖释迦牟尼、老子、孔子同居一室，方使得悬空寺无论在什么朝代，历经了各个非常动荡的时期，都能灵活应付，安然无恙。

　　当然，这悬空寺建筑巍峨，古朴壮观，高超的建筑技艺和不朽的艺术价值，是我国古代劳动人民的力量和智慧结晶，是我国古代建筑精华的体现。曾有人把它概括成一副对联"铁肩担古寺，宝地结悬楼"，的确值得今天的人们去凭吊，更需要我们用

心去呵护。

而如今，每天有三千多游客踏入，它已不堪重负。为了保护这弥足珍贵的历史文化遗产，终有一天，悬空寺将会封闭。那时，游人只能隔河遥望这千年古寺了。

悬空寺，初建时本意为"上延霄客，下绝嚣浮"，避开市井的喧嚣与繁华，避开尘俗，避开纷乱，求一个清净安宁之处。在这里，听风，听雨，听梵音；诵经，诵禅，诵佛陀。祈盼着数千载的纷扰纠葛，在这里烟消云散，化作一峡烟雨；一千四百多年的危峰夕照，在这里共浴温馨，换来一川安宁。

古人没想到的是，大山深处，悬崖峭壁，依旧如天上的街市，人头攒动，比世间的喧嚣更甚，扰了佛的清净，拆了道的无为。

即将离别时，就在金龙峡谷底的停车场，"山雨欲来风满楼"，霎时间狂风大作，吹紧了本就单薄的衣衫，吹翻了艰难撑起的雨伞，也吹皱了我虔诚的心境。旷野一片迷乱，飞沙走石，云卷云舒，骤雨如豆。

只一会儿，又雨过天晴，风平云静。

再次仰望那安然悬挂在峭壁间的悬空寺，确是一处风吹不着、雨淋不着、日晒不着、石砸不着、水淹不着，仿佛神灵护佑的绝佳之地。难怪它历千载风霜而不朽，经万众登攀而不毁。

今天，在这里，佛法愈显慈悲，道经愈显精微，儒学愈显深厚，我心愈显虔诚。走过千里山川，越过千年沧桑，只为千年古寺，独尝千种艰辛。徘徊在翠屏峰下，伫立峡谷，抬头仰望烟雾弥锁的空中楼宇，虽人流如织，繁杂喧嚣，可我的尘心已失，失却在悬空寺那霭霭迷香里，失却在袅袅梵音中。

小七孔，画在水波上的风景

水中卧龙

小七孔，是个5A级旅游景区，直到我飞往贵阳，转乘汽车，颠簸三个多小时，来到布依族苗族自治州的荔波县后才知道。

这里是喀斯特地貌，山水秀美精巧，景致古朴幽静，置身景区之中，能够感受到如诗如画的情怀和如梦如歌的韵律。

在响水河的上游，有一座拱形堤坝，截住流水，形成水库。水库状如一条苍龙，卧于青山碧水间。刘禹锡的《陋室铭》写道："山不在高，有仙则名。水不在深，有龙则灵。"龙是中华民族的千古图腾，是吉祥，是美好，是兴旺，亦是喜庆。卧龙，更是静观世事，待机而发。诸葛亮隐于隆中，称为卧龙，只等刘备三顾茅庐，待势而发，为刘汉室构建一幅实现汉朝统一的宏伟蓝图。眼前这条卧龙，给这里的山、这里的水带来了灵气，一定会为荔波旅游事业发展添上浓墨重彩的一笔。

卧龙潭边怪石奇树林立，古木森森，潭外水声轰鸣，雾雨蒙蒙，四周高山紧锁，水潭犹如地底深渊。听说，发洪水时，潭面也犹如镜子般平静。龙卧其中，安然若泰。

这卧龙潭是水做的风景，潭水湛蓝，天空湛蓝。河中有珠帘似的瀑布，河边为生态长廊，绿树成荫，巍巍青山，丛峰环抱，幽静神秘。这里，宛如童话世界。

水间鸳鸯

鸳鸯湖是个天然湖，由一大一小两个湖泊相连而成。

湖水如油，碧绿而凝重。我们穿上救生衣，划船入内。湖内游船很多，又因船技不佳，常与他人小船相撞，好在船是铁做的，撞不坏，也撞不翻。湖面幽静，水道四通八达，若不是导游小韦指引，一定会迷路，如走入东晋诗人陶渊明所写《桃花源记》的桃花源中。

鸳鸯湖，有近千米长的"水上林荫"，两岸秀木枝蔓成棚。湖区浓荫四匝，水鸟相呼，境界幽绝。置身其间，犹如仙境。我们在湖中荡舟，有一种与世隔绝的感觉。

湖中有两棵并排参天的大树，它们半截在水中，半截在水上。水上的枝叶在上方缠绵交错，"雌树"纤巧秀丽，"雄树"雄壮挺拔，两三人才能环抱过来。游客们划船绕树拍照，惊呼，钦羡。

据传说，这两棵树的前身，一棵是眉清目秀、小巧玲珑、非常可爱的布依族小姑娘，另一棵是高大阳刚、枝繁叶茂、勇敢帅气的瑶族小伙子。一次，他们去赶边边场，两人一见钟情。从此，相约到响水河幽会，交换信物。此事传到了双方的父母那里，他们非常气愤，坚决不同意，因为布依族和瑶族从不往来，更不能通婚。这对恋人只好相约双双跳进鸳鸯湖，生不能为夫妻，死后结成双。

湖的四周由各种颜色的植物组成，密密高高地包了好几层，在保护着这对苦命的小情侣。绿色当中掺杂着红色、粉色的花朵，在阳光下美丽而温暖。这是否预示着他们的期盼、他们的向往、他们在水中的生活呢？

据说，鸳鸯湖是中国三大爱情圣湖之一，其余两个我尚不知在哪里。布依族的小韦，是个大二的学生，暑假来做实习导游，赚点上学的学费，她也说不清。

水上森林

从上游走进凉爽爽的河谷，高高低低，粗粗细细，一片茂密的乔木和灌木，无规则地生长着。清澈的河水，从上游淙淙流过，伴着我们穿行在密林间。

这就是水上森林，水流从树根旁流过，日复一日、年复一年地冲刷，河床已没有了一粒泥沙，根下是光滑的岩石。树木像一个个多情的汉子，扎根在河床妻子的怀抱里，纹丝不动，与岩石融为一体。这就是奇景：树在石中长，水在石上流。这些树，在石间，在水中，历经百年千年，历经春风夏雨、秋阳冬霜，不惧湍急水流的冲刷，顽强地生存着，茂盛着，葳蕤着。是石上森林，亦是水上森林。如一幅天然油画，铺在大地上，让人们惊叹。

此时，油然想起唐朝诗人王维的《山居秋暝》中的"明月松间照，清泉石上流"。此情此景，虽没有皎洁的明月，可真真切切地看到清泉从石头上汩汩流过，也从我的心间流过。

走在林间，水面迂回曲折，回环交合，港湾交错，有绿岛点点，恍若迷宫。女人和孩子们，脱下鞋袜，沿河踩石踏浪，在林间跳跃穿行，时而摆姿拍照，时而驻足戏水，时而惊呼欢笑，如鱼入水，如鸟翔林。

游人走在其间，天空时而窄窄如一丝缝隙，时而开阔如一扇窗，时而又如一张网，漏进一粒粒阳光，洒在脚下，波光粼粼。游走其间，时时能感受到清风徐来，水汽清凉，空气清新，树木飘香，透心爽肺。

这些生长在石头上的原始森林，树根能伸进石缝，将岩石挤裂，形成"石包树"；或者攀越岩石，寻找适合生长的地方，形成"树包石"。森林和岩石纵横缠绵，缔造了生生世世的不解情缘。

水间拉雅

走过水上森林，沿着狭窄的山谷公路蜿蜒下行，可听见隆隆的水声，这声音便是响水河的流水声。响水河洁净、原始、跳跃。让人惊叹的是：深山中的流水有着如此非凡的魅力。

响水河沿着高高低低的河床，错落有致地形成六十八级瀑布和跌水。两米以内的为跌瀑，超过两米的为飞瀑。层层叠叠的瀑布，淙淙涓涓顺势而下，或倾珠撒玉，推雪拥云，或如匹练飘逸，似银河泻地，千姿百态，竞领风骚。我看过许多景，游过许多山和水，这里是唯一。高山流水，琴瑟和鸣。只有身临其境，方能理解知音者如痴若狂、神迷心漾的心境。

行程中，山顶是白云朵朵，左右是青翠山峦，气势磅礴的翠谷瀑布，从山中飞泻，被人工引导着横跨过公路，形成断桥流泻。宛如一条白色玉带，倒泻于巨石之间，落地溅起的水花飘落于十几米外。闻泉鸣，听瀑响，看飞鸟穿丛林，一道美丽的山水风景展现在眼前，如诗如画，如歌如弦。

走近诗情画意的拉雅瀑布，只见这条瀑布宽约十米，落差达三十余米，从茂密的山林中飞流直下，似天河自空而降，气势恢宏，湍急翻腾，如脱缰野马，奔流直下。它同响水河纵向错落的跌水构成一幅绝妙的立体瀑布群景观。瀑在路侧，人在瀑下，只见水雾蒙蒙，珠玑四溅，风情万种。水珠打湿了我们的衣服，浸入心田，把积压在心中的尘事烦恼洗得干干净净。此刻，我多想张开双臂，把它拥抱，把它亲吻。

拉雅，美丽的姑娘之意。美丽的姑娘嬉戏在水云间。

水上古桥

在响水河的下游，建有一座小巧玲珑、秀气俊美的七孔桥，名为小七孔桥。小桥建于一百八十年前的清朝，是一座名副其实的古桥。桥长二十五米，桥面宽四米，拱高四米，由麻石条砌成。这小小的桥，横跨在响水河上，连接两山的底部，是我国古代著名的茶马古道必经之路，也是当时贵州通往广西的唯一一条商旅要道。桥的这头是贵州，那头便是广西。

如今，它是古旧建筑美感与智慧的象征，人们在敬仰它的完美时，感受一回走在茶马古道上的神圣，体验一次从贵州到广西只需十几步的愉悦路程，更想把爱情的美满、家庭的幸福带回家。

站在桥下远望，桥上古树枝影横斜，久历风霜的石质桥身，留下了岁月斑驳的痕迹，桥身爬满藤蔓和蕨类，苔藓附着其上，给这座充满了历史车辙痕迹的桥体披上了一层神秘深邃的外衣。桥下是绿得令人心醉的涵碧潭，翠绿幽深，如一块光滑润泽的美玉。

这座桥，曾经历过无数次洪水冲击，却泰然屹立，迄今完好无损，可见其建筑工艺的精妙，以及瑶族和布依族人的精明能干。

这座桥，还有一个凄美的传说。瑶族村寨里有一个后生和布依族村寨里的姑娘相恋，但迫于族规和村民的反对，他们选择了私奔。当他们逃到这里的时候，汹涌宽阔的河水拦住了去路，身后是紧追而至的村民，两个人准备一同跳河殉情，就在这时，他们眼前突然出现了一座有着七个桥孔的石桥。原来，天上的七个仙女被他们的爱情感动，幻化出了这样一座桥。可这座桥上，凝结了时间和命运的神秘力量，以至于他们在桥上每走一步，就代表他们彼此走过了人生年华，会随之衰老。而两人毅然走上了石桥，走过七孔之时，他们皆已两鬓斑白，徐徐老矣。直至生命消逝之时，两个人依然紧握着彼此的手。尽管他们只携手走过了短短百步，却已然是执手至老，无怨无悔。

后来，人们把这座桥称为幸福桥、情人桥、鹊桥、圆梦桥。每年三月三、六月六、九月九的时候，这里的青年男女都会来到小七孔桥，对山歌，互换定情信物，私订终身。

今天，我们来到这里，虔诚地从桥上走一回。或许，这一走，便是一生。

桂林漓江游

　　仲夏时节，我们一行七人来到绿荫葱葱的祖国的南疆——桂林。

　　在桂林，首先迎接我们的是象鼻山。它像宾馆门前的一位礼仪小姐，恭谦温和，向我们点头致意，似乎在说："欢迎您，远方的朋友。"在炎炎的夏日给我们一片冰心的凉爽，使我们暂时忘记了旅途的疲劳，忘记了遥远的家乡。

　　不远处的伏波山与象鼻山遥相呼应，孤峰挺秀，西着陆地，东枕漓江，阻遏江流，形成深潭，好一个伏波胜景。登上伏波山，美丽的桂林城尽收眼底。桂林，桂林，桂树成林。同游的桂林人说，你们来得早了点，要是在秋天来，可以闻到扑鼻的桂花香味。伏波山下，眼底是清澈平静的漓江，远处是连绵起伏的山峰。桂林城依山临水，是个山清水秀之地，也是出美人的地方。桂林，这座历史名城，就镶嵌在这幅山美水美人美的风景画中，"千峰环野立，一水抱城流"。

　　从竹江码头，登上游轮，顺流南下，迎着清爽的晨风，踏着绿波碧浪，进入人间奇境——百里画廊。听着热情漂亮的导游小姐唱着清纯的山歌，介绍着这里的山山水水，我们方知来到了"歌仙"刘三姐的故乡。望着大自然的鬼斧神工，把绵延不断的山峦一刀劈开，造出条绿水迂回的漓江，造出个危峰兀立、怪石嶙峋、色彩明丽的百里屏障，头脑中不禁想起唐朝大文学家韩愈留下的千古佳句"江作青罗带，山如碧玉簪"。

是啊，这美丽的山水怎能不孕育出迷人的"歌仙"呢？

船行到石景区，一块几十米高的巨石迎面扑来，此石立面平整如削，其上青、黛、赤、黄、白相间有致，导游小姐告诉我们，1960年，周恩来总理与陈毅元帅等中央领导游览漓江，来到此石下，只有周总理看出这个屏障上有九匹马，所以叫九马画山。我们一行人对着那个屏障仔细揣摩、辨认，一匹匹形态各异的骏马，或立或卧或俯，或仰天长嘶，或扬蹄奋起，或临江漫饮……但从那黑、白、黄的岩石间怎么也找不出九匹马来，最多只能找出六七匹，这可能就是我们与伟人之间的差距吧。

船行到漓江风景荟萃处——兴坪。此段江面奇峰林立，山回水转，碧潭绿洲，芳草萋萋，翠竹茂林，田园渔村，美不胜收。江岸有罗汉山、僧尼山、五指山、螺蛳山、美女山、莲花山……微微晨曦中，面对这奇山异水，我们目不暇接。老人山、笔架山、叠彩山、斗鸡山……书童指路……望夫石……向我们讲述着人间一个个或美丽或辛酸的故事。

在小小的游轮上，面对着一座座山峰，看着水中的倒影，水映山，山衬水，山水一色。我们惊呼，我们诧异，我们慨叹，我们沉思，真正体会到"舟行碧波上，人在画中游"的感觉。

泛舟漓江，从桂林到阳朔八十三千米水路，似一匹绿色绸带，蜿蜒流淌在千峰万峦之间。沿江两岸风光旖旎，碧水萦回，奇峰倒影，让我们沉醉于"百里漓江，百里画廊"的美景之中。

到阳朔，乘汽车返回桂林。一座座拔地而起的山峦孤峰矗立，气势雄伟，形状各异。根据你的想象，每一座山可以是一种动物，或者一种植物，或者一种造型。看，山洞里一头憨态可掬的猪崽儿正摇头摆尾向我们走来，待我们驻足久久凝视，它却是一块石头。山脚下便是平整的稻田，山峰像一个个水中露出的竹笋，正如前人所写："四野皆平地，千峰直上天。"

车过月亮山，望着那半圆的月牙儿，初一到十四，十六到三十，满车的人，就是看不到一个十五月儿圆。是啊，游人离家在外，月儿怎能圆呢？

看着这人间仙境，同行的裴君感慨地说："要是把这里任何一座山，搬到我们的家乡，都可以是一个旅游景点。"老天爷也是不公平，怎么就不给一马平川的苏北大平原造一座奇秀危立的山峰呢？

裴君的话，引起我浓浓的思乡情来。桂林的山哟，桂林的水，桂林山水甲天下，可桂林不是我的家。

生我养我家乡的土地呵，家乡的水，家乡的父老乡亲，我更爱你们，我爱家乡土地的宽广坦荡，我爱家乡水的清澈甘甜，我爱家乡父老乡亲的憨厚朴实。

勤劳善良的父老乡亲哟，我们不能让老天爷多给一份偏爱，造出奇山异水，可我们有党的富民政策，有勤劳的双手，有非凡的智慧，也一定能把我们的家乡建设得更新更美，打扮得风景如画，吸引中外游客。

跌进太平老街的怀抱里

晚上，从凤凰古城回到长沙，匆匆入住解放路的临江宾馆，已是九点多钟。上午十点半在古城吃的那点旅游餐，早就被这些天缺肉少油的胃囊咀嚼成废渣，胃适时地叫起来，饥饿感瞬时向全身传播，提醒我需要去觅食来补充能量了。

站在二十七层高楼上往下看，一片灯火辉煌，霓虹闪烁。西望是夜幕下的湘江，夜晚依旧波光粼粼，金光闪闪。北望那灯火阑珊处，似乎有一条人流密集的美食街，早已飘来一缕缕似有似无的甜甜的辣辣的美味。

拖着饥饿、疲惫的身躯，下楼。跌跌撞撞穿过车流人流的解放西路，走向那长龙般的繁华处。回头看时，一个高大的门楼牌坊，掩映在金黄色的灯光里，"太平老街"四个魏碑体字，硬朗，大气，爽心。此时，我方知道已经跌进长沙太平老街的怀抱里。

小街上人来人往、熙熙攘攘，气温已渐渐褪去白天的燥热。当地的男孩、女孩们，依旧穿着短衣薄衫，慢慢腾腾，东看西望。做了功课的外地游客们，专程赶来感受太平老街夜的繁华与喧嚣。

我们拖着疲惫的身躯进入老街，犹如幼时扑在母亲那温热、充满着奶香味和热汗味的怀抱。最先飘入嗅觉的是臭豆腐，臭中带着香，香中透着辣，辣中裹着麻。每人来一小碗，边吃边寻觅可进的饭店。这长沙臭豆腐，色墨黑，外焦里嫩，鲜而香辣，焦脆而不煳，细嫩而不腻，初闻臭气扑鼻，细品浓香诱人，具有白豆腐的新鲜爽口、油炸豆腐的芳香松脆。也不同于其他地方的臭豆腐，从颜色、气味上来比较，长沙的臭豆腐可谓非常贴合"臭豆腐"三个字，黑乎乎的颜色，初闻怪异的气味，亦臭亦香的特色更是独领风骚。难怪它"臭名远扬"，只要吃一口，便让你欲罢不能，不知是否有"尝过长沙臭豆腐，三月不知肉滋味"之美名。

在老长沙米粉店前，闻着那骨头汤的味道，两脚被这芳香粘着，我们已没有向前迈脚的劲了。店里的美味早把我们的魂勾了去，抬脚进店，在店里坐等之时，看墙上介绍：长沙米粉是湖南传统美食，属于湘菜系，也是长沙市民最爱的食品之一。以米粉、榨菜丝、肉丝、盐、味精、酱油、杂骨汤、干椒粉、葱花、熟猪油等制作而成。呼叫机响起，每人端起一大碗面，再来两份辣椒、杂酱码子，吃得热汗淋漓，心满意足，精神饱满，疲惫全无。走出店门，见一副对联立在两旁：入店闻香即忘返，出门回味又思来。

太平老街的夜晚很文艺，很小资，也很温婉。街两旁，喧嚣热闹，处处都是店铺，有许许多多的小吃和小商店。更有些受小女生喜欢的小店，比如佟小曼……清新的色调，空气中飘逸着茶饼的香气，让每个进店的人都能感受到甜蜜的味道。小女生们，此生能遇见佟小曼，足矣……

寻觅老长沙的味道，不能不到承载着千年历史的太平老街来瞧一瞧。在老街，还有一间间满满文艺气息的店铺，一眼就能吸引住你的眼球，店内有各式口味的手工饼，有让人赞不绝口的花果茶，还有诗意浓浓的白河夜船，我忍不住在此留影一张。呵呵！又冒充一次文艺青年……

宜春园古戏台下，一个不算太大的场地上，蒙蒙的夜色里，若隐若现的灯光中，一群男男女女、老老少少，在浏阳河音乐声中，尽情舒展着身姿，把广场舞跳得如痴如醉、如梦如幻。

游兴未尽，夜已深沉。视声色如彼，怀揣惊喜，欣欣然归巢，期待明天。

早晨醒来，已是八点半。振作精神，缓缓下楼，再去觅食，此时，已不是昨晚的疲惫与匆忙，心里却有好奇与感慨，想着去发现，去欣赏，去老街的怀抱里再放个赖，撒个娇。

走进老街，看到地面上、墙脚下一片湿漉漉的，且非常干净，地上没有一点垃圾。我们讨论着：昨晚下了雨，乏了困了都没听到？是一场不小的雨，才把地面上的垃圾全部冲掉？

当我们向前再走一段路时，看到窄窄的只有五米宽的路面上，一辆冲水小汽车旁跟着几个年龄较大的男人，在冲刷、打扫街道，青青的石板露出一道道干净白嫩的竖痕。一条干净整洁的老街，若清晨的朝阳，透过点点的云翳，洒落在每个人的心头。清新的空气，携着水汽迎面扑来，让人一身爽适。我去过许许多多大大小小的城市，未曾见过这种做法，不能不敬佩长沙的管理如此务实。可以想象，昨天晚上熙熙攘攘的人流丢下多少垃圾，地面上被踩踏了多少油渍污迹，垃圾桶里也装满了塑料袋、包装盒，在清晨游客到来之前，全部被清理干净。我们一行几人很惊讶！

在太傅里，我怀着敬仰的心情走进贾谊故居，缅怀这位西汉杰出的政治家、文学家。贾谊是当时的长沙王太傅，是中央政府派到长沙国的最高行政长官，只有二十七岁。贾谊故居被称为湖湘文化的源头，维修和重建了一百余次。

贾谊故居旁的三缘堂门旁的一副对联骄傲地写道：贾谊邻里，义门之徒。

徜徉在老街，一个个古建筑扑面而来。有贾谊故居、长怀井、明吉藩王府西牌楼、辛亥革命共进会、四正社、古天竺庵、美孚洋行、农民银行等旧址，也有雅礼医院、雅礼大学堂、湘军巷、孙坚庙、唐宋长沙县衙故址介绍等，一个个文物古迹和近代历史遗迹让人目不暇接，如排兵布阵般列队欢迎我们的到来。还有乾益升粮栈、利生盐号、洞庭春茶馆、宜春园茶楼等历史悠久的老字号店铺，墨黑色的字牌在风中招展。这一间间、一座座的民居和店铺都是小青瓦、坡屋顶、白瓦脊、封火墙、木门窗，彰显着古老而有生气的建筑特色。而那些老式公馆呢，也还是保留着原始的石库门、青砖墙、天井四合院、回楼护栏等传统格局。好奇心驱使我们穿街过巷，寻寻觅觅，嬉戏其间。恍若回到大唐盛世的繁华，回到明清鼎盛时代的优雅。

闲逛老街，不会累着饿着，可走进一个个醉心的小店铺，还能吃到地道的长沙臭豆腐、糖油粑粑等当地的小吃，吃货们可千万不能错过哦！

据说，太平老街是"古老长沙"的一个缩影，自战国时期长沙有城池开始，这里就是古城的核心地带，历经两千多年没有改变。沿老街踟蹰前行，伸着手指数着向东西延伸的一条条巷道，有西牌楼、湘军巷、马家巷、孚嘉巷、金线街、太傅里等，不计其数。老街如剔去肉的一条鱼骨，完好无损地摆在地面上。据说，这街区经二百年未曾改变，全长仅三百七十五米，最宽处不过七米，南北东西的交通更是十分便利，是长沙古城保留原有街巷格局最完整的一条街。

一栋栋民居，隐约可见昔日风貌，却挡不住岁月的风霜。风和日丽，旧遗址，老物件，将那斑驳古老的时光一点点拼凑；阳光正暖，跌进长沙太平老街的怀抱里，在青瓦白墙间，寻找老长沙的影子，让我们一起回味老城长沙的沧桑。

太平老街，更是处处彰显着湖湘文化魅力，也承载着再现古老传统商业民俗风情的重任。行走在古街上，除了能直观感受到石牌坊、麻石路、封火墙、古戏台这些标志性古建筑符号所带来的古典视觉冲击，更多的是领略到一种历史积淀所散发的文气与韵味。

悠悠两千多年历史的长沙，经受过许多场战乱，无数次变迁，而太平老街，却保留着千年不变的情怀。脚底下那漂亮的"天下太平"四个大字在向人们昭示着，五千年文明的煌煌中华民族，太平盛世再一次到来。

太平老街繁华也朴素，泼辣也温婉，妩媚也端庄，深厚也简约，霓虹闪烁也烟雨如画。我庆幸不经意中跌进它的怀抱。

在长沙，遇"见"贾谊

　　戊戌年春末，在长沙游玩，误入太平老街，从南口进入，只在一条长长的巷子里走一百多米，一座古老的宅子便出现在眼前。在高高马头墙的飞檐翘角下，青灰色的砖墙上，由佛教领袖、书法家赵朴初老先生题写的"贾谊故居"四个字赫然入目。这是一次偶遇，我的心灵为之一颤。看了门前的简介，方知贾谊曾任长沙王太傅。

　　知道贾谊，是因为早年时学过的一篇《过秦论》。

　　《过秦论》是贾谊政论散文的代表作。文章从地理优势、变法图强、正确的战争策略、几世秦王的苦心经营，叙写了秦王朝从兴起到强大；而后则在力量微小、农民出身的陈涉起义中覆灭，从对比中得出结论："仁义不施而攻守之势异也。"

　　彼时，读其文，深感文辞流畅，才思敏捷，语言通俗，平白如话，气势充沛，一气呵成。唯敬仰其年少才思，并未深入了解其人生经历和历史贡献。今天，得以瞻仰，甚幸。

　　贾谊故居门脸高大、气派，微微薄凉的阳光，斑斑点点洒在门前的地面上。也许我来得太早了点，故居前，门庭冷落车马稀。没有看到游人如织、排队等候的场景。上午九时故居开门，我凭身份证领票，欣然入内，整肃瞻仰。

　　进得院内，有几个大学生模样的男孩、女孩，在大展身手地摆拍。还有几个六七十岁的老人，边走边看边轻声交谈。他们或许有的是情侣，有的是学者，有的是带着远道来的亲友，看一看长沙历史上的翘楚。院内数不出十人，的确是一派冷清、寂寥。可我此时，有机会把一颗烦躁的心静下来，细细品一品、思一思，与年轻傲气的贾太傅对话。

　　正门的左侧，是一座刻有"长怀井"三个大字的亭子，亭柱上书一副对联"不见定王城旧处，长怀贾傅井依然"，中央是一口木笼罩住的水井。靠近觑望，地中有一井，小而深，上敛下大，其状如壶。从边上的石刻知道：这井是贾谊故居的原物，为贾谊请人挖凿，历经两千多年岁月，一直使用并保存至今。亭柱上的对联，出自唐朝诗人杜甫的诗句。此井，因诗句而得其名。

　　1988年，长沙市文物工作队在距贾谊井25米处，对贾谊故居核心区域进行考古试掘，发掘7.5米长、5米宽探方一个，发掘深度4.5米，文化堆积层自上而下分为九层，非常清晰地印证了历代贾谊故居的兴毁情况，而这些文化堆积层所积淀的也正是这座城市的厚度。正是因为有这口古井在，贾谊故居经历多少衰微毁圮，后人还能认定贾谊所居太傅府在今太平街，从太傅府的位置，又能探寻出汉朝时长沙王城。正是贾谊古井，延续了长沙这个城市古老而绵长的记忆。

　　故居的第一进房，是贾太傅祠，也是少有的祠宅合一建筑格局。贾太傅祠始建于东晋时，祠依宅建。内立贾谊二十七岁铜像，供人凭吊。进门正中只见祠内贾谊端坐其间，年少英俊，目光炯炯，似怒非怒，右手执一管毛笔，左手按桌面左侧书简，正视前方，凝神思考，似乎在继续着他忧国忧民的思虑。他是否在思考："是以君子为国，观之上古，验之当世，参之人事，察盛衰之理，审权势之宜，去就有序，变化因时，故旷日长久而社稷安矣。"难怪自南朝萧梁时，湘东太守张缵"定祀于北郭"，即明确贾太傅祠祭祀礼仪遵循汉制。每年春秋两次，祭以少牢之礼（用一羊一豕），延续不断，直至明清时期。

故居的第二进房，是"千年祠宇巍然在，多少文人拜下风"的太傅殿。整个太傅殿并不大，陈列着贾谊的生平事迹介绍。两边各一个厢房，陈列着贾谊故居史略、贾谊的思想体系，包括民本思想、治国方略、经济政策、教育理论、统一主张等内容，此外还有杜甫、韩愈等文人墨客们缅怀贾谊留下来的诗词。看到这些，你不能不感慨，一个只有三十三年生命的青年，竟然为后人留下了这么丰富的思想文化遗产。

在这树荫浓郁、空气清幽的小院，没有导游讲解，也没有产品推销。缓步而行，伫立太傅画像前，面对贾谊的一句句箴言，任自己的思绪信马由缰，穿越到两千多年前的西汉王朝。

贾谊生活于公元前200—前168年间，是西汉初期杰出的政论家、思想家和文学家。有人说：自屈原蹈水以后一百余年，在中国，又有一个人问世了，他就是长沙太傅贾谊。贾谊七岁就能诗能诵，弱冠之年即书生意气，指点江山，却又不得不寄人篱下。

十八岁时，贾谊以强记博闻赢得了地方官的推荐，被当时的河南太守吴公招至门下。我们应该知道，在当时，士人要做官，有三条道路：一是依靠举荐；二是做隐士被上面发现；三是取得军功。而取得军功只有在战乱时才有机会做到，在和平年月，军功又从何而来呢？贾谊则是以自己的博学多才赢得地方官员的器重，年少时得到举荐，步入朝堂官列。

二十二岁时，贾谊被文帝召为博士，"每诏令议下，诸老先生未能言，谊尽为之对，人人各如其意所出。诸生于是以为能"，诸老先生不能解答的问题，年少的贾谊竟能一一应对，自负其才，急于在政治上建功立业。其虽才华横溢，也年少轻狂，惹怒同事。你说："故自古及今，凡与民为仇者，或迟或速，而民必胜之。"可你知道吗？与朝堂老丞为仇者，谁必胜之？当然，在这样幽静、充满着雅趣的环境中，我这样说，不知你会生气否。

贾谊是杰出的经济学家，强调统治者应该以农为本，他认为太多的人离开土地经商会动摇国家之根本。他在《论积贮疏》中，就强调了备战备荒的基本观点。他一边说国家经济已经到崩溃的边缘，一边又向朝廷提出"宜当改正朔，易服色制度，定官名，兴礼乐"一系列改革旧制、花钱的措施。改革必然触动一些人的利益，且当时文帝刚即位不久，无论是客观形势还是文帝本人意愿，一时都很难接受和施行这么大规模的改革。可见，贾谊犯了孔子所说的"欲速则不达"之大忌。皇帝选择安定为上，改革方案不被采纳，将他外放边疆亦在情理之中。当然，也或许是因文帝惜才，对其采取保护措施。也许，你会说："燕雀安知鸿鹄之志哉？"我知道，你年轻气盛，志向高远，孤音无和。皇帝纵然器重你的才气，可他想说：其实你不懂我的心。国家刚刚稳定，一切都需重新来过。

二十四岁时，贾谊任长沙王太傅。名义上是长沙王的老师，实际上是中央政府的全权代表，负责辅佐和监督长沙王。

在长沙，长沙王一点都不欢迎贾谊的到来。因为，他觉得长沙是他的地盘，而天子派来这个国相就是对他进行监视。因此，贾谊一到长沙，这个长沙王就给了他一个冷脸，连个糊弄人的招待也不曾举行过。长沙三年，贾谊就处在这样的境地。他整天在家里待着，什么事情也没有，一直被闲置着，被架空了。而长沙王在向京师的报告中，贾谊的得分自然很高，因为他没有掣肘长沙王的为所欲为。于是，在得到了长沙王的嘉奖后，贾谊又获得了一次进京觐见天子的机会。

贾谊曾在湘江边狂书《吊屈原赋》，自比屈原，为自己鸣冤叫屈。他无限悲愤地写道："呜呼哀哉，逢时不祥！鸾凤伏窜兮，鸱枭翱翔。阘茸尊显兮，谗谀得志；贤圣逆曳兮，方正倒植。"他认为自己和屈原一样生不逢时，生活在一个"谗谀得志、贤圣逆曳"的黑暗时代，故而和屈原一样遭受了被贬的不公正对待。

二十八岁时，贾谊时来运转。他又被重用，给梁怀王当家教，而怀王却在上朝时不慎坠马身亡。司马迁在《史记·屈原贾生列传》中写道："贾生自伤为傅无状，哭泣岁余，亦死。贾生之死时年三十三矣。"贾谊在学生死后，自己也堕入地狱，忧郁而亡。此时，我只能说，贾谊是一位志大、才高、量小的才子。

出了太傅殿，看到的就是贾谊故居的后花园。石碑上镌刻着贾谊关于治国的基本思想"民之治乱在于吏"，就是说老百姓治理得好不好，都和官吏有很大关系！"国之安危在于政"，告诫当政者国家有没有危险，在于大政方针是不是正确的！

贾谊故居的第三进——寻秋草堂。太傅殿后面的寻秋草堂，静静地沐浴在一片清风和煦里，可寻秋草堂已经被保护起来，游客不得进入，我只能隔栅远望。正堂内"天下治安"四个镏金大字，熠熠生辉。左右配唐朝诗人刘长卿所写"秋草独寻人去后，寒林空见日斜时"一副诗联，寻秋草堂也因此而得名。室内肃静、典雅、安详、洁净，恍若在这里谈天说地的客人刚刚离去。这是清朝时所建的纪念贾谊的场所，是明清时，政府官员和社会名流参拜贾太傅祠后休息和吟诗作画的场所；是辛亥革命时，湖南革命党人秘密机关所在；也是毛泽东在湖南省立第一师范学校求学时，和蔡与森同志畅谈"改造中国与世界"远大革命志向的地方。

　　清清寻秋草堂，古人已远，楼阁依旧。多少贾谊事，多少书生意气，尽付湘水中。

　　今天，在熏熏暖风里，在世事变幻中，遇"见"贾谊，是我一生之大幸。我们和贾太傅一起注视着几千年中国古老文明的沧海桑田、风云变幻。一同品味其"夫忧民之忧，民必忧其忧；乐民之乐者，民亦乐其乐"的民本思想。我一介书生，心怀小我，念之享其体味之乐，而不体其忧国忧民之崇高境界。

　　当我一步一缓走出贾谊故居，走出这湖湘文化源头，西汉名贤圣地，我在想：无论社会如何发展，人们会始终如一地虔诚拜祭这千古不绝的古老文明，而贾谊正是其中最为优秀的代表人物之一。

　　太阳已高高升了起来，街面也一片热烈，如被青年人的气息炙烤一般，蒸腾腾的。贾谊故居渐行渐远，再见了，贾谊！

一个人的旅行

　　流火的七月，烈日炎炎，清晨收拾起简单的行囊，一个人开着私家车独自上路。目的地是六百五十千米外著名的旅游风景区——河南省焦作市修武县云台山。那里有单级落差三百一十四米的亚洲第一高瀑——云台天瀑；有被誉为"华夏第一奇峡"的红石峡；有"华夏第一秀水"之称的潭瀑峡；有唐朝大诗人王维写下千古名句"遥知兄弟登高处，遍插茱萸少一人"的茱萸峰。

　　有人说："只有在一个人旅行时，才能听得到自己的声音。它会告诉你，这世界比想象中的宽阔。你的人生不会没有出口，你会发现自己有一双翅膀，不必经过任何人的同意就能飞。"

　　车行驶在陌生的土地上，不知道下一站会是哪里，哪里有路哪里就是出口吧，没有方向，没有目的，没有时间，也许连自己都没有了。

　　车子沿着宁宿徐高速、徐盐高速、连霍高速一路向西，一辆辆大车小车飞驰而过。本以为无牵无挂、潇潇洒洒，把所有的烦恼抛开。高度紧张的路上，可我总还是想你，想你能够陪在我的身边。

　　假如你在。在无限延伸向着远方、曲曲长长的高速路上，你坐在我的身旁，为我看着路牌，指着车子开向什么方向，成为我的导航。你还会像只山雀一样，不住地叽叽喳喳，讲着一个个搞笑的段子，讨论一下《边城》中的翠翠以及张爱玲的爱情，再说说养生保健常识，让我的旅途不再充满孤独不再难耐，不用我去辨别车子开往何方，一路轻松一路欢笑。渴了，你会递给我一瓶打开瓶盖的苏打水或酸奶。饿了，你会把剥好的板栗或香香的蛋糕塞进我的嘴里。

假如你在。山里的花开得真美，淡淡的花香让我沉醉了，不忍离开这个地方。我和你相拥花前，听你喃喃燕语，忘记我们的一切不快和过去。忘记从前，真有些做不到。或许，更好的遗忘，就是寻找另一道风景。那里或许鲜花弥漫，或许氤氲成雾，但对于我来说至少是一片能栖息的乐土。在那里寻找心灵的释放，丢掉一点点小忧伤。

假如你在。通往山腰的中巴车上，你陪着我一同看车上拥挤的人们，看人群的嘈杂，让我忘记了也许本没有原因的离开。我不会一个人坐在车尾的角落里，静静地观察着车上每个人的一举一动，看情侣低声呢喃，父子谈笑风生；听站着的人咒骂天气，坐着的人说交通拥挤；看年轻的女孩听着音乐，似在晾晒着青春的美好；看年老的女人静静沉默，也许在叹息着岁月的流逝。看着，听着，想着，模拟了所有人的心理，我却怎么也模拟不出自己在想什么，将要去哪里。想着想着，还是想起你，你坐在我身旁，我们十指相扣，从不看别人怎样，只管独自享受我们的空间和情怀。

假如你在。云台山一千二百七十米的高峰并不难爬，看着前面一个身穿白色上衣、酱红色裤子的女孩，身材苗条，一头长发飘起，我会奋力向前追去。站在高高的茱萸峰，凛凛的山峰上猎猎的凉风解开我的衣衫，融融的暖阳，为我敞开多情的胸怀，我会四处找你，别让我一个人傻傻地看着远山近岭，只能回味对你的爱。一定让你那苗条的身材小鸟一样贴近我，请年轻的游客为我们拍一张甜蜜的照片，让高高的云台山见证我们的心心相印。

假如你在。山里的雨说来就来，雨真的下起来了，有一点凉凉的感觉入身，在这燥热的天气，喜欢这种感觉。飞溅的雨滴飘飘洒洒，身边的情侣们，打着一把伞，把对方护在身边，原来雨中也可以有这样的浪漫，很美，很惬意。也许这样才能显出一个人的孤单，用一个人的孤单衬托出别人的幸福，别人的幸福我看在眼里，我的幸福与任何人无关，也许幸福就是那个得而复失，不配再去拥有的东西。可我还是想着每每这个时候，我为你撑着伞，我们漫步雨中，你紧紧偎在我的身旁，把你的心跳连着我的心跳。我知道你喜欢雨，喜欢在雨中和我一起体验丝丝连连的感觉。

假如你在。一天的车马劳累，当晚风吹起时，我们乘着中巴来到山脚下那个叫作"岸上"的小村。夜色降临，冰雨停止，街上的人多了起来。从街头走到街尾，又从街尾走到街头，路上的积水映出的影子是那么的混浊，突然间，认不出自己，看不清自己的样子。现在的我还是不是我，现在的行为是不是我的行为，这一切的一切，我都不知道，都分辨不清楚。在霓虹闪耀的繁华小街，寻一间临街的小吃店坐下来，我不知该吃点什么，是清爽的，还是荤腥的。这时，你会为我们点一盘驴肉炭烧、一盘红烧羊蹄，还有山里长的新鲜蔬菜，几样可口的地方特色小菜，加上两碗烩面，再要一小瓶河南名酒宋河粮液。你陪着我一同品尝着，看着窗外人来人往，细数着当地的风土人情和我们的真情挚爱。

假如你在。在这陌生的地方，坐在陌生的人身边，看着陌生的花草和树叶，在形形色色的小店和人群中穿梭，随便看点什么，淡然地走过一段又一段路，转过一个又一个弯。不知不觉夜已深，想睡觉，异乡的夜晚，我选一隅洁净的农家民宿，犹豫了好久才踏步而进，房间清洁却缺少人气，灯彻夜未关，人一夜难眠，想达摩面壁，青灯对古佛，三年换百世；想李白邀月，对影成三人，一饮见兴衰；想贵妃啖荔，飞骑三千里，背后有人嫌……想一切的一切，名人的历史，草根的兴衰。想我今夜为谁难眠，想长空依旧恨，想九歌难为弹……我想有你的时候，山村旅店的夜晚不再是寂静无声。你会在我的床头放一杯水，偎在我的怀里窃窃私语，不时给我一个香吻，还有甜甜的酸奶，我们一同孕育着明天的果实和朵朵花开。

人的一生，就是一场一个人的旅行，我们有时去追寻风景，有时漫无目的地流浪，有时成为别人旅行中的过客，有时把别人当作过客，但我们始终是一个人在这条路上旅行着。我们该清晰地明白，我们所处的位置，我们旅行的目标和方向。不然仍旧不能丢掉对过往的怀想。

我去芳村做回"且"

　　近日，落实一个早已拟就的远行计划——去河北芳村走一趟。

　　当然，是先从徐州坐高铁，到在河北发展的老同学处，让他开着汽车一同去的。要不然，会不受那些芳村人欢迎的，拿着下眼皮扇你。这些风俗，《陌上》中都写过哦！

　　作家付秀莹说：芳村这地方，村子不大，却也有不少是非。比方说谁家的鸡不出息，把蛋生在别人家的窝里。谁家的猪跑出来，拱了别人家的菜地。谁家的大白鹅吃了大田里的麦苗，结果死了。这些，都少不得一场是非。看来，河北芳村和俺老家苏北还有些相像呢。

　　而后，寻着《陌上》中描写的几个场景，一一走过。

　　时节已是春夏交接的时候。地气蒸腾，隐约还有一种躁动。空气里也雾蒙蒙的，像是软软的烟霭。麦田里的绿，没有了犹豫，明明朗朗的。阳光一晃一晃的，在窗玻璃上跳跃，车子里便被弄成了两个世界，一半是明的，一半是暗的。车子顺着北方白土地上宽阔的大马路，就这样刷刷刷刷地开着。

　　麦子已经秀了穗，正是灌浆的时候。风吹过来，麦田里绿浪翻滚，一会儿是深绿，一会儿是浅绿，一会儿呢，竟是有深也有浅，复杂了。有黄的、白的蝶子，随着麦浪起伏，上上下下，左左右右，殷勤地飞。偶尔有一两只，落在淡粉的花姑娘上，流连半晌不去。不知什么地方，传来鹧鸪的叫声，行不得也哥哥——行不得也哥哥——这，不知是告诉我们不要去那儿，还是想挽留我们，伴着它说说体己的话儿。

车子开到芳村的南面，远远瞧见一片新盖的房子，大多是楼房。走近时，只见房子都是高门楼，大院子，气派得很。家家二层小楼，装修得金碧辉煌，宫殿一样。朱红的大门，漆黑的大门，草绿的大门，橘黄的大门，一律贴着大大的门神，威风凛凛。对联有枚红，有胭脂红，上面有写"春到堂前添瑞气，日照庭院起祥云"的，有写"福满人间家家福，春回大地处处春"的，有写"又是一年春草绿，依然十里杏花红"的，墨法饱满，漆黑中透着青绿，十分醒目，一派富裕的景象。对联上漂亮的书法告诉我们：芳村有着文化人呢！是个藏龙卧虎之地。

来到村庄，迎面见一个快六十岁的妇人。黑色香云纱裙裤，奶白色软绸短衫。头发梳得光光的，在脑后绾成一个圆圆的纂。脸上倒是干干净净的，但那一双眼睛，哪里管得住！那眼神，怎么说呢？又风骚又毒辣，好像是带了钩子——可以想见，年轻时候做过多少荒唐事。我细细回想：这不就是香罗的娘——小蜜果嘛！书上说：香罗不仅传承了母亲的风骚，还是个在县城里开着有名声的香罗发廊的老板，店里都是绝色的美女，让芳村的男人、女人们不是馋涎欲滴就是心生羡慕。我想，来芳村，该买点小礼品带给要去看望的人家。看着这年老光鲜的女人，不敢多说，只问她：哪儿有卖东西的小商店？

老妇人指着前方不远处的二层小白楼，说：村委会楼旁就是超市。远远望去，"秋保超市"几个字在阳光下晃晃的。进入秋保超市，老板娘听说我们是北京来的，去瞧亲戚，便一口气挑了一大堆，一箱核桃乳，一箱鲜牛奶，一箱杏仁露，一只烧鸡，一大块咸驴肉，半个酱肘子，两盘鸡蛋。我们说够了够了，老板娘哪里肯听，又快速地把一些酸奶、火腿等杂七杂八的零食塞过来，说是北京来的大官，这花的是点小钱。

我们决定先到在北京工作的翟小梨的父亲那儿看看。翟小梨是我在北京的一次学术研究会上认识的，老老实实做学问的人，普通的研究员，在北京那算是最底层的了。我想：若有人问起，就说我们到农村调研，小梨让我们顺便带点东西给老爷子，是小梨家的"且"（亲戚）。不说小梨工资有多少，也不说小梨官有多大，让他们猜去吧。皇城根下的，在国家机关工作，反正不会差。

走在村庄的小路上。杨树的叶子像手掌一样，不时地摇摆着。槐花却开得正好，一串一串，一簇一簇，很是热闹。

到了小梨家，丢下大大小小的礼品袋，便请小梨的父亲带着我们去找村支部书记建信。

这时，是个半阴天，太阳像是故意的，一会儿从云彩后面露出来，一会儿又躲进去了。房屋拐角处，有一小块巴掌大的闲地，种着几棵架豆角、几棵西葫芦，还有几棵葱。有一只蝴蝶，高高低低地飞着。不一会儿，又来了一只蜜蜂，嘤嘤嗡嗡的，一会儿左，一会儿右。

小梨的父亲陪着我们来到村委会对面，门前挂着个"难看小酒馆"招牌。芳村这地方，起个名字很随意，看到啥起啥，想起啥起啥。据说，孩子生下时，小名儿越低贱，越好养活。名叫难看的老板不知去忙着哪一头了，丢下漂亮的儿媳妇春米，在门前树荫下和村支部书记建信嘁嘁地说着悄悄话，声音不敢大，也不敢小。像是怕人听见，又怕人听不见似的。

春米今儿个穿了一条窄窄的浅黄裙子，紧紧裹住下身，上面落着一片一片细细的叶子。用一个浅色塑料卡子将头发绾起来，有一小绺散了，在脸颊上一飞一飞的。小酒馆前头有一棵大槐树，把这屋子遮去了大半个。不知道蝉在哪一根树枝上唱着，喳，一声，喳，一声，喳，又一声。日光透过树叶，有一片正好落在春米身上，春米整个人就成了金色的，毛茸茸的。春米泡了茶，端到建信跟前。建信却不接，只拿眼睛看着春米颈窝里的那一颗痣，春米红了脸，把茶杯咣当一下放在桌子上，也不理他，扭身就走，丢给建信书记一个圆鼓鼓的屁股，如一只热腾腾的肉包子。

看这情景，不便打搅，我们很知趣，随着小梨的父亲在村里村外走一圈，又回来。天渐渐地晚了，日头挂在树梢上，眼看着已经掉下去大半个了。薄薄的烟霭升起来，像是淡淡的蓝色，又像是淡淡的紫色，把村子一重一重地掩映起来。晒了一天的村庄，这个时候才有了些凉意。树木的影子一层一叠的，被烟霭笼着，在暮色中散发出郁郁的湿气，向晚的风吹过来，把身上的汗都轻轻拂去了，皮肤紧绷绷的，像是有无数个小嘴儿吮吸着，痒酥酥的。

建信书记知道我们是翟老爷子家从北京来的"且"，又是搞农村工作调研的，一定要留下在难看小酒馆吃晚饭。这时，难看媳妇扎着围裙，正坐在门前的阴凉里择菜，一边招呼我们往屋里走，一边吩咐儿媳妇春米上茶水。难看穿着大裤衩，趿拉着拖鞋从里屋出来，笑着道，贵客，贵客。建信对春米说，来几道你家拿手的家常小菜，再准备些冰啤酒。小媳妇红着脸，答应着，赶忙去预备了。不大会儿，小媳妇已经把菜摆好了。一个熏猪耳朵，一只手撕鸡，一盘盐水花生，一盘煮毛豆。难看冲着他媳妇喊道，再添俩热菜。只听后厨里菜刀响案动，不一会儿便传来油锅爆炒的声音，香气夹杂着水汽，渐渐弥漫过来。小媳妇来来回回的，又端上来两个热菜。一个红焖肘子，一个熘肥肠。建信书记又点了几道喜欢的菜，忙得小媳妇一趟一趟的，脚不沾地。酒是建信书记点的河北特产老白粉。当然，这顿饭的账，我们在席间悄悄地结了。

从难看小酒馆出来，已经是黄昏时分了。旁边的超市亮起了灯火。里面人影绰绰，映在落地玻璃窗上，一高一下的。

建信书记陪着我们，深一脚浅一脚地走过超市门前，想进去买烟。一个女孩从里面匆匆出来，一股子幽幽细细的香气飘过，仔细一看，是个年轻女孩子。建信书记喊，望日莲，忙着去找谁啊？只见那女孩穿一条牛仔短裤，屁股包得紧绷绷的，一双长腿却白花花地露出来，上面是一件窄巴巴的T恤，短得盖不住肚脐眼儿。建信书记斜着一双醉眼，朝着那细细的小腰看了一眼，又看了一眼。那女孩说，书记啊！只见那小腰细细的，肚脐眼儿却深深的、圆圆的，小酒盅似的，叫人忍不住想吃上一盅。

建信书记陪着我们走在芳村弯弯的小路上，谈着近几年村里的变化，也谈着村里大大小小厂子里的皮革生意，还谈着翟小梨的家庭和翟小梨的优秀，语气中，有一种对小梨的眷恋。闲聊中，我们有意无意地把小梨在北京的底透露些，老公也是不小的官，父母都是高级干部，在家、出门都有秘书跟着。小梨是有名的学者，做研究的人低调，不张扬。我想，不能再让人说"百无一用是书生"了。要让小梨在村子里说话不再躲躲闪闪，吞吞吐吐，难为情。

这个季节的黄昏，似乎来得要晚一些，草木眼见得越发茂盛起来，好像就是夏天的感觉了。在芳村，眼见着，多的是各种树，杨树、柳树、刺槐、椿树，也有人家栽了枣树、石榴树、苹果树、桃树，却不大见杏树和李子树。都说是桃养人，杏伤人，李子树下埋死人。人们乱说杏和李子不好，就索性躲着它们。听说，芳村的人家，也有好花草的，却并不多。若是谁家的廊檐下，或者影壁前面，栽了美人蕉、夹竹桃，或者月季，或者牵牛花，这家的主人，一定是一个爱好（hǎo）儿的。在芳村，爱好儿好像是讲究的意思，又不全是。总之，爱好儿也有爱干净、爱脸面、爱漂亮的意思。

月亮慢慢升起来了。天空是那种很深的蓝，湿漉漉的，好像刚从染缸里捞出来一样，只要轻轻巧巧地拧，就能拧出蓝的汁子来。月亮却是淡淡的黄，也不怎么圆，挂在树枝上，一路上只管跟着人，走走停停。星星很密，在天上一闪一闪的。夜晚的芳村到底是凉爽多了。不大的芳村，走了一圈，又回来。村委会的院子里，本来有一帮妇女在跳舞，音乐蹦蹦蹦蹦蹦，十分热闹。一会儿是《小苹果》，一会儿是《最炫民族风》。远远地，见村委会小白楼前围了一堆人，一声一声的，像是在吵架。建信书记又有事要做了。我们和建信书记告辞，说了一大堆客气话，要驱车回北京。

一钩弯弯的月亮，挂在了天空。星星们好像一下子就密起来。一颗一颗，一颗又一颗，再细看时，又有很多颗星星不知道是从哪里冒出来的。田野里，早种的玉米苗从麦茬里蹿起来，绿莹莹的。萤火虫飞过来，飞过去，一闪一闪的，比赛似的。

夜深了。芳村的夜，又安静，又幽深。月亮在天上游走着，穿过一朵云彩，又穿过一朵云彩，一转眼就不见了。地上的庄稼啊，房屋啊，草木啊，也跟着一会儿明，一会儿暗，有一阵子，竟然像被洗过一样，清亮亮的，格外分明，白沙沙的土地上，落满了树影子。也不知道是什么花开了，香气浓得有点呛鼻，混杂着一股股臭皮革的味道，叫人忍不住想打喷嚏。虽然有着工业的皮革味，可更多的是绿水青山的韵味，花香树绿，人美情亲。走在芳村的小道上，酒意慢慢地泛起来，我已沉醉其中了。

　　芳村如此之美，不去是你的遗憾！无论你何时去，香罗的娘都会告诉你哪儿是秋保超市。在难看小酒馆，你不仅能见到热情好客的建信书记，还能见到腼腆地红着脸的春米。在村委会门前的舞场，你还有机会邂逅透着幽幽细细香味的望日莲。更有那杨树、柳树、枣树、石榴树、桃树、玉米、小麦，飘着清清浅浅的香，让你醉在芳村的月光之下。

　　如若你还嫌这"且"做得不够尽兴，就去读《陌上》吧。

运河水的味道

运河，于我是熟悉而陌生的。熟悉的是它的名字和历史，陌生的是它的长相和品行。没想到的是，第一次与运河的亲密接触，是在扬州；第一次知道运河水的味道，是在扬州。人们都知道：水，化学式为H_2O，是由氢、氧两种元素组成的无机物，在常温常压下，是无色无味透明液体，被称为"人类生命的源泉"。

扬州那运河的水，到底是什么味道？

源头：绿与净

庚子年冬月的冬至日，江苏文学院第三期学员一行说说笑笑走进扬州市江都水利枢纽工程。

这里是著名的南水北调的源头之一。

江都水利枢纽工程建在广袤的苏中平原上，这里河网密布，稻菽千重，素有"鱼米之乡"的美称。

这里也是一座生态公园。走近，首先看到的是源头纪念碑，绿莹莹的"源头"两个大字，镌刻在一块巨大的黄澄澄的石头上，醒目、亮眼、舒心。步入其中，道路两旁松柏高大茂密，还有棕榈等南方佳木，一片郁葱。虽是冬月，依旧草木葱茏，生机盎然，空气清新，一片好生态，亦如八月里的南国。静听细嗅，鸟语花香。远望近瞧，亭榭楼台，飞檐翘角，若世外桃源。这里还园中有园呢。明珠阁、江石溪碑亭等景致点缀其间，俨然一幅人与自然和谐的美丽画卷。

走进四号泵站，登高远望，四面环水，站闸相连，气势磅礴，犹如水中巨龙；水波上面，点点白色，鸥鸟展翅飞翔。

这里是京杭大运河、新通扬运河和淮河入江水道的交汇处，既是江苏江水北调工程的龙头，也是国家南水北调的源头之一，它通过泵站提引长江下游的水，沿京杭大运河逐级翻水北送。

历史上，这里曾是旱涝不保地带，老百姓缺衣少食，日子过得艰难忧虑。中华人民共和国成立后，毛泽东主席发出了"一定要把淮河修好"的号召。1961年12月江都水利枢纽工程开挖第一锹土，到1977年3月，历时十六年，建成四座大型电力抽水站，十二座大中型水闸，三十三台机组，每秒钟可提引江水四百七十三吨。2013年5月，南水北调东线一期工程江苏段全部通水。

已建成的南水北调东线，南引长江洁净之水，沿京杭大运河把平行的河道以及起调蓄作用的洪泽湖、骆马湖、南四湖、东平湖串成一条珠链，逐级提水北送，而后，再向东，沿胶东地区输水干线输送到烟台、威海。运河水啊！爬坡过坎越岗，一路逆行，"一江清水向北流"，行走一千余千米，经过十三个梯级泵站提引，总扬程达六十五米。

从此，胶东半岛的土地不再干涸，人们也不必饮用海盐渍浸过的水，这来自远方纯净的白花花、清凌凌的水不再苦涩、不再咸碜，它掺和着长江水的香糯、洪泽湖水的甘甜、东平湖水的清凉，像一瓶琼浆玉液摆上胶东人的餐桌，引得胶东人一片欢笑。

在这里，运河的水不只是甜甜的，还是充满激情的。

邵伯船闸：古与兴

"邵伯船闸"四个字，是由蒋中正先生题写的，可见这船闸的不一般。

我把视线和心思都从远处那水波缥缈的邵伯湖，那河湖相连、田水相接、浩渺无际的旷野上收回来。看着眼前的船闸，几排高大蓊郁的水杉树遮掩着船闸，闸内河道宽阔，水量丰沛，船只一艘接一艘停泊在水面上。

听介绍，邵伯船闸建在邵伯湖东南里运河西堤上，主要起调节湖泊水量的作用，使湖泊达到调洪、灌溉之利，此船闸在全国排名第三，仅名列三峡大坝和葛洲坝之后。船闸是古老的，它有一千六百多年历史呢。为东晋著名政治家、军事家和诗人谢安镇守广陵时所建。谢安屯兵步邱时，见这里的地势西高东低，西部农田常受干旱，东部农田又易受涝，为克服水患，遂率民众在河水中筑起一道堤坝，即为埭。从此，旱可蓄，涝可排，田地里的庄稼有了保障。人们感恩他、怀念他，把他比为西周德行高尚的召伯，将他所筑堤坝命名为"召伯埭"。而"召"与"邵"古时又相通，以后此处地名便演化为"邵伯"。

农田保住了，但过往的船只不方便了。为使过往船只能顺利过坝，又在埭的两侧各建一道三米多高的斜坡，涂上泥浆。每条过往船只过坝时，都要人推绳拉畜引，费尽九牛二虎之力。

那些船家人，骨瘦如柴的身上穿着薄衫破衣，挥汗如雨，用尽力气，方使得船只过闸。这运河里的水，是浸透了汗水和泪水的，是酸咸的。

唐朝时，改埭为单斗门船闸，闸门用厚厚方木制成，闸门打开船便可通行，过闸的船省力了，可闸内闸外的水位相差七米之高。丰水期开闸时，不管大小船只都要沿着河道顺流而下，大船沉重，惯性大，不好把控方向，顺水直射出去，小船则如一片树叶，如旋进深渊。过闸时，船老大们提心吊胆，一个不小心便会船毁人亡。此时，运河的水是苦涩的。

宋朝时，改单斗门为双斗门船闸。民国年间，又采用钢板桩、钢筋混凝土浇筑，闸门开启机械由英国进口，是中国最早的现代化船闸。蒋先生为之题名。

中华人民共和国成立后，在船闸的西边，建造了一座新式船闸，后被称为一号船闸，年通过船运量达两千万吨。后又新建二号船闸、三号船闸，使用微机控制系统，自动化管理。工作人员只需在机房里操控，看着每一条船进闸入位，船满放行，船只过闸时如履平地，无坎无波，千吨级船只也可轻松通过。船老板们嘴里叼着烟，热情地和工作人员打着招呼，天南地北地聊着奇闻逸事，紫铜色的脸上绽放着甜甜的笑容。口渴时，弯下腰，掬一捧运河水送进口中，那水是香的、甜的、柔的。

南关坝：筑与掘

高邮，一座水岸小城。

西面，高高的运河大堤挡住高邮湖那烟波浩渺、莽莽苍苍的湖水，紧挨着堤坝，县城就在湖水的脚下，湖面就在高邮人的额头。

高邮，亦为河网密布、土地肥沃、物产丰富的鱼米之乡。春秋为吴邗沟地，越并吴属越；战国，楚并越属楚。秦灭楚，筑高台，置邮亭，故名高邮，亦称秦邮。

在高邮第二天，阳光初升，运河从安静的睡梦中醒来，一捧散金碎银丢落到湖面时，寒风瑟瑟中我们去南关坝，去翻一页高邮人饱尝运河水酸甜苦辣的篇章。

南关坝，位于城南五里处的运河北岸，也称五里坝。坝顶建有正门三间，门两边书一副对联：固长堤任尔风狂雨暴，坚大坝保咱国泰民安。左右还各有房屋三间。坝体四周砌了仿古式围墙，形成一个院落。院内墙壁四周布置着归海五坝文化长廊，在讲解员的引导下，顺坡台走至坝底，得以见到石坝的原貌。坝顶一律用石板铺面，石板之间用铁锭连接，锭面上还清晰可见铸就着阳文"钦工"二字，石板缝隙间用石灰糯米汁灌缝，板与板之间平整严密，成流线型溢流面，坝下水岸边几排杉木桩打入水底，听说有七八米长呢。原来，石坝起着滚水泄洪之作用。平时上面封土蓄水，利于航行。雨季到来，河水暴涨时，为了保障大堤安全，开坝泄洪，让滔滔洪水向下游倾泻，名曰：泄洪归海。

明朝末年，淮河入海水道因黄河泥沙长期过境，淤塞，而洪泽湖又容纳不了全部淮水，遂循地势向南流去，防洪堤坝也随之不断加高，高邮湖逐渐形成悬湖。大运河作为漕运要道，为了保障漕运安全及洪泽湖西岸明祖陵不被水淹，明朝政府便在洪泽湖高家堰上设立仁、义、礼、智、信五处掘堤泄洪处，即归海五坝。清朝康熙年间，高邮便对应设立南关坝、五里中坝、柏家墩坝、车逻坝和昭关坝五处掘堤泄洪处。比如南关坝，汛期水位达到预期位置，便掘堤泄洪，把下游的城镇村庄、农舍田畴当成泄洪区。当滔滔洪水从坝上流过时，水深八尺有余，上下水头差九尺余，波涛高两丈余，河下游顷刻间田舍漂沉、一片汪洋，田间稻菽更是颗粒无收。

可以想象，地处洪水下游的高邮人民，在汛期只能居无定所，饿殍遍野，饱受洪涝之灾。泄水归海，实为归田，给高邮及里下河地区人民带来深重苦难。1931年夏秋之际，整个长江流域发生特大洪水，江淮并涨，运河河堤溃决，整个里下河平原汪洋一片，三百多万民众流离失所，七万七千多人死亡，一百四十万人逃荒外流，淹没耕地一千三百三十万亩，倒塌房屋二百一十三万间。

在南关坝旧址的陈列馆，看到一座雕像：决堤的洪水，咆哮着，翻滚着，似乎要把整个大地吞噬，一位年轻的母亲，用绳子把孩子捆在自己的身上，左手紧紧地把幼小的生命托在胸前，孩子的身子刚刚露出水面。右手用力地向上向前拨开打着漩涡的洪水，齐腰深的洪水打湿了她的头发和衣服，只见她大张着嘴巴，吐着口中的洪水，满眼的惊慌、恐惧和愤怒，拼命地在肆虐的洪水中挣扎、求生。也许，她想到的不只是自己，还有幼小的孩子，他不该刚刚来到世间就这样离开。对于年轻的母亲，运河的水是苦的、涩的、酸的，掺着血和泪，也掺着无奈和愤恨，是吃人的水。

历史翻过沉重的一页。岁月沧桑，历史永恒。中国的水利工程，彻底改变了运河水的性格，南关坝下的河水还在流淌，不舍昼夜，不时激荡起一串串涟漪。今天，运河的水早已变清变乖，它是那么的清澈，那么的温柔，那么的安详，它带给高邮人的是甘甜和吉祥。

第二辑

雪域西藏

高原上的神湖——措那湖

西藏，是离天空最近的地方；西藏，是一幅天然画卷。

西藏，在很早之前就莫名地成了我一直念念不忘的地方。或许是为了追求大自然的美景，或许是去寻找人生的信仰，亦或许是去聆听和叩问生命……说不清道不明……那儿有洁净的蓝天白云，巍峨的雪山，辽阔的草原，洁白的哈达，成群的牛羊。有高入云端的喜马拉雅山，奔腾不息的雅鲁藏布江，神秘的布达拉宫，金黄的大昭寺。还有青稞酒、康巴汉子、锅庄舞、转经筒、五彩的经幡，梦一样萦绕在心头。

几个朋友相约去西藏，从去年到今年，从初春到中秋，方才下得狠心，踏上行程。

晚上十一点，在南京火车站乘坐从上海站发出的Z164次直达列车，沿京沪铁路、陇海铁路、兰青铁路和青藏铁路行走，跨越江苏、安徽、河南、陕西、甘肃、青海、西藏七个省区，行程四千余千米，行走近四十五个小时。途中，列车只在蚌埠、徐州、郑州、西安、兰州、西宁、格尔木、那曲几个车站短暂停车上下客，而后直达拉萨。我们晚上七点半到达拉萨。西藏留给我的惊喜太多，只能选取几个片段珍藏。

一次西藏行，至今在梦中。

　　火车到达西宁站是在我们出发的第二天晚上九点十分，在这里停留二十分钟，所有乘客带着全部行李，门对门地换乘青藏铁路的供氧列车。从此时起，我们踏上了通往拉萨的天路。

　　火车上的第三天清晨四点二十分，到达青藏铁路上的第一站——格尔木，青藏铁路上的美丽风景便从这里开始。这里的日出比家乡要晚很多，早上八点以后太阳才从地平线上慢慢升起，露出淡红色的脸庞。昆仑山的玉珠峰和可可西里无人区在影影绰绰中走过，有三三两两的藏羚羊在清晨朦胧的羌塘草原上休息。

　　此时，我耳畔仿佛响起一曲优美的旋律：清晨我站在青青的牧场，看到神鹰披着霞光，像一片祥云飞过蓝天，为藏家儿女带来吉祥……

　　将近九点，眼前就是无尽的雪山了。这里，除了能看到高原的山河冰川，时不时还能看到成群结队的牦牛。牦牛，生活在高原地区的特有牛种，我还是第一次见到。中午十二点左右，列车爬上海拔五千米以上的长江发源地——唐古拉山脉。隔着车窗可以看到连绵不绝、雄伟壮阔的雪山。

　　下午两点左右，列车的广播由音乐声换成了女播音员的声音，她告诉我们：列车正路过世界海拔最高的淡水湖——措那湖畔。车厢里的人们纷纷拥到窗口，拿出手机"咔咔咔"地拍照。这里没有看到长枪短炮，说明我们的车厢里没有摄影发烧友，也许，他们更爱好自驾游吧。

　　我扭着头，向山那边远远地看去，只见一条蓝色的丝带在前方飘动。那就是措那湖吗？在阳光的照射下，在一望无垠的草原和蓝天的衬托下，措那湖水时而蓝时而绿，仿佛明镜一般的高原宝石，美不胜收。列车沿着措那湖畔行驶十多分钟后，安详、圣洁的措那湖才渐渐从人们视野中消失。我恋恋不舍地目送它的远去。

此时，列车的广播介绍：措那湖位于西藏自治区那曲市多安县，是怒江的源头湖，海拔四千八百米，面积约三百平方千米，是世界上海拔最高的淡水湖。湖中水产丰富，吸引了黑颈鹤、天鹅、鸳鸯等多种国家级重点野生保护动物栖息，湖边宽广的草场则是藏羚羊、黄羊和牦牛的快乐家园……

站在车窗边，听一个年近五十岁的男性列车员说：措那湖，传说曾是西王母的沐浴之地，是当地藏族人民心目中的神湖。每到藏历龙年，有成千上万的信徒前来朝拜，祈祷风调雨顺，牛羊兴旺。在湖的东面，青藏铁路与宁静美丽的神湖贴身而过，最近处仅二十米。措那，在藏语里是黑湖的意思。

我没有追问措那为什么叫黑湖，它应该是相比于洁白雪山的吧。列车没有停留，我凝望着车窗外，没有看到旅友将车辆停留在湖边拍照，可能这里就没有可停留的地方吧。措那湖，我只与它擦肩而过，一面之缘，留下今生永远的惦念。

绿水间的凄美——巴松措

在西藏，行程第一天。早晨七点，从酒店直接上旅行车。导游说，西藏为了游客的安全，全部使用中巴车接送。我们的团队只有十七人，旅行社安排的是十九座中巴车，舒适、轻松。为了让大家慢慢适应高原气候，今天先去林芝，在那里过渡两天。

车子沿着318国道一路前行。中午时分，到达米拉山口。这是去林芝的必经之地，也是休憩之地。停车休息，看景。此时，已经有同行的队友头涨、耳鸣、胸闷、气短、四肢无力，下不了车，只能坐在车子里观景。我揣着兴奋与勇气下了车，站在蓝天白云下，站在米拉山口，让冷冽的山风劲吹。而后慢行，大口呼吸，去抢占山口那块刻着"米拉山口海拔5013米"的巨石，站立，拍照。山顶上还有三头高大的牦牛雕塑在风中眺望辽远的苍穹，五彩经幡在大地与苍穹之间飘荡摇曳，连地接天。也许，这每一条飘摇的彩幡都寄托着藏族人民虔诚的愿望吧！听说，凡有经幡的地方，都有神灵存在。我双手合十，口中默念：愿上苍神灵保佑中华大地风调雨顺，国泰民安，幸福安康！

二十分钟的停留，只来得及拍一张纪念照，吸一口稀薄的空气，把蓝天下的劲风也吸进肚子里。车子又南行了。

下午两点，车子把我们送到巴松措，导游给了一个小时的时间自由活动。

巴松措又名措高湖，藏语中是"绿色的水"的意思，湖面海拔三千七百多米，位于距林芝市工布江达县五十多千米的巴河上游高峡深谷里，是红教（藏传佛教宁玛派）中的神湖和圣地。

沿着湖岸的台阶逐级而下，走过两侧与头顶挂满经幡的小路，来到湖边的石滩。远远望去，雪峰、冰川、森林，拱照出高山峡谷里一轮新月似的湖面，玉石般没有一点杂质的绿水倒映着黛色峰峦。湖面上沙鸥、白鹤惊飞，点破湖面，且自翩翩。这湖水，让人沉静，让人心仪，它是天使流下的一滴泪吗？

巴松措湖中有一座小岛，四面环水，叫扎西岛。小岛点缀在水中，林木掩映，小巧秀美。仿佛见到陶渊明笔下的"世外桃源"，难道这就是雪域高原的人间仙境？难道这就是梦魂萦绕的香巴拉？难道这就是没有纷争、远离烦恼的净土？

怀着好奇，从观景台走上摇摇晃晃的浮桥栈道。这浮桥长不过百米，游客成排地走上去，有的摆姿拍照，有的看湖看山，有的看水看鱼。按照藏传佛教习俗，从左边上岛。围着小岛顺时针转了一圈，岛上有黄灿灿的转经筒，有高高的白塔，有格萨尔王战马留下的蹄印和挥剑斩石留下的痕迹。植被繁盛，古树名木不少，有桃抱松的连理树，还有从前的水葬台。可以想象，春天来时，桃花与青松相映，一步一景，步步神奇，煞是好看！

传说，这是座浮岛，岛下面是空的，与湖底不相连。岛上有一座名寺——措宗贡巴寺，是由藏传佛教宁玛派高僧桑杰林巴于六百多年前兴建的，"措宗"意为"湖中城堡"。由于该教派的僧人都戴红色僧帽，所以被称为"红教"。走至寺前，看到的是木石结构，上下两层，的确像个城堡。寺的门前，石阶两侧，赫然立着两具夸张的木偶，木偶制作粗糙，整体被涂成了酱紫色。左边一个男性，生殖器凸出粗壮；右边一个女性，阴部显眼浓荫。女孩子们看得脸红心跳，不敢直视，这是在其他任何寺庙没看到过的。据说红教一大特色，就是生殖崇拜，这就不足为奇了。看到这生殖崇拜图腾，只能说，地处高寒地区的西藏人民，非常渴望生命、尊重生命、崇拜生命。

关于这座美丽的小岛，还有一个凄美的爱情故事呢。

很久以前，巴松措居住着一对相亲相爱的夫妻，英俊的丈夫叫扎西，美丽的妻子叫卓玛。每天丈夫上山打猎，妻子到湖中捕鱼，日子如神仙般无拘无束。然而，好景不长。一天，波密王带着大队人马来到湖边，听到湖旁传来悠扬婉转的歌声，顺着歌声的方向，看到正在捕鱼的卓玛容貌惊人。邪恶的波密王就把卓玛掳到了波密，强迫其成为自己的妃子。可怜的卓玛在波密王戒备森严的宫殿里被监禁了整整三年，渐渐地波密王对卓玛放松了警惕。终于在一次波密王出行的时候，卓玛穿上自己最心爱的蓝衣裙，骑着白马千辛万苦地逃回了巴松措，但怎么也找不到丈夫扎西，她绝望地跳入了湖中，美丽的蓝衣裙把湖水染成了湛蓝湛蓝的颜色。扎西得知卓玛已离开人世间时，也悲伤地投入湖中，发誓永远和心爱的人厮守。美丽的圣湖把扎西变成湖中的岛屿，这样他就永远和自己的爱妻卓玛在一起了。

巴松措，一片美丽的湖水，一段凄美的故事，一个历史久远的岛屿，让人叹惋，让人怀想，让人留恋。

碧绿色的浴场——南伊沟

在西藏的第二天晚上，住进林芝市的八一镇。这里海拔只有两千八百米，空气湿润，湿度适宜，比在拉萨好多了，没有人出现高原反应。晚上导游招待了啤酒，几个油腻大叔喝得天昏地暗，面红耳赤，粗声大气，满口狂话。

一夜安眠，八点钟吃早饭，而后去往南伊沟。车子开得轻轻松松，人也轻轻松松，不需赶时间，去早了景点也不开门。一路上人人喜笑颜开，不再像在拉萨一样不苟言笑、轻言慢行，早把高原反应这档子事忘到了脑后。

南伊沟是边防重地，还未完全开放。我们的车子在边防检查站停下，每人交出身份证，验明正身，车子开进景区换乘敞篷环保电瓶车。逆河而上，但见两侧青山，峰峦叠翠。

景区的导游——一个珞巴族姑娘介绍说：南伊沟是我国人口最少的少数民族珞巴族的聚居地，珞巴族的总人口不足三千人，信奉原始巫教。西藏解放前，珞巴族还过着刀耕火种、结绳记事的原始部落生活。这里是神秘藏医药文化的重要发源地，毗邻世界顶级景观雅鲁藏布大峡谷和中国最美的山峰之一南迦巴瓦峰，横穿喜马拉雅山，与雅鲁藏布江相连，纵深四十多千米。集茂密的原始森林、巨型练式草甸、星罗棋布的湖泊、终年不化的雪峰为一体。

　　途中，路旁每隔一段，就会有一种挂在树枝上的网条状植物，大家都很好奇。导游说：这种植物名叫松萝，属寄生植物，是对南伊沟极好环境的肯定。因为，松萝对环境的要求很高，空气中有一点点污染就不能存活，是最好的环境检测器，所以有松萝的地方，就标志着这里有极好的生态环境。

　　几只散养的黑母猪带着一群小猪崽儿，在我们的说笑中，大摇大摆地走到狭窄的路中央，我们的电瓶车慢慢地跟在后面，导游说：这是一群藏香猪，很珍贵的哦！

　　在路旁，不时可见被弃的巨大圆木，已经风化成了一个个活的景点。这原始森林，可能以前缺少保护意识，总有偷伐树木的人，尤其是名贵树种。导游指给我们看一种树，它的表皮成片地脱落。导游说：这叫不要脸树。有不要脸的人，偷不要脸树，做成不要脸家具，卖给不要脸的人。意思为，谁买这种树做的家具谁就是不要脸的人。嘻嘻！真绝！

　　到达景点后，我们沿着曲曲弯弯的小路在林间徜徉。伴在身边的，是汩汩流淌的小溪，溪水是那么清澈，连水下的石头斑纹也清晰可见，只是没有见到鱼。这里是天然的森林博物馆，有保护完好的原始森林和植被，沟谷两侧，林木参天，青冈、云杉、桦树、柏树翠绿幽深；淡黄色的松萝，从高大的枝丫间垂下，有如童话剧中仙女床前的帷幔；路边搁置的巨大圆木，静静地躺在野花野草之中，诉说着一段段古老与沧桑……林间，尤为突出的是参天古树，树是那么的直，那么的高，那么的壮，直插云霄。林间，有从枯树根长出新枝的，有参天大树横身躺下的，也有盘盘曲曲老树新生芽的，还有老树开花的，奇异绝伦。

　　走进沟底，湍急的南伊曲水在谷间轰然鸣响，翻腾的浪花晶莹剔透，洁白如玉。雪山、草地、森林、河流和谐共生。站在河边绿幽幽的草地上，听着轻轻的流水声，沉浸在绿色的浴场，神清气爽，浑身通透。这里该是人们孜孜以求的世外桃源、人间天堂吧？

南伊沟的森林栈道末端还生长着一种阴阳树，被珞巴族人供奉为神树。阴阳树生有四种不同颜色的枝叶，树干天然生成酷似男性和女性生殖器官形状，所以被称为"阴阳树"。

南伊沟景区最深处是天边牧场，几间牧人小屋旁雪峰环绕，牧草茵茵，牛马悠闲，奇树林立。站在这里可以清楚地看到不远处的山头。

中午的太阳从密林间露出一道道金色的光芒，落在身上暖融融的，如一粒甘蔗糖融化在心中。南伊沟的秋天是安逸的、幸福的，置身于山谷间，置身于溪水间，沐浴着阳光，沐浴着绿色，心无杂尘，偷得一片纯净的世界。想起六祖慧能大师的四句偈语：菩提本无树，明镜亦非台。本来无一物，何处惹尘埃！

人世间的秘境——雅鲁藏布大峡谷

从南伊沟回来，中饭后去游雅鲁藏布大峡谷。

本来的行程安排是坐船，在水上观景，可导游说河里的水大，不能乘船，改为走陆路。两点钟从林芝出发，走过美丽的尼洋河畔，走过浓荫的苯日神山，一直向前……走的基本是小路，有走村串巷的感觉。窄窄的路上，路边有不少小型的牧场，也有藏族群众居住的房屋，不时有牦牛或羊群挡在路上，师傅开车小心翼翼的。导游说：西藏的猪、牛、羊都是散养的，随时会跑到路上，高速路上都有。撞了一头牦牛要赔两万块钱。车子一段段地往上爬，路时宽时窄，时好时坏，还有一段段在维修。本不该有高原反应的人，有了高原反应，同行的大姐，半路上就把中午享用的饭菜还给了路边的草地。

磨磨蹭蹭、曲曲折折地来到游客中心，拿票，排队，换乘景区车辆进入。让我没想到的是，大峡谷也有游客中心。我原来的想法就是，坐着汽车，沿着河边走走看看。

游玩的第一个景点是大渡卡遗址。大渡卡，藏语意思就是"放马处"，以前是村民们放马的地方，这里就是大峡谷的入口段。据说，大渡卡江岸还有一座古堡的遗迹，十分壮观，是昔日工布首领的庄园城堡，后来在与波密王战争中，被火炮摧毁。如今只剩下几堵高低不平的土墙，但从遗存的残垣断壁仍能看出昔日的辉煌与豪华。现在的土墙周边挂满了经幡，随风舞动，猎猎作响，藏族群众依旧把它视为一处圣地。看到大渡卡古城遗址就如同看到巍峨的万里长城一样，如此苍凉，如此悲壮，不由得让我们对古人的智慧和能力肃然起敬。真是"江山代有才人出，各领风骚数百年"，"万里长城今犹在，不见当年秦始皇"。

"千年古桑树"和"情比石坚"两个景点离得很近。传说，千年古桑树由松赞干布和文成公主为纪念他们的爱情亲手所植。这棵树以南迦巴瓦峰为背景，以雅鲁藏布江滔滔之水为乐曲，见证他们美好的爱情。走过的人们无不把雪白的哈达献给他们，称颂他们为西藏人民做出的贡献。

在雅鲁藏布江岸边的山脚下，我见到了一棵桃树，将一块两人高的巨石从中间一分为二，茁壮成长。我想：一粒桃树的种子怎么能够从地下那薄薄的土层，顶开巨石，生根开花，长大成材？这是一股多大的力量？需要多么坚强的毅力？传说，有个桃树之王名叫"寿多"，他有两个女儿，同时爱上了一位历经千险、向寿多讨取寿桃给母亲治病的青年阿尼达。聪明的妹妹拉姆施计帮阿尼达讨得了仙桃。姐姐拉玛恼羞成怒，用法术将妹妹连人带桃压在巨石下面。几千年后，妹妹的身体已化为尘土，但桃核却顶破巨石生根开花，期待着再次结出仙桃送给阿尼达。这个故事告诉人们："情"这个字的凶猛，情的力量有多强大。

在这里，少男少女们喜滋滋地围着这块巨石，顺时针转上三圈，祈祷着爱情，祈祷着幸福。放眼望向四周，路的旁边，飘荡的经幡下堆着大大小小的玛尼堆。也许，人们每在玛尼堆尖放上一块鹅卵石，都丢下一个美好的祝愿。江边的旷野里，五颜六色的格桑花开得正艳，香飘四野，我的心里溢满了幸福！

雅鲁藏布大峡谷是人世间的一处秘境，是世界上少有的一块处女地。这里有世上最纯净的天空，最飘逸的云彩，最雄伟的雪峰，最漂亮的大拐弯，最丰富的宝藏。所有人来到这里，就是要站在高高的山脚，一睹大拐弯的潇洒和壮观。

这里也是景区的尽头，往前就无路可走了。远远望去，在喜马拉雅山无数雪峰和碧绿的群山之中，雅鲁藏布江自西流来，硬是切出一条笔陡的峡谷，穿越高山屏障，峰回路转，围绕南迦巴瓦峰走了一个"U"字形大拐弯，山高谷深，水流湍急，一直向南，而后流入印度。这就是世界第一大峡谷——雅鲁藏布大峡谷。它全长五百余千米，最深处六千多米，平均深度两千二百六十八米。"U"字中间的南迦巴瓦峰，海拔七千七百八十二米，处在喜马拉雅山脉、念青唐古拉山脉和横断山脉的交会处，巍峨挺拔，直入云端。峰岭上冰川悬垂，云雾缭绕，气象万千。

南去的大峡谷，若一条白色巨龙逶迤在崇山峻岭间。此时，我想到了毛主席的诗："横空出世，莽昆仑，阅尽人间春色。"

山脊上的圣湖——羊卓雍错

　　去羊卓雍错，需要一定的勇气和胆量，现在回想起来还是胆战心惊。

　　进藏的第五天，我们去羊卓雍错。这天的行程不是很紧张，早晨七点半在拉萨市神湖大酒店吃了早餐，旅游中巴车准时来到酒店接我们。

　　这天天气依旧很好，天空蓝得像水洗过般透彻。从拉萨向南，越过雅鲁藏布江曲水大桥，汽车蜿蜒盘旋于岗巴拉群峰之间，一路走着"Z"字形、"V"字形、"U"字形的道路，一个个急转弯，一段段爬陡坡。30~40度的斜坡，使得汽车如老牛般气喘吁吁，直哼哼。岗巴拉山风光美丽，可上山的路险象环生，一边是悬崖，一边是山峦。沿着崎岖的窄路转了一圈又一圈，直颠簸得你头晕目眩。七十二道拐或是九十九道拐转得人心惊肉跳。还有一辆辆迎面而来的汽车贴身而过，只留几厘米距离。胆小的女生根本不敢往窗外看，那悬崖峭壁让人心惊胆战。即使胆大者，也会发出一声声刺耳的尖叫。西藏的确是勇敢者的天堂，奉劝高血压患者、心脏病患者、冠心病患者、哮喘病患者、眩晕者、恐高者、胆小者、怕吃苦者莫入。一路上只要有停车点，就会停着许多自驾的车辆，更有摄影家和摄影爱好者架机拍摄，同时也丢下成片的纯净水瓶、食品包装袋，随风飘散，污染着美好的环境，让人心疼。我心想，这样一个天然景观，不应该进行人工开发，开放旅游，应该让它成为永远的天籁之美，让人们对着图片去欣赏、去膜拜！

　　汽车翻越到海拔四千九百九十米的岗巴拉山口，只见山口有一个巨大的玛尼堆，扯着重重叠叠的彩色经幡，在风中呼啦啦地飘扬。山梁下，一片青碧透彻的湖水，与蓝天共色，在阳光下呈现出深浅不同的蓝色：浅蓝、深蓝、孔雀蓝，还有一些是绿色的。这就是被广大藏族群众称为"西藏三大圣湖"之一的羊卓雍错。人们纷纷下车，导游只给二十分钟时间观光、拍照。

　　走近它，可见湖水若镶嵌在群峰之间的一块不规则的蓝色宝石，水蓝得耀眼；又像一条丝质细腻的宝蓝色绸带环绕于连绵的雪山之间，闪着莹莹的蓝光，向远处伸展着。碧蓝的湖水平滑如镜，白云、雪峰清晰地倒映其上，湖光山色，相映成趣。平静的湖面皱起鱼鳞般的细小波浪，那一汪碧水是如此深邃，夺人魂魄。湖南岸边一块块不规则的农田里，一株株青稞在风中招摇，有青绿的，有褐黄的，更增添湖光山色。

　　羊卓雍错是喜马拉雅山北麓最大的内陆湖泊，湖光山色之美，冠绝藏南，是高原堰塞湖，大约一亿年前因冰川泥石流堵塞河道而成，水域面积六百三十多平方千米。当地人通常称之为"羊湖"，湖槽狭长曲折，形似一只展翅欲飞的天鹅，又称"天鹅湖"。相传，有位仙女思凡下界，触犯天规，上天把她变成天鹅贬在这里，诸峰的神女们与她恋恋不舍，常来此与她相伴。

　　游客们不顾高原反应，气喘吁吁地走向湖边。湖水清澈见底，鱼儿嬉戏清晰可见，这该是圣湖里独有的鱼种吧。蜿蜒曲折、连绵不绝的湖岸线，更显它婀娜妩媚、风姿绰约。水质清纯，层次分明，由浅绿至深蓝，如镶嵌在山谷深处的一枚翠玉。

据说，当地流传着这样一首民歌："天上的仙境，人间的羊卓；天上的繁星，湖畔的羊群。"是的，这里水草丰美，牛羊成群，美不胜收！

爱美的女人们摆出妖娆的造型，在蓝天白云下，在高高山岗上，在莹莹碧水边，在习习清风里，定格成永久的记忆。

站在这空气稀薄、红日当头的山尖，此时，我有一个愿望，如若有一群大雁排着"人"字形的队伍，高飞在蓝天白云与蔚蓝湖水之间，那该是一幅多有诗意的画面啊！

离去时，转过身，真的是"惊回首，离天三尺三"的感觉。

雪山下的天湖——纳木错

　　去纳木错，起了个大早，六点钟，酒店一楼餐厅还没到开饭的时间。我们请求提前上班的师傅为我们做了水煮米线和煎鸡蛋，吃得身体暖暖的。六点半的拉萨，天还黑漆漆的一片，冒着略带冷意的晨风，拖着一身疲惫，怀揣着一缕期待，上车，出发。

　　中巴车转入青藏公路后，便看见连绵起伏的念青唐古拉山横亘在一望无际的草原上，让人感受到藏北那人迹罕至的壮阔和雄浑。地上草长得不高，只是一层贴在地上毛茸茸的绿色，成群的牛羊在低头吃草。散落在草地上的一顶顶帐篷，升起一缕缕炊烟，给人以无尽的遐想。望着远处的山巅，云层如压在山顶，一块明亮，一块黑暗。有溪水淙淙从山脚下流过来，把草原一块块分割，如人体上的血脉，或粗或细，枝枝丫丫流向低洼的远方……水流一点点汇集，成为长江、黄河的源头。

　　当我们的车走过羊八井、当雄后，路况变得很差。路一边在翻修，一边行车，高高低低，坑坑洼洼，上下颠簸如蹦迪，左右摇摆如摇篮。坐在后排的几个大叔不断地发出杀猪般的嚎叫，嘴里骂骂咧咧，一遍遍喊司机"慢点""慢点"。这条路正常限速每小时六十千米，车子也就行三十千米以内的速度，再慢就成蜗牛了。我想，他们一定忘记了导游说过的话，来西藏旅游，就是眼睛在天堂，身体在地狱。说实话，这路真的不适合通行。可没办法，游客一辈子到西藏来一趟，不去纳木错，那会终身遗憾的啊！

随着地势逐渐升高，高原反应也随之而来。好在出发前，不少人听从导游的劝说，在拉萨的定点供氧站购买了医用氧气瓶，做到有备无患，大都提前吸了氧气。想起到拉萨的第一天，导游就谆谆告诫我们：来西藏，有高原反应是正常的，只有轻重之说，没有无高原反应的人，若无高原反应就不正常了。我们同行的一位老兄，就不服这个理，十多天时间从无高原反应，一直坚持到南京禄口机场落地，依旧保持着他的"不正常"。追其秘籍，此兄多年坚持每天赶场跳舞，从不间断。哈哈！或许跳舞可以防高原反应！

在车子的阵阵轰鸣声中，前方一些随风飘舞的五彩经幡，引起了我们的注意。导游说：前方就是那根拉山口，海拔五千一百九十米，是我们这次旅程的最高点。山口停靠了许多汽车，游人们都在此驻足留影，久久不愿离去。那根拉山口是个风口，很冷，我穿着羽绒服还嫌冷。这里的气候复杂，随时都会遇到雨、雪和冰雹天气，我们回来的时候就看到地上落了一层厚厚的白雪，远处的山坡上一片白茫茫。这说明在我们去湖边游玩的过程中下了雪。

从这里可以远眺纳木错，它很美，很美……

从那根拉山口一路缓缓地下坡，我的视线就紧盯着那片蔚蓝的天空和湖水。因为空气非常纯净，视野开阔，能见度相当高，所以感觉近在咫尺的纳木错，实际上离我们还有三十千米之遥，汽车又足足开了近一个小时才到达。此时，已经是下午两点钟了，我们还没有吃中饭，肚子早已饿得咕咕叫。一下车，就顾不得旅途的劳累和饥饿，赶快向湖边走。虽然只一二百米距离，可走起来还是很费劲。心情紧张，心跳加快，呼吸急促，我在为纳木错的绚丽、神奇和美好而澎湃激荡。

　　纳木错，湖面海拔四千七百一十八米，面积一千九百四十平方千米，是西藏第二大湖泊、中国第三大咸水湖、世界上海拔最高的咸水湖。听湖滨的牧民说：纳木错，因湖面海拔很高如同位于空中，所以称为"天湖"。湖的南面有终年积雪的念青唐古拉山，北侧和西侧有高原丘陵，广阔的湖滨草原绕湖四周，水草丰美。其间有野牛、野驴、岩羊、狐狸等野生动物；出产虫草、贝母、雪莲等名贵药材；湖中有野鸭等野禽；还盛产细鳞鱼和无鳞鱼……

　　站在湖畔，举目四望，远处绵延不断的雪山构成了纳木错的雄伟背景，眼前一望无际的蓝色湖水，蓝得纯净、耀眼，亦如在羊湖看到的一样，美不胜收。粼粼的湖面上有鸥鸟在飞翔、停立、逐浪、觅食。

　　纳木错是藏传佛教信徒们心中的"三大圣湖"之一，每年都有众教徒迢迢千万里，磕着长头，完成艰辛的旅程，来转湖朝圣，以寻求灵魂的超度。西藏之旅遗憾的是：三大圣湖，我只到了羊卓雍错和纳木错，没有安排去玛旁雍措，与"永恒不败的碧玉湖"失之交臂。

　　"转山转水转佛塔，不为修来生，只为途中与你相见。"仓央嘉措的《那一世》让不少人知道西藏，向往西藏。朝圣者都以到过天湖转经、洗浴为人生最大幸事，听说湖里的圣水可以清洗人心灵中的烦恼和孽障。而我只顾欣赏眼前的美景，忘记掬一捧清泉，洗去我无知时犯下的过错。纳木错，我已经来过，愿从此不再有烦恼和忧愁！

　　还听说，在这湖水中可以看到自己的前世和来生。我一直找寻着心中的自己，可只看到静静的湖水和连绵的雪山。从此，我把自己的灵魂丢在这雪域高原……

第三辑

皖南风情

九华雨，雨九华

中秋的天气，万物葳蕤，枝繁叶茂，气候凉爽，正是秋高气爽好时节。趁着假期，决定去久负盛名的九华山。去九华山，不是去烧香许愿，也不是去拜忏礼佛。

早已知道九华山地处安徽池州，与山西五台山、浙江普陀山、四川峨眉山并称为"中国佛教四大名山"，有"佛国仙城"之美誉。九华山之于我而言，心中早已怀着敬仰和好奇，想看看上山的道路、山中的风景、山顶的名刹古寺。

早晨起来，雨在晨雾中悠悠地下了起来。从宾馆前台借了把雨伞，冒着丝丝缕缕的小雨，随车上山。

车子进入池州境内，雨还是不紧不慢地下着，淅淅沥沥的小雨迎面扑来。烟雨朦胧中，扑朔迷离的群山、树木、竹林一一从眼前掠过。细雨淋湿了野外土地，山绿了，水绿了，松柏湿润了，大地苏醒了，草色葱茏。细雨也淋湿了路边黄灿灿的稻谷和绿茵茵的玉米，淋湿了我朝圣的心情。

车开到山脚下，抬眼望去，青山挂碧树、碧树遮青山的九华圣境如画一般挂在了眼前。

听导游安排，先坐索道来到九华街。九华街实际上是一个山镇，海拔六百多米，主要寺庙也集中在这里，有"莲花佛国"之称。这里除了庙宇，还有学校、旅店、商店、农舍，游人可在这里住宿，并以此为起点，游览山上的名胜。

来到九华山，首先要普及一下中国佛教基本常识：五台山是大智文殊菩萨的道场，普陀山是大悲观音菩萨的道场，峨眉山是大行普贤菩萨的道场，九华山则是大愿地藏菩萨的道场。愿力深广地藏菩萨就在这里，的确是人们许愿祈福的好地方。

走进人头攒动的九华街，俨然走进一个山中的闹市。虽然天上飘着不大不小的细雨，可街道两旁还是停满了水亮亮的名车豪车，整条九华街被从上海、广东、浙江、江苏等地来的小车挤得水泄不通。人来人去，车来车往，慢行在柏油路和石阶上。可见，到九华山的不光是我们这些文弱书生和普通游客来看看风景、发发感慨。法物流通处像大城市繁华街道的专卖店，店面招牌林立，锦旗飘摇，佛事用品琳琅满目，目不暇接，光是香的种类就五花八门，什么岁岁平安香、五福临门香、飞黄腾达香、财运亨通香、六畜兴旺香等，粗细不一，长短不齐，生意兴隆。雨再大也挡不住香客们一掷千金，他们如进高档商场购服装，如进奢侈品商店，只买贵的，不买对的，似乎只有如此才显其心诚，显其对佛门的尊敬。

九华街位于寺庙和法物流通处之间，香客们见佛便拜，点燃高香。雨雾中弥漫着浓浓的迷香味，紫烟在雨滴中或闪或现。山风带着雨丝把升腾的烟云割裂成一条条烟柱，飘向雾蒙蒙的天空。

石阶旁，一排排年代久远的古树在风雨中摔打，更显得挺拔向上，有仙气环绕，有无法洞穿的深意。每一棵古树，都把我的心绪拉长。它们映衬着神秘庙宇般地映衬着我，我在风声、雨声中，宁心静气地听它们一声声诉说。

跟随着游客们慢慢向前涌动，一些男男女女、老老少少或手提色拉油，或拎着一袋袋苹果，或挟着一包包玉米棒，或背着家里生长的山芋，成群结队地上山。

我不解地问身边的游客：他们带着这些东西干吗？

游客悄悄地对我说：这些都是虔诚的信徒，他们带着这些东西是给寺庙的僧人的。

如此说来，我们这些两手空空者对僧人太不够尊敬了。

今天的雨像要驱赶游客一样，越来越肆无忌惮了，直下得我们撑不了伞，不能随心所欲地行走，只好躲进化城寺。化城寺坐落在芙蓉山下的九华街上，也是九华山的主寺。寺的建筑依山势布局，四周环山如城，显示了高超的建筑设计艺术，是九华山历史最悠久的晋朝古寺，又是地藏菩萨的道场。

唐开元、天宝年间（713—755年），新罗国王室贵族金乔觉出家为僧，渡海来华，到九华山苦修，居住在东崖峰的岩洞中，感动了众多善男信女，当地乡绅诸葛节等捐资，为金乔觉建寺。建中二年（781年），池州太守张岩奏请朝廷赐予该寺"化城"匾额。清朝康熙、乾隆皇帝数次巡游江南，分别钦赐"九华圣境""芬陀普教"御笔匾额，屡赐重金修缮化城寺，使九华山的佛教文化得以进一步发展。

化城寺迎面是一座圆形广场，中间有一个月牙形的莲池，名"月牙池"，传说当年为地藏菩萨放生池。只见池中一尾尾鱼儿自由自在地游来游去，游鱼戏水，雨打水池，水花跳跃。

到化城寺敬香的人犹如看明星演唱会的人一样众多，一样热情。我一直认为寺庙是清静的场所，僧人们每日在这里诵经念佛，适合修身养性，而不知如今已成为闹市。

走出化城寺，撑着一把湿漉漉的雨伞，看香炉里的烛火在风中飘摇，火苗化成一缕纤细的黑烟与茫茫的雨烟融为一体。许多人在静静地默念、鞠躬、点香，许下心中美好的祈愿。在这礼佛的氛围中，受香客们的影响，我也从志愿者手中取了三炷香点燃，照葫芦画瓢地模仿着其他香客的动作，将香高高举过头顶，虔诚地朝四方神圣行过礼后，恭恭敬敬拜了三拜，插上敬香台，烧平安早香，为平安祈福，以此弥补自己之前因无知而表现出的不敬。

在这顶礼膜拜的烟飘雾霭氛围中，雨越下越大了。

九华山的雨，像滴落的一颗颗石豆，敲打在水汪汪的地面上，敲打着湿漉漉古寺的飞檐翘角，敲打着信徒们的心灵。伴着僧人们的诵经声和室外音箱里放出的《大悲咒》乐声，我们没有了言语和嬉笑，伫立在凉凉的街头，任雨水淋湿衣衫，沉心静思自己的今生今世和前生后世，回想着走过的几十年人生，其中有没有需要去弥补、去修为的呢？

沿着石头路向山的更高处攀登，只听见山间有阵阵轰鸣声，那是山涧里的溪水千回百转，冲刷峻峭的岩石，势不可当地奔向前方的声音。

当走近百岁宫石阶旁的锁链时，可看到大大小小的同心锁，被雨水淋湿，或锃亮或灰暗或锈蚀，静静地等待它的主人何时再来看一眼，不要让它这样孤独，这样无助。成千上万的锁，小的几十元，大的几百元、上千元。我想，情侣们刻上自己的名字，把锁扣在这铁链上，让它接受风吹雨淋，是否昭示着自己对爱情没有了信心，需要借助外力来稳固，把自己的不自信颤颤巍巍地锁了进去呢？

当然，我心中依然希望地藏菩萨保佑他们，无论是晴天还是雨天，也无论是大锁还是小锁，更无论是新锁还是旧锁。

踩着湿滑的石阶，心情沉重地迎着雨雾走出这长长的锁阵，前方出现一座建在悬崖上的殿堂，这就是著名的百岁宫吧？近看，只见高高的匾额上写有"钦赐百岁宫，护国万年寺"十个镏金字。导游告诉我们，在明朝万历年间，有个叫无瑕的和尚，二十六岁来到九华山，在一个人迹罕至的山洞里苦修。

我想，他与风雨相伴，以野菜当食，百年苦修的忍耐、与世隔绝的寂寞，是当今浮躁和贪恋奢华的人们无法做到的，难怪有这么多的人敬拜他。

百岁宫里僧侣的诵经声和焚香炉飘荡的烟雾流泻出的似远还近的情怀，在这缥缈、圣洁的氛围里洗涤着朝拜者的心灵！伴着沙沙雨声，心中那在纷乱尘世里的忧伤，已荡然无存。

在这里，我也真诚为地藏王菩萨点起三炷香，不是求自己长寿百岁，而是礼敬他的坚忍，礼敬他的信念，礼敬他的宏愿，礼敬他的大爱。

百岁宫外，雨依旧下个不停。蒙蒙细雨中的九华山更像仙境，它时而含蓄秀美，时而奔放豪迈，人们置身于一片烟水迷离之中，心中充满了诗情画意。这里的云海奇景令无数游客陶醉，纷纷拍照留念。不一会儿，四周浓雾升腾起来，如一幅幅泼墨山水画，在云雾缥缈间时隐时现，脚下的山峦像海上的岛屿，在茫茫海水上漂荡一般。百岁宫后面的山顶上还隐隐约约有一尊大佛。苍苍的风雨从大佛的身后飘向遥远的天际，只听见松涛阵阵，猿啸隐隐。风雨拍打着石条铺砌的山路，竹林在飒飒低吟，向风雨中的朝圣者顶礼膜拜！远处那古寺在风雨中时隐时现，飘飘忽忽。

此情此景，不知当年无瑕和尚是留恋这山中美景而能坚守百余年，还是他的百年修炼感召了上苍，把此山幻化得如此美丽，馈赠给懂得欣赏的后人？

"九华一千寺，撒在云雾中。"云雾中那些古寺似有似无，都在你的想象中。雨水清洗过的九华山，如沐浴在莲池中的处子，清新脱俗。不断飘来的云雾，云海翻腾，气象万千，各展雄姿，从我身边飘过，再向远处的山体幻化而去，空灵而禅意隽永，意味深长。此时，我的心中佛光普照，顿悟于九华山之上，灵魂沐浴于神雨仙风之中，神清气爽，清新闲适。

听说，九华山有九十九座山峰、九十九座寺庙，让我想起诗句"南朝四百八十寺，多少楼台烟雨中"。是的，在这云雾缥缈的山巅，只有烟雨朦胧，不见形似莲花的陵阳、九子、天台、十王、莲华、天柱仙子。

随行的当地女导游小储说：唐朝大诗人李白曾数游九华山，目睹此山峰秀异，九座山峰形如莲花，遂触景生情，诗兴大发，写下了"……遥望九华峰。天江挂绿水，秀出九芙蓉"的美妙诗句。一次，他与友人唱和时还写道："妙有分二气，灵山开九华。"此后，人们便将"九子山"改为"九华山"，并沿用至今。

走下百岁宫的山巅，冒着凉凉的雨雾，来到祇园寺，按着约定，我们来体验一次斋饭。十一点钟，开饭的敲板声响了。一群做法事的男男女女，随着主持和僧人有序进入饭堂用膳。我们则站在门外等候，视其有无剩余，方可知今天是否有斋可放，且每人需交十元钱。庆幸的是我们得到了这样一个机会。导游为每人购了饭票，八人围坐一个方桌，厨房的僧人端上四小碟菜和一碗汤，要自己动手盛饭。碟中浅浅地盛着炒白菜、炒瓜菜、腌花生米、腌豆角。汤是清汤，漂着几片青菜叶。年轻的女导游小储说：看这菜，我真的吃不下。我们同桌的一个游客也只吃了几口就丢下了碗筷，说吃不下。

我是第一次吃斋饭，感觉很好奇，吃得下，吃得香甜，也吃得饱。

这让我想起学生时代的大食堂，那时如能吃到这些就是上好的饭菜了。我每顿只有一碗米饭，五分钱的菜汤，好的时候能吃两角钱的白菜炒肉丝。十几岁的孩子正是长身体的时候，每天还

要跑三十多里路，不到吃晚饭时肚子就饿得前胸贴后背了，哪有可挑之食，更没有不想吃的饭。

我觉得，饭菜不在好坏，只是心境而已。僧人们长年累月地吃，我为何不能吃？

饭后，踏着绵绵的细雨，沿着石阶而下，任凭风雨飘打在身上，让这九华山的雨洗净我的灵魂，让我心清目明，忘却人间凡尘俗事。

山脚下，回望雨中清新可人的九华山，它像一位仙风道骨的老人，站立在云海雾霭中，俯视人间大地，为众生祈愿。

鸠兹，听风听乐听鸟鸣

　　周末时光，有人沉迷于牌场，砌长城、摔掼蛋，把日子过得纸醉金迷；有人奋战在酒场，同学聚、战友聚，在醉生梦死里寻找精神图腾；有人醉心于垂钓，小河岸、池塘边，静待鱼儿上钩。我更喜欢的方式是，宅在自己的书房里，选一本喜爱的书，看别样的人生，被文章里的喜怒哀乐感动着、牵扯着。或者，远离城市的喧嚣、人情的负累，背起简单的行囊，来一次说走就走的旅行。

　　人人都有权利选择自己的生活方式，本无对与错，各有各的精彩，各有各的芳华。正如六祖慧能大师说："菩提本无树，明镜亦非台。本来无一物，何处惹尘埃！"每个人都顺着自己的本心去生活，不必强求。无是，也无非。

　　又是周末，在手机的地图上查得，芜湖市近郊有个鸠兹古镇，去过的人都说好。

　　清晨，太阳高高升起时，驾车从南京出发，沿宁芜高速，跟着导航行驶，也就一个小时，便到达古镇。

　　可能是我们去得早，偌大的停车场空荡荡的，只有几辆车。

　　看着古镇大门上"鸠兹"两个字，我想起《诗经》中的句子："关关雎鸠，在河之洲。窈窕淑女，君子好逑。"我和这些游客们同为君子，都是好述之人吧，为了邂逅一场美丽而来。此时，也想到了鸠鸟，鸣叫着飞翔在河中的小岛上，成群结队，翔集于此。鸠兹古镇，是众多鸠鸟云集、林草繁盛之地。远古时期，在这鸟儿飞翔、草木繁盛的江边小城，一定有很多逐水而居的部落，来到长江岸边，也像鸟儿们一样，为了生存来到这里，辛勤劳作，繁衍生息，成为这里的原住民。

听说，"鸠兹"是芜湖市的象征。古时芜湖地势低洼，是遍生"芜藻"的浅水湖，盛产鱼类，湖畔鸠鸟众多，林草丛生，故名"鸠兹"。原来，鸠兹就是芜湖的前身。

走进鸠兹古镇，才知道这儿不像周庄，紧凑逼仄，街面只有几尺宽，游人可伸出两臂触摸两旁的墙壁；也不像西塘，长长的廊棚相连，可在檐下走过河岸小街，走上亭桥，怕晒黑的女孩子们可尽情地躲进去，享受着"美人靠"。鸠兹古镇，很大很大，大得让人猝不及防。南北长近三里路，仅仅一个东区，东西宽也有一二里路，还有西区和被遮挡着正在建设中的地方。一条河，把古镇分割成东、西两个板块。这里没有光滑的石板路，没有摩肩接踵的人群，没有喧嚣的小喇叭，也没有沿街的叫卖声。不多的旅游团队和散客混杂其间，如落进田野里的几粒玉米。我们会在这清风逸逸的古镇，等待一场透彻的春雨吗？我们会在这里生根、发芽、开花吗？也许会，也许不会。

古镇是清一色的传统徽派建筑群，造型丰富，韵律优美，马头墙、小青瓦、白墙灰线、石雕木雕砖雕兀自呈现，构思精巧，自然得体。古镇布局规模灵活，变幻无穷，给人天然去雕饰之美感。

行走在古街道，一幢幢房屋错落有致，树荫浓密，清风徐徐，置身树荫下，或行走，或凝望，或静听。有叽叽喳喳的鸟鸣于树梢上、屋檐下，我不知这是不是鸠鸟在鸣叫，它招引了一群远方的游人与之齐鸣。有微风拂面，这风似一两岁婴儿的小手，细嫩、柔弱、绵暖。有古音古韵缓缓入心，若丝丝梵音，又非梵音，从微风中吹来，让人顿失烦躁，坠入无边的平静安详，心如一泓清澈的湖水。虽若梵音，而无寺院檐角的风铃摇曳，敲出万马疾驰、金戈相击的金属声，让人心中徒增几分急切和担忧。

古镇中心那条南北走向的河流，叫扁担河。河面宽阔平静，水草在河岸上安静地生长，不逢迎，不虚伪，不做作。想起童年时家乡的瑶湾河，也是这样的宽阔平静，河边的蒲草、水芹，无论晴天还是雨天，都安静地守着河水。如我十几年如一日地坚守在家乡的土地上一样。瑶湾河，此岸是小麦，彼岸也是小麦，河面宽且中心水深，不借助桥，是不能到达彼岸的。麦子成熟时，人们要绕道，经过河上的石板桥方能过河、收割、运输，把饥饿的日子填平。扁担河上也有两座小桥，相连东西两区，名为相思桥和平安桥。虽然知道那人平安亦还相思，人有七情六欲，谁都不能免俗。

古镇里，每条街，每个特色商铺，都站立着似真非真的雕塑。手艺精巧的老篾匠、手拿算盘奔跑的孩童、喝醉了酒还在划拳的老者、手揽着孩子赶集的村妇、讨价还价的老板，栩栩如生、眉目传情、口若悬河，徽商形象也活灵活现。我禁不住孩童们那乖巧可爱雕像的诱惑，也模仿他们童真一把，惹得朋友说我玩出了童心。感觉真好，童心永存！

在鸠兹，看到一堵高大的影壁墙，驻足观看的游人最多。这堵墙上有一幅铁画，把鸠兹曾经的山形地貌、河流商街，一一呈现。画的上端该是主题吧——"天下徽商兴于鸠兹"。我此时方知，徽商的发祥地就在这里。南宋时，这里就形成了草市。国人没有不知道徽派建筑的，在江南比比皆是，随处可见。尽管我国已进入了商业繁荣的时代，真正了解徽商的人还是少之又少。徽商俗称"徽帮"，起源于东晋，发展于唐宋，鼎盛于明清，曾为中国十大商帮之首。"无徽不成镇"，大明王朝时期，鸠兹老街即曾是徽商重要的"宜贾宜居"之地。这里成就了阮弼、汪一龙、张文金、朱锦堂、胡贞一、李经方等一代代徽商，他们都曾是某个历史时期的业界翘楚，为芜湖、安徽乃至中国的商业繁荣做出过杰出贡献。

芜湖是一个扼长江之要冲，东临苏沪，西接湘鄂，南通浙赣，北达中原，舟车四通八达，为商贾抢滩云集之地。到了清朝中期，这里已是车水马龙、商贾云集、徽商"扎堆"的徽帮雄镇。难怪这里会成为天下徽商兴起之地。

中午的阳光，热辣辣的。走累了，在街边树荫下的小凳子上坐下来，喝一口水，看一看朋友圈。亦可有意无意间看看朱门里的阔少、小姐们，款款子行。看玩味生活者，浮生若梦。看好汉们，大口喝下一碗米酒，"啪嗒"一声，把黑黝黝的大碗摔得粉身碎骨。看清朝那高贵的马车，环佩叮当从眼前走过。听风儿为你演奏一首《霓裳羽衣曲》，眼前决然浮现出骊山脚下的杨贵妃，从绿树的浓深处走来，"芙蓉如面柳如眉""回眸一笑百媚生，六宫粉黛无颜色"的娇媚，真是让人疼爱让人怜。穿越的感觉时不时地出现，我会不时地走进大唐、走进宋明、走进清朝，扮演着不同的角色，成为那时的一介书生，手捧经书，摇头晃脑，高声吟诵，或者长袍马褂，鼓舌摇唇，精算细切。当我神思再回到此地此刻，鸟儿们吹着悠闲的口哨，好似给我们捎来暖心的问候，让我们享受这春和景明的中午，享受这烟火人家的惬意，尽享古镇的慢时光、慢节奏、慢生活。我总是相信，只要慢下来，一切都会变好。

在古老的戏院前，看到的只有古老，只有沧桑，只有精美，心中也只有慨叹和惊讶。恰逢午后，戏台上只有师傅和徒弟不带妆的排练，宽阔的场院里，斜放着两排整齐的四方桌，在等待着票友的青睐，二层的小包厢里也不见王公贵族、富家小姐的绫罗绸缎，更没有香味萦回。游客们在红丝带外好奇地张望、流连。此时，我好想坐下来，看看傻书生遇到痴小姐，听一折唱腔婉转的黄梅调《十八相送》，把皖南的风土人情、浓郁韵味、山乡本色润入心头。

走在古街，也不需急匆匆地赶路。

不知不觉中，我们在古镇这片土地上，行走了几个小时，走过梦想美食街，走过文创街，走过古镇文化体验街……也走进贾儒堂、空中戏楼、民国邮局……这些极具地方特色的文化景点，给我们呈现了一道色香味俱全的文化大餐。古镇虽繁盛，却不繁杂；虽有游人穿行，却不拥挤。放慢脚步，放松身心，迎着轻风，随着乐音，伴着鸟鸣，一步三摇地行走，一身轻松，满心愉悦，毫无疲惫之感。

古镇是典雅的，典雅得让人不忍用手去触摸。这层层叠叠迤逦开来的街道和院落，这透露着江南水乡诗意的民居和祠堂，这水墨画般的黛瓦与粉墙、雕花与柱饰、花窗与挑台，古韵古色古香，让人流连不已。行走在这样清风袅袅的小镇，耳旁飘过悠悠扬扬的乐音，顿然目光变得柔和起来，脚步会渐渐放缓，灵魂终于跟得上身体的节奏，整个身心都可享受这慢的时光。

古镇是朴素的，朴素得让经常走进繁华古镇的人，有些不自然，如梦如醒。庄子说："朴素而天下莫能与之争美。"朴素，是极致的美。我愿沉醉其中。

南屏晨露

清晨，太阳高高升起的时候，我们来到皖南的黟县，越过收割后空旷的稻田，便是南屏村。

走在村北那片收割后的田野上，晨风如少女的小手，细细的、柔柔的、腻腻的，带着一丝微微清香，轻拂着我的脸颊、头发和衣衫，心肺猛然疏朗起来，人也轻松了许多。昨天下了一场小雨，地面上湿漉漉的，脚下的田间小路上，覆盖着一层软软的细沙。夜里的点点寒露，落在路边的草叶上，晶莹的水珠在阳光照耀下散发着五彩的光晕。这滴滴晨露润湿了我因旅途奔波略带疲惫的身心，润湿了我纷乱的思绪，让我静下繁杂的心绪，享受这久违的大自然恩赐的田园风光。

远远向南望去，一道墨绿的屏障立在村子的前面，伸展着，蓊郁着，层叠着，高大而宽阔，那就是南屏山。村子被山挡在后面，古旧的马头墙、布满青苔的粉墙、灰黑层叠的小青瓦，还有高大的树木，绘成了一张黑白相间的水墨画。

村北古水口上的三孔石拱桥，叫万松桥。桥头，有桐城姚鼐的《万松桥记》："嘉庆七年（1802年）九月桥成。长十二丈，广一丈六尺，高如其广。名之曰万松桥，以在万松桥畔故耳。"几百年过去了，桥身依然坚固。不远处，古松树枝繁叶茂，哺育着一代一代的南屏人，生生不息，春光依旧。跨上桥面西望，清澈的武陵溪溪水在一排老柳树的倒影中默默地从西向东流过。桥南右侧有一个扎染坊，游客们可以在这里体验一下传统扎染艺术。旁边的石磨在晨风里安静地晒着太阳，露水还顶在身上，有些潮湿，有些慵懒，女孩们三三两两与它们戏耍、拍照。两个女孩坐在石磨旁，安闲地听水车缓缓转动的"吱吱"声，如听一位老人诉说着古老的传说。让吱吱嘎嘎的转动声和流水声，把内心的爱恋再润一润，她们都有一颗年轻、潮湿的心吧。

进村，首先看到的是一条南阳街。据说因最早来到这里定居的河南南阳人居多，所以，入村的第一条巷子就叫"南阳街"。古村不远处的小巷深处，墙角里藏着一口三元井，三个非常狭小的圆孔离地约一尺高，可以三人同时取水，又可以防止小孩掉下去。井口内那一道道深深的绳索磨损的残痕，是村妇们提水洗菜洗衣留下的印记，更是岁月和历史的印记。三元井的寓意是：希望子孙后代们喝了井水，能够连中三元，三元及第。古徽州有句谚语："前世不修，生在徽州，十三四岁，往外一丢。"这是说徽州的男子到了十三四岁，如果科举路上没有太大的成就，就会被要求跟随祖辈、父辈外出经商。男子都外出了，只有妇孺在家，有了三眼水井也就消除了安全隐患。不承想，今天还有几个男孩、女孩在井边，淘洗着从小院里摘来的沾满晨露的青菜、葱和蒜。

沿街走进去，我们走过幽深的招财进宝巷、步步高升巷。但今天的我们不是为求财而来，也不是为升官而来，可我们看到了南屏的过去，看到了南屏人曾经的纷争。自元朝末年叶姓从祁门白马山迁来后，村庄迅速扩展，明朝已形成叶、程、李三大宗族齐聚分治的格局，但仍是叶姓人口占绝对优势。清朝中叶以后，三大姓之间相互攀比，竞争进取，促使南屏村步入鼎盛时期。

南屏村有一千多人口，因三姓聚居，形成既交融又独立的居住格局，不同姓氏之间的居住空间通过街巷互相分割，形成了村落街巷错综复杂、长短不一的模式。高低错落的古街古巷宁静悠长，清晨的阳光洒落在斑驳陈旧的青石上、灰墙上，更加彰显它独特的韵味，如曾历经岁月打磨的珠宝，愈显其光滑圆润，光彩夺目。

从村头到村尾二百多米的一条中轴线上，至今仍保存有相当规模的宗祠、支祠和家祠，被人们誉为"中国古祠堂建筑博物馆"。最豪华的建筑是叶氏宗祠，即叙秩堂，始建于明成化年间，距今有五百三十余年历史。这里是宗族举行祭祀仪式或重大活动的地方，也是放置本族各家祖宗牌位，供族人瞻仰、祭拜的地方。1989年，由张艺谋导演、巩俐主演的电影《菊豆》中百分之八十的镜头在此取景，南屏因此广为人知。

另一豪华建筑是叶氏支祠，原是私家会堂（奎光堂），大门上端高高挂着"钦点翰林""钦赐翰林""钦取知县"三块匾额，足见当年的威严和高贵，也足以说明其家道的殷实。那个年代，穷人家吃穿都不能解决，不可能读得起书，只有地主、财主家的孩子才有读书的可能。官是要通过考试得来的，不读书就没有当官的机会，那是富人的奢华、富人的显赫，这三块匾额就是赤裸裸的显摆和高高在上，也是对其他族人和穷人的威慑。十年后的1999年，由李安导演，周润发、章子怡主演的电影《卧虎藏龙》，选此豪宅为剧中雄远镖局内景地，让南屏再一次声名远播。

若不是这两位大导演慧眼识珠，国内不知有几人知道南屏，南屏会有今天的名气？南屏人真的应该感谢他们。这或许可说是天上一滴甘露凭借着晨风，偶然飘落在南屏的土地上，让南屏这幅美丽的画卷浸染上一层仙气吧。

在冰凌阁的怀德堂，看到一副对联："让人岂怕人宁可让人终是福，省事非畏事若能省事永无忧。"当年房屋的主人应该是告诫后代：心怀德行是做人、做生意之根本。这传播了良好的家风。我不知这主人是徽商还是官员，这样的为人之道和行为准则，值得当今人们借鉴和学习。

抱一书斋是李氏家族私塾，供家族子弟读书，先生授课之地。穆贤堂中间挂有孔子画像、一副对联"慈孝后先人伦乐地，诗书朝夕问性天"，让室内充盈着浓厚的文化气息。村里如这样的古私塾比比皆是，这样重视教育，这样浓浓的文化氛围，怎能不熏陶和培育出一批批杰出的人才？据村中族谱记载，仅清朝一代，南屏村就有十四人谋取过知县级别以上官职，二十七人成为书画艺术方面的专家，至于那些做生意有成就的则数不胜数。

现在，南屏大部分依旧是原住户，这里没有浓浓的商业气息，村民卖着自家田地里的农产品，价格适中，饭店、商铺也很少，摊点的小吃都是传统的手工制作。游客也不多，中老年人拿着单反相机随意地拍照，小情侣们漫不经心地闲逛，没有匆匆的脚步，没有摩肩接踵的拥挤。只有来写生的学生们指指点点，寻找最佳绘画角度。我们随意地行走着，可以随便进入居民的屋里和他们交谈，好像小时候到邻居家里一般自如。

村委会是一栋两层建筑，整齐干净，服务大厅的门敞开着，外墙上贴着两行红色醒目的大字："让老百姓过上好日子，是我们一切工作的出发点和落脚点。"我相信，南屏的老百姓在这样的环境中生活，赶上如今的好时代，有这样的好政策，一定会过上好日子。村委会门前一条水沟从村里通向村后的武陵溪，几座小桥从沟上跨过，沟旁有一棵生长了五百一十五年的香樟树，如一把巨伞擎在空中，树下一群美术学院的学生正在写生。

在村西，远山青黛间，飘浮着朵朵云雾，村口一条小径，通向绿色田野，你可以肆意地行走在阡陌草色间，行走在儿时才有的老柳树枝条下，吹一吹山野的清风，吼一曲深情的黄梅调。抛却烦恼，放飞心情，做一回自由自在的山民，守一方田园，怡享天年。

往回走时，在村东口，我们走进静谧清凉的古松林，坐在石凳上歇息，吃几口干粮，喝几口武陵溪水。这里是从前村民送别亲人外出的地方。家人送至此，千叮咛万嘱咐，洒泪告别。而我只是一个过客，虽然没有送别的叮咛和泪水，但我是幸福的。松林边，一个石块围成的水槽旁，有两位大姐在石板上一边洗衣一边谈笑。我们好奇地问："这水能洗菜和饮用吗？"两位大姐笑呵呵地说："能洗菜也能喝，现在用自来水多了。"看着洗衣后水有些混浊，我说："这水都脏了，还能洗菜吗？"一位大姐说："没事的，这水是流动的，一会儿就冲干净了，那边有一块石板，掀起来水就淌走了。"听说，这里有一泓清泉，它涌出石础之下，久旱不枯，泉水清澈，其味凉爽甘甜。族人取此水泡茶酿酒，味正色纯，故曰：醴泉。相传，天上八仙之一的铁拐李云游至南屏，由于酒喝得太多，醉倒在万松林中，一连三天三夜不醒，他的酒葫芦沿着土坡滚下，打翻在石础上，琼浆玉液流进了石础，才有今天的醴泉。

出了古松林，走过万松亭，来到曾经的古驿道，走上当年南屏村人外出经商求学的必经之路。漫步在古驿道上，两边是一片田园风光，我似乎听到清晨"鸡鸣桑树颠"，看到日暮"依依墟里烟"的景象，有一种穿越之感，似乎我是一个古代书生，正走在进京赶考的路上，踽踽独行。

走出村口，回首再望南屏，这里有经历岁月、被雨水氤氲的高高低低的马头墙，有天然的中国水墨画，有变幻无穷的韵致。这里山水秀美，人文荟萃，古风依旧，民风淳朴，这里是穿越历史时空，解密古徽州徽商人家兴衰、解密古徽州宗法制度、解密古徽州村落布局风水原理的必去之地，也是走进乡村、回归自然、体验古风的好去处。这里风景绝美，这里有你心中的诗和远方。

南屏，如一滴晨露浸润着我的心灵。

乡野竹海

清明节期间，赴省城医院看病，正是春和景明、阳光明媚时节，借此机会，来了一次任性的郊游。

上午，从滨江出发，跟着导航向目的地出发，过县道，走省道，下乡道，一路沿着柏油路行驶。路在乡村，路在田野。路边有乡村人家，有农家小院，有庭院深深深几许。院外是青菜，是麦田，是绿水青山。

农田里徽派建筑林立，绿树掩映着户户人家，青砖小瓦马头墙，更是另一番景象。

车在乡间行，人在画中游，心在景中飘，有一种美从心底向外透露着，畅快得想吼上几嗓子，脱去鞋袜，甩掉外衣，迎着暖暖的清风，奔向田间小路。

当车子拐向山间，路依旧是黑黑的柏油路，可窄得只容得下一辆小车通行，车子慢行在弯弯曲曲的山间小路上，看丛丛绿树后的青青田野，心情如飞在天空的春燕，无拘无束地翱翔在蓝天白云下，碧野红花间。车子只行驶了半个小时，便来到了南京与马鞍山交界的石塘村，这里便是有名的石塘竹海，素有"小九寨沟"之美称。景区拥有连片翠竹三万亩，与九龙湖相依相偎，青山翠竹，湖库相依，景色宜人。这里虽然离城市只有几十千米远，可能让人感觉到天高地远的敞亮、蓝天白云的纯净。景区内生物多样，构成了以茶山、竹海、松涛为主体的自然风光，人们来到这里游玩，感觉又一次回归了大自然。

车子在景区停下，见到一个界碑，写着"采石风景名胜区濮塘片区"，由马鞍山市人民政府在2017年7月所立，我们以为走错了地方。问路边卖水果的老大爷，方知景区就在江苏和安徽的交界处，从江苏来，往前走便是安徽，一景属两省。这里的主景区不算大，沿着进山的路，车子有序地停放在两旁，一直停了几千米远，细看车子牌照，大多是从南京和马鞍山过来的，也有浙江、上海少许外地的，他们或是情侣同游，或是同学结伴，或是全家出动。不急不躁，渴了，路边有现榨的甘蔗汁、饮品；饿了，竹林旁有油炸小鱼、爆米花；累了，青草旁有石凳、草坪。还有卖各种小玩具的，可供孩子们选购、玩耍。边走边看，可玩耍，可停留，可歇息。

往回走进景区，首先见到竹林边，高大的青竹上悬着一幅竖排着的红色大字"石塘竹海欢迎您"，还有一块更加高大美丽的雕像"绿水青山就是金山银山"吸引人的眼球。景在山坡下，有层层流动逐级而下的水流，冲击着高大的水车，转动的水车旁男男女女、老老少少在开心地戏水、拍照，草坪上坐着走累了歇息的人们，有铺着垫布吃食物的，也有躺在草地上摆出一个"大"字舒展身体的。九龙潭旁的小桥上，停留着摆着"剪刀手"的老人、孩子们，把身影留给青山绿水，把笑容融进春日暖阳里，把开心传向竹林深处。

九龙潭不大，静卧在两山竹林间的怀抱里，水呈碧绿色，波光粼粼，阳光照耀下，似在轻盈地舞蹈。从近处向竹林和深山处望去，由碧绿逐渐变得璀璨金黄。很多年轻夫妇带着孩子来这里，他们最感兴趣的是从河边的小摊点上买来捞网，一家人伸长手臂和脖颈，全力在河水里捞着小鱼和小蝌蚪。虽然收获不多，可孩子玩得不亦乐乎，开心无比，大人乐此不疲，笑语盈盈。

这里一棵棵葱葱绿竹，很高很粗壮，人们在这里悠闲地散步，可以带着食材和炊具，架起火炉在户外烧烤，几个人齐动手，不问生了还是熟了，都吃得很开心、很满足。还有带着帐篷在草坪上休息的，翻翻书、聊聊天、打打牌，也可嬉戏打闹，他们不枉在这青竹绿水间徜徉半日。

在这里，颇有世外桃源之感，茶山与竹海，清泉与桃花，早把人的灵魂勾了去。连片翠竹与九龙湖相依相偎，青山叠翠，湖水相伴。绵绵青山，明镜湖面。小桥流水，景色宜人。湖光山色之间，翠波荡漾，别有韵味，使人迷醉。河水清碧，栈道倒映。这里没有城市的喧嚣和车水马龙，今日能偷得半日闲，来这里休闲放松，呼吸新鲜空气，是个不后悔的选择。

景点旁有一个卖当地土特产的场所，山民们在家门口做着生意，卖着自家田地里、山坡上种的农产品。这里没有过度开发，可能开放不太久，不像其他景点，泛着浓浓的商业气息，让人窒息。这里有竹笋、野山菜、黑木耳、土鸡、草鸡蛋、小黄鱼，还有多令人垂涎欲滴的山里小吃，如竹笋鸡、萝卜饼、油炸小鱼、马兰头，等等。

正午的阳光照在几棵粉红的桃树上，有姑娘倚树理红妆，相机的取景框中，又多了一幅"人面桃花相映红"的俏女图。

这里的竹海，一层压着一层，连绵不绝，无边无际，远望山峦青黛，竹隐其中。遗憾的是，这个竹海只能在景点边上看，不能走进竹林。可能是春天的缘故吧，怕游人踩到新生的竹笋，也可能是怕游人偷挖竹笋，便把竹林周边全部用竹篱笆围住，人们无法入内。其实，我们很想走进竹林，慢慢地行，细细地品，静静地听，还要深深地呼吸，静一静不安分的心，洗一洗不干净的肺，养一养不平静的脑。

这里是个不售门票的景点，景点不大，游玩的人可说是不算太多，多了也无法容下，因为来玩的大都是自驾，停车场很小，车子大都停在路旁，有管理人员指挥，景区有自己组织的巡逻人员在维持秩序，保卫安全。

因来得太迟，还有皖南风情的石塘人家和神奇的"怪坡"没有去，留下了这两点念想……

在这青山竹海中，夹杂着一塘清水，湖光山色，竹影婆娑，波光潋滟，瓦蓝澄净，水天一色，一片旖旎风光。行走在湖边的小径上，微风徐徐，只觉得惬意盎然！浓浓的乡野风情，熏染着我沉醉的心，勾起我一缕缕对家乡的思念。

今天，这片绿水青山就是人们心之向往的金山银山，如若没有这片绿水青山，即便有再多的金山银山，也只能是一堆土山，终究走不进人们向往美好生活的内心深处。

返回的路上，想着下次约几个相投的友人，再来游玩！

绍兴散记

吴越之地绍兴，是我久久向往的江南水乡小城。

南京有直通绍兴城的高铁，只需两个小时，便可到达。午后，初夏的细雨，有些潮湿，有些温润，飘打着头发，飘打着单衣，伴我在古城的街巷、水道、台门行走。

水巷阡陌、古桥如织、水绕城郭，是我对绍兴的第一印象。雨后的绍兴，树木青翠，蓝天碧水，好似一幅淡雅的水墨画，更是别有一番韵味。

大禹治水的故事就发生在这里，禹王的陵墓也坐落在绍兴城东南三千米处的会稽山下。禹王手持木耜，脚踏巨舟，气势雄伟，屹立在高高的石帆山顶，注视着华夏大地上的山川河流，是他成就了绍兴这座美丽的水答答的小城。

直街的水，冒着烟火

早已听说，绍兴的古城风貌，尽在老街，有韵味，有看头，是一条集居住、商业、旅游为一体的历史文化街道。

安顿好行李，便去仓桥直街。一条古旧且狭窄的街道，石板铺就的街面，两边是清末民初时的民居，有的一层，有的两层，挂着各种招牌。街道两旁开设有很多传统商店与餐馆，沿街的商铺，还陈列着各种认识的、不认识的商品。偶尔抬头看时，二楼木格的窗户，紫色的油漆有些斑驳，开着的幽暗，关着的明亮。此时，会想到潘金莲的叉竿，不小心掉落在头上。

为了推广绍兴的传统文化和民情风俗，街旁还开设有越艺馆、黄酒馆、戏剧馆与书画馆等。

最吸引我的，还是街的背面，有很多的台门，或大或小。有的两三户，有的十几户，皆是低矮瓦房，绿树遮阴，门外停着自行车、电瓶车。这许多家共处一个院落式的空间，可门挨着门，亦可门对着门，门外摆着小饭桌，有老人坐在树下的小桌子边，喝茶、听曲。我想，若是张家煮了饭，李家便闻得米味香，李家来了客，一定会邀张家的主人去同饮几杯黄米酒。

一个台门，就是一个水岸码头。从前，住在这里的人，沿着家门前的石阶，下到河边，淘米、洗菜、洗衣，也可乘上自家的小船，出门访友、买卖货物。也有售货的小船，把那远处的山货、土货、水货，送到码头，供挑选、兑换。一条窄窄的小河，从门前流过。清悠悠的河水，映着绿阴阴树的倒影、房的倒影和人的倒影。凉凉的夏风，从河的水波上飘过来，融在米饭的浓香、黄酒的柔糯里，浸润着人的心脾。无论是坐着听曲的，还是漫步游走的人，心里都溢满了说不出的舒心与惬意。

这直街的石板路、古民居、台门、小河，就在府山的东麓。漫步在绿树成荫、宛转盘旋的环山路上，整个人、整颗心都安静了下来。我在这绿荫下，走进一个个台门，走上一座座石板桥，看头戴乌毡帽的艄公，摇着乌篷船，看乌篷船如梭般地穿过仓桥、龙门桥、宝珠桥、府桥、石门桥、石板桥。

人间的烟火味，就在这条小河上空弥散着，让你留住脚步，不忍离去。

兰亭的水，飘着酒香

绍兴的兰亭，在市西南十三千米的兰渚山麓，乘公交车只要三块钱便可到达。

来绍兴，只要知道王羲之的名字，或听说过《兰亭集序》的人，不管你懂不懂、爱不爱书法，都不会放过去兰亭看一看的机会。

去兰亭之前，我想：在一个幽静的山坡，有一个古老的翘角凉亭，王羲之那潇洒飘逸的书法，题写在上面，让你羡慕一番、慨叹一番。我辈们只有观赏的份，没有向往的胆。

待走进兰亭方知，兰亭是一座古朴、典雅且幽静的森林公园。导游说这里是东晋著名书法家、"书圣"王羲之的园林住所，是一座晋代园林。因越王勾践在此植兰，汉代时在此设驿亭，故名"兰亭"。

在兰亭，走过鹅池、兰亭碑、流觞亭、御碑亭，走过临池十八缸、王右军祠，也走进兰亭书法博物馆。知道王羲之对鹅情有独钟，在家里养了一群鹅；知道康熙皇帝曾为兰亭题御笔；知道王羲之之子王献之十八缸临池学书的故事；知道王羲之曾是王右军。

回头想想，忘不了的是：曲水流觞。

流觞亭前，一条"之"字形小溪，清流湍急于岩石上，溪岸高地上有一块木化石，上面刻着"曲水流觞"四个字。每个人都好奇地上去坐一坐，拍一张照片。

这"曲水流觞"的来历，让许多文人向往、动容。东晋穆帝永和九年（353年）三月初三，王羲之和当时名士孙统、孙绰、谢安、支遁等四十一位名流宴集于此，列坐于曲水两侧，将酒觞置于清流之上，漂流至谁的前面停住了，谁就即兴饮酒赋诗，作不出的罚酒三觞。这次聚会有二十六人作诗三十七首。大家一致推荐主人王羲之为之作序，王羲之欣然答应，趁着酒兴，一气呵成《兰亭集序》，后人称为"天下第一行书"。兰亭也因此成为历代书法家的朝圣之地和江南著名园林。

走在浓浓的树荫下、青竹旁、曲水边，有一种怀想总在心头，那是怎样一种社会制度，有这样一群人，有这样的闲情雅致。

细细想来，东晋其实是个动荡的时代，王朝南迁后刚刚建立政权，君主偏安于江南一隅，胸无光复大志，加之诸藩镇起乱，内部四分五裂，朝廷无心也无力打压文化的"异端"，方让那时的人们思想开放，赢得一个文化鼎盛的时代。文学上，各类诗文歌赋盛行，有很高的文学价值。谢灵运、陶渊明、王羲之等诸多文人墨客方可流芳千古。绘画、书法上，也颇有杰出成就，如顾恺之的画作、王羲之的书法，都有很高的艺术价值。家喻户晓的民间传说——梁山伯与祝英台的故事背景就是在绍兴会稽。

当时，一些知识阶层的人，虽不若魏末晋初的"竹林七贤"们放浪形骸，但思想的开放、思维的无拘无束，方使得文化艺术能够这样大放异彩。

其时，文化在酒的熏染下，更生动、更绚丽。兰亭的每一处水，都流动着酒的气度、酒的芳香。

东湖的水，载着辛酸

东湖，即绍兴城东的一个湖泊，是整个绍兴水系——鉴湖的一部分。

游东湖，水路不长，需坐着乌篷船进去，方可看到另一番天地。八十五元一张船票，可乘三人，自由组合，无他人时，只好一人独享。

坐在船上，看尖尖的船头划开清凌凌的湖水，穿过一座座高高拱起的石孔桥，听来来往往船上的艄公交谈着听不懂的吴语，放任着思绪去飞翔。船行在陡峭的、高高的岩石下，我在想：大自然的鬼斧神工，使了什么魔法，把这山石如切瓜一样，割得整整齐齐，直入水底？其间还留有一根根巨柱，昂然挺立，千万年不倒。

船行进石柱的港湾里，只有这小小的尖梭般船头，方能转过弯，掉过头来，向着另一个港湾里驶去。有时，到洞口时，要俯下身来，匍匐在船舱，方才过得。抬头望向天空，狭窄的洞口上，薄云里透出灿烂的阳光，从顶上的缝隙中照进这幽暗的水湾，斑驳地洒在脸上，没有一丝的湿度。此时，我成了一只井底之蛙。

在一块高大整齐的石壁上，还有郭沫若先生的题诗《东湖》和书法："箬篁东湖，凿自人工。壁立千尺，路隘难通。大舟入洞，坐井观空。勿谓湖小，天在其中。"

原来，东湖是一个石料场。相传，东湖所在地原是一座青石山，自汉朝起，石工相继在此凿山开石。隋朝时，杨素为修筑罗城，大举开山取石。历经千百年的开采，搬走了半座青石山，遂成悬崖峭壁、奇潭深渊。

我不知这一块块石料是如何裁切下来的，也不知每裁切一块石料需多少时间，更不知裁下的一块石料有多重。只能去想，从高高的五六十米，一直往下裁，直至水下二十米，裁去这半座山，要多少人工，流多少汗？那辛酸、那苦楚、那无奈，都埋进这渺渺的湖水。

当小船驶入陶公洞、仙桃洞，我喊出一串串声音时，回应的该是先民们凿石的叮咚声、劳动的欸乃声，或有气无力的叹息声。我不能不敬畏他们，是他们用粗糙而有力的双手，把这千万吨的青石搬走，形成这么一个不平凡的景象，成为后人观赏的风景。当船在洞中徐徐行驶时，有无数的水珠从石缝中渗出，滴落湖中。贴近石壁时，我很想去摸一摸、尝一尝水珠，那是先人的汗水和泪水啊！一定是又苦又涩又咸的吧！

在湖心小岛边，登上岸，坐下来，捧一杯绿茶，听一折社戏，平复一下堵塞的心绪。

而后，沿着昔日秦始皇东巡至会稽时走过的长堤，一点一点地往回走。走上霞川桥、秦桥、万柳桥，这些古桥横跨两岸，一孔独立于水面。小桥透露着莫名的沧桑，典雅、古旧得让你心里有一种落寞的感觉。

秦桥，秦始皇东巡南下时，曾在箬箦山下停车喂马，因此得名。此桥依势布筑，南北首各构三孔平桥，中间是高高的由十四级石阶组成的形似满月的拱桥。看到秦桥的介绍，如梦初醒，这不是我故乡的秦桥。我生长的秦桥，原叫秦家桥，与秦姓有关，与秦始皇无关，但我就是把它们连在一起，扯不开，择不清。那是我故乡的桥，是我故乡的名字啊！

沈园的水，打着问号

去沈园的人，不是看景，不是休闲，也不是看陆游的金戈铁马、征战沙场爱国者的英雄业绩。

跨上门前的小桥，看桥下的河水在乌篷船下，打着漩涡，跃起浪花，撞上游人的心头，不觉心思沉下去，有一个问号立在面前。脚步沉重地跨过小小的门槛，去寻找失落在花间的慨叹，去解开心中的疑团。

已有八百多年历史的沈园，虽然有亭台楼阁，小桥流水，绿树成荫，一派江南景色，可我总觉得有些沉闷，有些灰暗，不知是我的心理问题，还是天空蒙着云翳、下着小雨的缘故。

《钗头凤》词壁前站满了人，老年、中年、青年，夫妻、情侣，他们都在读、都在想、都在叹惋。

一阕《钗头凤》，唱不尽的人世悲欢，桃花落尽，物是人非……沈园，是南宋的沈园，是陆游的沈园，更是唐琬的沈园，也是多情如我的沈园。那一幕幕悲凉心碎、魂牵梦萦的爱情画面全都出现在了眼前，唏嘘感叹油然而生。

二十岁的陆游和表妹唐琬结为夫妻。两人从小青梅竹马，婚后情投意合、相敬如宾、伉俪情深。这却引起了陆母的不满，她认为陆游沉溺于温柔乡中，不思进取，误了前程，而且两人婚后三年始终未能生养。于是陆母以"陆游婚后情深倦学，误了仕途功名；唐琬婚后不能生育，误了宗祀香火"为由逼迫儿子休妻。

万般无奈，陆游另娶，唐琬再嫁，纵然百般恩爱，只能劳燕分飞。

红酥手，黄縢酒，满城春色宫墙柳。东风恶，欢情薄。一怀愁绪，几年离索。错，错，错！

春如旧，人空瘦，泪痕红浥鲛绡透。桃花落，闲池阁。山盟虽在，锦书难托。莫，莫，莫！

陆游在粉墙之上奋笔题下这阕《钗头凤·红酥手》。

陆游有错吗？怀想一生的爱恋，心中永远的牵挂，装着无尽的美好！陆母有错吗？自古男儿传宗接代、延续香火，求取功名、光宗耀祖是正事。不孝有三，无后为大。尽管唐琬是她的亲侄女，也要赶走，去选择自己喜欢的理想中的儿媳！

唐琬莫要怎样？不去怀想，不去追求，放弃幸福？

陆游莫要怎样？不去思念，不去追忆？刻骨铭心的痛啊，莫要忏悔？

陆母呢？莫要无情，莫要决绝？家庭呢？未来呢？

世情薄，人情恶，雨送黄昏花易落。晓风干，泪痕残。欲笺心事，独语斜栏。难，难，难！

人成各，今非昨，病魂常似秋千索。角声寒，夜阑珊。怕人寻问，咽泪装欢。瞒，瞒，瞒！

唐琬和了一阕《钗头凤·世情薄》。难啊！真的很难！谁不追求幸福？陆游是难的，唐琬是难的，陆母同样是难的，都有割舍不下的理由。

最难的还是唐琬，那个时代的女人，不瞒行吗？

站在这《钗头凤》词壁前，我们默默地面对，看着他们的无奈，游客们也很无奈，有的叹息，有的摇头，有的拍照，有的转身，把眼中涌出的泪水擦去，人人心中都泛起说不出的酸涩、苦楚。

转身吧，转身便是宋井。宋井的水，依旧清澈，清可照人，可里面或许掺杂着唐琬的泪水。

沈园里的水，是流不尽的相思泪。

想起沈园门前的小河，小河的水画出的问号。此时，像是有了答案：爱情是美好的，也是短暂的。把握今生，善待爱情，才是最重要的。

鲁镇的水，流向世界

鲁镇，是鲁迅笔下的小镇，是孔乙己的小镇，也是今天鉴湖岸边新建的小镇。

把背包寄存在游客中心，撑起雨伞，行走在鲁镇，如翻看着那一页页泛黄的书稿。

小镇很小，可说是袖珍式的。依傍鉴湖，一河两街，集中反映了绍兴水乡的民俗风情、建筑风貌、自然风光。粉墙黛瓦，小桥流水，台门店铺，石桥栏杆，纵横交叉的水巷和流水，飞檐翘角的古戏台和祠堂庵庙，形成"人家尽枕河，楼台附舟楫"的水乡风情。

民俗风情街是鲁镇的主街，颇具江南古镇的味道，也是鲁镇最繁华的地方，街河并行，街随河走，街道两侧都是商铺，有餐饮店，有纪念品店，也有供游客休闲的店。

在这里，鲁镇和赵庄已然成为一体。

在咸亨酒店门前，没有看到孔乙己先生排出四文铜钱，买一碗酒，穿着又脏又破的长衫，站在柜台外喝酒。低头时，也没看到柜台下，对了门槛盘腿坐着，满手是泥的孔乙己。

咸亨酒店的对面就是双面社戏台，可以坐在咸亨酒店，品黄酒，听绍戏，重温鲁迅笔下的旧绍兴风情。另一面是需要乘坐乌篷船才能看到的。河面上只见到一条条小小的乌篷船停泊，没有看到双喜、阿发等一伙鲁迅少年的伙伴，乘着大大的白篷船，远远地停靠在社戏台前。

街面上，不时有穿着古装的人走过，仿佛穿越了。也不时看到戴着乌毡帽、拖着长辫子的阿Q，走着走着，转动一下眼球，喊一声："造反了！造反了！"祥林嫂也穿着乌裙、蓝夹袄、月白背心，年纪轻轻，纤纤巧巧、风摆杨柳地走在街上。

雨越下越大了。街上的游人四处寻找地方避雨。更多的人挤在镇公所里，等待着一场一场的情景剧演出。

那个不配姓赵的阿Q，或叫阿Quei的，不是因为他说姓赵，比赵秀才长三辈，也不是因为伸手摩着静修庵里的小尼姑新剃的头皮，更不是因为跪在吴妈面前说"我和你困觉"，而是因为"我本来要……来投……"的妄想革命，才被一次次押上大堂。最后，把一个圆圈画成瓜子模样，才被推出去杀了头。阿Q会不会开心地想：这是儿子杀老子呢！

如今，看到那些小混混变成了大老板，又变脸成慈善家；小地痞变成了开发商，转身洗白成了成功人士；那些明星捞着大把的钞票，在国内国外买别墅、买庄园，很多人会说：哈哈！他们算什么？老子曾经也阔过！你不就是今天的阿Q吗？

其实，我们每个人都是阿Q，你不这样说，还能说什么？

鲁四老爷家那比勤快男人还勤快的祥林嫂，年轻，模样还周正，一个安分耐劳的人，在年年的祝福时节，被一次次地呵斥后，手足无措，最后变得神色仿佛是木刻似的，只有那眼珠间或一轮，还可以表示她是一个活物。这出戏，看得观众心里说不出的酸楚，女人们还滴出几滴同情的泪水。

可惜的是，没有看到那个两手搭在髀间，张着两脚，正像一个画图仪器里细脚伶仃的圆规的"豆腐西施"杨二嫂。算是来鲁镇的一个遗憾了。

在这雨声哗哗的天气里，还有二三十个来自瑞典的孩子们，有男孩，有女孩，他们有的几岁，有的十几岁，还可以用汉语和我们对话交流。他们没有父母的陪伴，在几个老师的带领下，来到中国的鲁镇。白皮肤、黑皮肤，蓝眼睛、黄眼睛，都同样的开心、快乐。没有雨伞、雨衣，在雨地里疯狂地奔跑、打闹、嬉戏。乘坐游船时，无论男孩、女孩，见我们举起相机，主动配合，摆起"剪刀手"，让我们拍照，那样的大方、从容、友善。这一切给我们留下了美好的记忆。

源远流长的吴越文化底蕴和国内外具有影响力的鲁迅文化，早已越过国界，走向世界，影响着一代又一代人。

这是一座底蕴深厚、风景独好的江南古镇，如果有时间，你不妨悠然走一遭，品一品，当一回画中人……

夜幕下的三味书屋

华灯初放时，去看鲁迅故居。

远远便见一面高大的灰墙，鲁迅的身影映射在墙壁上，左手食指与中指间夹着烟卷，浓浓的烟雾在微风中飘向他的右前方。他穿着长衫，留着平头，胡须浓密，脸上没有平日里的严肃，似乎从内心里透出些许愉悦，微微带着笑意的眼睛平视着正前方。

高墙前的场地上，霓虹闪烁，人头攒动，红男绿女，舞动青春。六月的傍晚，热气在混响的音乐声中、在扭动的广场舞中升腾、飘散。

高墙下，几个孩子的铜像仿佛在津津有味地说着童年的趣事，似乎看不到舞动的肢体，感受不到气候的炎热，也体会不到我对他们的喜爱。

没有走进鲁迅故居，我早已看过介绍：鲁迅故居，位于绍兴市内东昌坊口新台门内。原为鲁迅家早年的住处。原有两进房屋，前面一进已非原貌，周家的三间平房已被拆除。后面一进是五间二层楼房，东首楼下小堂前，是吃饭、会客之处，后半间是鲁迅母亲的房间，西首楼下前半间是鲁迅祖母的卧室。西次间是鲁迅诞生的房间。楼后隔一天井，是灶间和堆放杂物的三间平房。

鲁迅的童年、少年时期在此度过，直至1899年出外求学。1910—1912年，鲁迅回乡任教亦居于此。1912—1919年，鲁迅也曾几次回乡在此住过。

寂静的夜幕下，游人很少，只有售货的姑娘们在店里，倦倦地整理着货架。我在幽暗的路灯下，弄不清城市的方向，顺着门牌的指引，走进院落，走进鲁迅先生的童年，走进我一次次梦中的情景。

在这里，看得最认真仔细的是三味书屋和百草园。

三味书屋并不大，只与农村两间的平房面积相当，书屋正中的木方桌和高背椅子是塾师的讲台，两旁的椅子供来客歇坐，边上则为学生的座位。正中上方悬挂着"三味书屋"匾额，是清朝著名书法家梁同书所题。据说"三味"的意思为：读经味如稻粱，读史味如肴馔，读诸子百家味如醯醢（xī hǎi）。寿镜吾先生（鲁迅的塾师）的儿子寿洙邻则解释为：经书之味，史书之味，子书之味。是啊！书中有此三味，焉能不喜好？

在昏暗的灯光下，我看到那张摆在鲁迅先生右侧背后角落里的书桌。在我的印象中，好学生的课桌都在老师的正前方一两排，心想：鲁迅小时候一定很顽皮，不好好学习吧？要不然书桌怎么会摆在那个不显眼的地方呢？其实不然。鲁迅的座位最初在书屋的南墙下，就在塾师的眼前，由于别人常进出后园，走来走去影响他学习，就要求先生更换位置，把座位移到东北角。鲁迅还因为一次迟到，受到塾师的批评，就在书桌上刻下一个深深的"早"字，用以自勉。鲁迅的刻苦学习，从室外壁墙上的"三到"书签牌可知一二。他读书不死记硬背，注重理解和掌握，制作一个精美小巧的书签，中间写着——读书三到：心到、眼到、口到。他除了完成塾师规定的"四书""五经"等功课，还多方寻求课外书籍阅读。三味书屋的学习生涯，是鲁迅文化积淀、知识积累时期，为他以后的文学创作打下了坚实的基础。

墙的右侧还有一块牌子，是介绍寿镜吾先生的。寿怀鉴（1849—1930年），字镜吾，浙江绍兴人。他品行端正，性格耿直，是一个学问渊博的宿儒。一生厌恶功名，自考中秀才后便不再应试，终身以坐馆授徒为业。鲁迅称赞他为"本城中极方正，质朴，博学的人"。他教书极为认真，对学生要求也极为严格。他的为人和治学态度，给鲁迅留下了很深的印象，对鲁迅今后的做人做事产生了很大影响。昏暗的日光灯下，看着老先生发黄的照片，他清瘦的脸庞，花白的胡须，圆圆的帽子，我凝神静思。我想，他是严肃而温和的，是正直而善良的，是无私而无畏的。老先生的严厉，表现在他手中的戒尺，对学生惩戒是有度的。

在我凝神看着老先生的照片时，仿佛听到，寿先生手持着戒尺，从朦胧的夜色中走来方正的脚步声，孩子们的读书声迅疾响起来："仁远乎哉我欲仁斯仁至矣……"

学习是需要下苦功夫的，从古至今，概莫能外。

前几年，清华大学博士生被开除，引发了人们的思考。两位博士生在读期间，不参加学校规定的教学、教研活动，长期沉迷于学习以外的活动，在最该努力的年纪，选择了享受。这一沉痛的教训警示家长们：要想成就一个孩子，就应该让他吃一点苦！

在三味书屋，孩子们每天上学要先对着匾额和《松鹿图》行礼，然后才开始读书。把"至乐无声唯孝弟，太羹有味是诗书"印在脑中。

吃苦，是读书人的一项修炼。

三味书屋的不远处，就是鲁迅笔下的百草园。

走出三味书屋，来到百草园。百草园原为周家新台门族人所共有的一个荒芜的菜园，平时种一些瓜菜，秋后用来晒稻谷。鲁迅曾经回忆说："我家的后面有一个很大的园，相传叫作百草园。……其中似乎确凿只有一些野草；但那时却是我的乐园。"童年鲁迅经常和小伙伴们来到百草园中玩耍嬉戏。

天空没有弯弯的月亮，也没有一闪一闪的星光，如一张密密的网，罩在城市的夜空上。几盏昏黄的路灯照亮城市的街巷，照亮故居的轮廓。

在幽暗的灯光下，百草园一片寂寥，蓝幽幽的灯光打在绿莹莹的树叶上，让这片土地更寂然，我倚靠在刻着"百草园"三个绿色大字的光滑石头上，把自己长长的身影投射在黄褐色的竹篱笆上，看着那一条条树枝在微风中轻摇，看着篱笆内一棵棵蔬菜在夜色中舒展，很想找一找鲁迅捉过的蟋蟀、斑蝥，采一捧桑葚，摘一把覆盆子，拔一棵硕大的何首乌。然而，时过境迁，这些都已逝去。只有灯光下，夏夜里的树荫和我的身影，覆盖在水泥地面上。

百草园里，碧绿的菜畦生长着旺盛的青菜，没有菜花，也就没有肥胖的黄蜂；光滑的石井栏还在，高大的皂荚树也还在；夜色里，没有看到紫红的桑葚，也没有听到鸣蝉在树叶里长吟、油蛉在这里低唱、蟋蟀们在这里弹琴；漆黑的夜晚，叫天子（云雀）早已和农人们一同歇息了。

在这个夏夜里，幽暗的灯火依旧一闪一闪地喘息着。我坐在泥墙根的皂荚树下的小凳子上，陪着童年的鲁迅，两手托着下巴，看着手里摇动着芭蕉扇的长妈妈，慈祥地讲述着一个个读书人的故事，也想听一听她曾讲过的"美女蛇"的故事。

此时，我想起家乡的场院，想起精明、慈祥的外婆，也是这样坐在枣树下，向我讲述着杭州西湖白娘子与许仙的故事……

夜深了，鲁迅故居的门即将关闭。这三味书屋，这百草园，这美好的夜晚，让我痴迷，让我留恋！

我将离去，我将告别！再见了，三味书屋！再见了，百草园！

第四辑

江南茶味

再现千华

周末，去句容市的宝华山。

冲着4A级国家森林公园而去，去爬山，去吸氧，去休闲。想把阳光明媚的周末，过得清清朗朗，舒心舒肺。还想走一走"御道"，寻一寻帝王的气息。

哪知，上宝华山，需先进入山脚下的千华古村。在游客中心买了张五十元的宝华山、千华古村通票，算是买了张通行证吧。由于对环境不熟，只能从古村那曲曲折折的小街小巷穿过，寻找上山的路，为了省下力气，留着下午逛古村，来到上山的电瓶车接送点，再花十元车票，乘车上山。绵延的山峦造就了蜿蜒曲折的山路，坐在电瓶车上，被四周茂密的绿色包围。呼吸着满满的负氧离子，给自己的肺好好洗个澡。一路上没有太多颠簸，也没有什么景点，身体跟着山路左摇右晃，接连好几个弯拐得都接近九十度，很短的时间就到达宝华山顶。隆昌寺依山而建，整座寺庙就坐落在青山环抱之中。寺庙门前有两棵并排的四百一十三年无拐弯的银杏树，古老、挺拔而苍劲，证明着庙宇的真实和年代久远。

隆昌寺原名宝华寺，至今已历经一千四百余年沧桑，因明神宗赐"护国圣化隆昌寺"匾额，而改名为"隆昌寺"。清乾隆皇帝曾六下江南，六上宝华山，驾幸隆昌寺，还栽下了六棵"御道松"。难怪一座不算大的宝华山，会有帝王之雄气，还有"林麓之美、峰峦之秀、洞壑之深、烟霞之胜"四大奇景。

据说，宝华山因盛夏季节黄花满山而得名，周围三十六座山峰似三十六片莲花瓣，隆昌寺如莲花一般端坐其中。山间云雾缥缈，溪边流水叮咚，一年四季，松柏常青，是一方非同寻常的佛教圣地。

宝华山，自梁武帝以来号称"律宗第一名山"，是目前国内最大的传戒道场，有十条戒规传承至今。不知是不是因为寺院里六根清净，一进寺门顿觉清凉了许多。寺庙里没有任何商业活动，是难得的一块净地。隆昌寺有一奇特之处，庙宇坐南朝北，我在其他地方看到的庙宇皆是坐北朝南。庙门很小，内场很大，却很幽静，有大雄宝殿、清初汉白玉戒台、明朝铜殿，在最深处有两个相近的无梁殿，可见在没有现代工艺的时候，工匠手艺的精巧。

在这里，我想起了唐朝杜牧的诗："千里莺啼绿映红，水村山郭酒旗风。南朝四百八十寺，多少楼台烟雨中。"这是江南风光的重要组成部分——寺庙，在暖暖的微风里，弥散着淡淡的沧桑之感，南朝遗留下来的佛教建筑物，在春风春雨中若隐若现，更增添扑朔迷离之美。

我不是受戒之人，没有礼佛的习惯，不便随意烧香许愿，只是怀着一种虔敬的心境，走一走，看一看，静一静世俗的心，再掏十元车票钱，很快就乘车原路返回山脚下的千华古村。

中午时分，在古村寻一家美食店，点了一碗五十八元的招牌面，没想到端上来的是满满一大盆，内有牛肉块、鹌鹑蛋、豆腐干、绿豆芽、小青菜等，更多的是白面条，足够两个壮劳力吃的吧，后来的一对夫妻看到这一大盆招牌面，吓得伸长舌头，转身就走。我使出吃奶的劲儿也没吃完，只好挺着圆鼓鼓的肚皮，开始古街的巡游。

千华古村是仿明清的古建筑，错落有致的街巷建筑格局，惟妙惟肖地再现了当年明清时期宝华山的热闹与繁华。古街上遍布着各种栩栩如生的雕像，会让你不时开心一笑，有一种想和它们亲密接触的冲动。

在这里，你可以感受到曾经庙会的繁华，有如童年时赶大集、过大年的感受，也可以体验中华美食嘉年华、民俗文化展演等。在大舞台旁停下脚步，看一看杂技表演和中国功夫；在古戏台前的长凳上，坐下来听一折黄梅戏《春香闹学》，把心中埋藏许久的乡音乡情勾起；在小吃街买一块武大郎担子上的炊饼，眼前会浮现起《水浒传》那个年代中的阳谷县城。

走进"乾隆年间展馆"，茶楼、粮油铺、酒馆、酒坊、豆腐坊、小吃铺、首饰铺、灯笼铺、中药铺、香艳楼、赌场等标志性的店铺沿街一字排开，门头上匾额的书法潇洒漂亮，房前屋后挂满了红灯笼，一个个错落有致地呈现在乾隆面前，或许乾隆多次驾临宝华山，也有些对这个小小村落的眷念。

在古色古香的小街小巷之间行走，市井氛围格外浓烈，有布匹坊、粮油铺、钱庄、酒肆、戏台、杂耍区、镖局，等等。沿着弯弯曲曲的石板小道一路登高，发现眼前的景色开始有了质的变化。两边的吊脚楼鳞次栉比，在蓝天白云的映衬下，这一切仿佛被赋予了生命。这里有临水酒吧一条街，开了数十家酒吧、茶馆及民宿客栈，巷子被命名为"醉巷"。可以寻一处清雅的茶座或喧闹的酒吧，选择一个靠窗的座位坐下来，伴着蝶湖的水中倒影，点上一壶绿茶或一瓶小酒，端起这绿的、红的或蓝色的液体，痴望着青山绿水，睐视着来来往往的红男绿女，小口小口地品着茶的浓香、酒的甘醇，忘却生活的劳累，忘却满身的烦恼。在这朦胧的山光水色中，若有某位小巧的江南女子款款走来，相对而坐，相视而笑，相欢对饮，就能生发出一段美丽的情缘，让古村成为爱情故事的背景，演绎一段美丽的佳话。

醉眼里，看清泉汩汩自山上往下流淌，途经大大小小的山石，飞溅起迷蒙的水雾，勾画出人们心目中对"水韵江南"的向往，勾起对某一个江南佳人的眷恋……

　　漫步古村落，每一个人、每一座建筑、每一个角落，都是映入眼中和镜头的风景……正是："你站在桥上看风景，看风景的人在楼上看你。明月装饰了你的窗子，你装饰了别人的梦。"这里，真的很文艺。可以随处找一处书店，寻一处酒吧，或者觅一处商店，细细地品味属于自己的那一份古镇情结。

　　在古街尽头，也是最高处，有一水阁，上书"秦淮之源"四个大字，这是千华古村的标志性建筑，而这四个大字也出自乾隆皇帝之笔。据说，这里就是香艳迷人的秦淮河的源头。此时，我仿佛看到夏季雨水丰沛时期，秦淮之水犹如瀑布从天而降，穿过九曲回廊，又缓缓流向远方。

　　古村小而精，游客多亦散，大多为近郊的老人和学生，也有成双成对的情侣。在古旧的小街小巷，不时可遇到各式造型的灯饰，有方有圆，有长有短，这些立起或横卧着的胶布制就的各式花样的彩灯，等待着夜晚的迷幻。因为，我是在白天走进古村，未能看到这些灯饰展示它们迷人的魅力。我想，应该在华灯绽放的夜晚走进古村。而此时，对于我这个喜欢怀旧的人，总有一点不适应的感觉，当你沉浸在旧日的繁华中，豁然夹杂一处现代的设施，总有假的味道掺杂其间，若古装戏中人拿着手机刷屏，唐朝的长安街头立着一排电线杆，有一些违和感。

　　下午三点钟，走遍了古村的角角落落，我决意离开，不再等待夜晚的繁华。

　　听去过古村的人说，千华古村的夜景十分美丽，当夜幕降临时，晚霞的余晖映出山峦的轮廓，灯火璀璨的古村落如镶嵌在山谷之中的一块宝石，每一处都闪烁着迷人的梦幻色彩。当人们被工作的辛苦、生活的劳累、房贷的重负碾压成一个陀螺时，只有在夜色的虚幻霓虹里，才能得到释放，不愿离去。

　　至此，我仍不知千华古村是古已有之的杨柳泉村再建，还是在七千年前丁沙地部落遗址上平地而起。不管是抑或不是，这古村很古旧、很千华，让人们看到旧时的万千繁盛与殷红华美。

歌声里飘来的红叶

喜欢红叶，缘于一首歌。

二十世纪八十年代初，有一首歌曲很流行。炎炎夏日的夜晚，一个人面对窗外寂静的夜空发呆时，常常会听到不远处女孩们的房间里传来一阵阵歌声。

满山红叶似彩霞

彩霞年年映三峡

红叶彩霞千般好

怎比阿妹在山崖

歌声是从收音机里传出的，电波信号不稳时，或高或低，时断时续。也有她们甜美清亮的和唱，歌曲那优美的旋律，如天籁之音，每个音符都击中我的心尖，如一阵凉爽的夜露濡湿了我的心。歌曲也如一幅画，如一个动人的故事，让人感动，心里酸楚楚的，眼里湿润润的。

这首歌是电影《等到满山红叶时》的插曲。由歌唱家朱逢博演唱，声情并茂，委婉动听，有着浓厚的抒情色彩。

> 手捧红叶望阿哥
> 红叶映在妹心窝
> 哥是川江长流水
> 妹是川江水上波

　　彼时，我一颗少年的心中是否有一个阿妹在远方？在川江？现在想来，还真说不清。

　　至今，没看过这部电影，更不知是何情节，想来，该是个曲折动人的爱情故事吧。无论何时，再听到这首歌，还会有小小的激动，眼前总浮动着一簇簇、一片片艳艳的红叶，还有那美丽多情的川江妹子，悠悠地从远处飘落在我的心里。还是会想起年少的时光，想起那一个个哀婉悲怨的静夜，想起那远处飘来的一缕柔情，一丝牵恋……

　　心中萦绕着的红叶，从未走远。后来，知道北京有座香山。香山，以其红叶闻名全国，甚至全世界。每年十一月，漫山遍野红叶竞放，慕名而去看红叶的人，似乎比红叶还多。香山之美，美在那簇簇红叶红得通透，红得韵致，红得大气，红得醉心。我曾去过香山，虽没看到红叶，可香山的红叶早已红在我的心中，醉满我的心头。

　　香山有个碧云寺，碧云寺中曾停放过伟大的民主革命先行者孙中山先生的灵柩。1925年3月12日，孙中山在北京逝世，他的英灵就在这烟雾弥漫的青绿中，徘徊长达四年之久，等待着葱绿满枝头，看枫叶生了又落，落了又长，直至移灵南京紫金山下。我总想，香山的红叶一定熏染了孙中山先生推翻几千年帝制的革命思想，一定埋下了三民主义的种子，也一定浸透了他为中国民主革命洒下的鲜血。要不然，怎会红得如此通透，如此鲜艳，如此漫山遍野呢？

孙中山先生生于广东香山，而又卒于北京，停灵于香山，这是命运还是巧合？他病危之中，仍念念不忘拯救军阀割据混战、四分五裂的中国，把希望寄托于"唤起民众"，一腔爱国之心寄于刚刚点燃的革命火种。他，是近百年来，热血男儿心中的偶像！是啊，革命尚未成功，同志仍须努力。积贫积弱的中国，只待那"万山红遍，层林尽染；漫江碧透，百舸争流"时。

"行到水穷处，坐看云起时"，我们中华民族的伟大复兴之路，刚刚起步。艳艳红叶正伴我们去跋山涉水、翻山越岭，践行"一带一路"的宏伟蓝图。这路还很长很长……

秋阳下的香山，极目远眺时，远山近坡，该是鲜红、猩红、桃红、粉红，层次分明的。瑟瑟秋风中，红霞排山倒海而来，若一场涌动的红色浪潮，漫溯着整座香山。在波浪起伏中，有松柏点缀其间，那红色时浅时深，红绿相间，瑰奇绚丽。

香山，应该如此之美！

不记得哪一年有了互联网，如天上下起了绵绵春雨，扯了一条还有一条，总是扯不完，办公室、家家户户都决决的。从此有了QQ，有了网络论坛（BBS），有了博客、微博，还有了微信。我最早融入其中，成了拥抱因特网的暖男，从电子邮件（e-mail）起，一一践行，除了不跟陌陌玩。这时，网名成了一个热词。我叫什么？这似乎是个哲学命题，其实不然。我还是我，我是爱生活的大男孩，我是沉默的羔羊，我是否在寻找一个虚拟的自己？

走在郊外寂静的夜路上，那一缕缕如天籁般的乐音，又萦绕在我的耳旁，那片红叶，那个川江妹子，从夏夜的星空里飘来，飘来，飘来……我也仿佛如一片叶子飘摇在人生的轨道上，伴着风，伴着雨，惯性地向前。我是谁？一片枫叶！生长在枝繁叶茂的枫树上，伸展着五个触角，在触摸着大自然，在触摸着人间冷暖中长大，向往着如那首歌曲一样生活，遇见一个会唱歌的川江妹子，听她唱那首《满山红叶似彩霞》。

> 满山红叶似彩霞
> 彩霞年年映三峡
> 红叶彩霞千般好
> 怎比阿妹在山崖

　　歌声中，一片枫叶在发芽，春天露着小鹅掌，夏天长着青毛绒，秋天成熟得绿油油。秋风中，枫叶自由地舒展、飘摇，由青变红，把空旷的山林染红，涂抹成一幅油画。这画中，该是有诗有酒也有情的啊，氤氲在厚厚的画纸里，映照在川江妹子的心窝里。川江妹子心中有了这幅画，画中也镶嵌着川江妹子姣姣的面容和芊芊的身影。冬天来时，这片叶子由红变黄，阳光下泛出金灿灿的光芒，如一缕夕阳挂在中天，把川江妹子的脸映得红扑扑的，融在夕阳余晖里。

　　家乡的省会南京有一座山，叫栖霞山。它被称为"金陵第一名秀山"，尤以深秋时节漫山红叶而闻名。

　　今年，赶着在"红枫节"开幕前夕，自驾去了栖霞山。山坐落在城东郊，寒风中，车子曲曲弯弯、拐拐绕绕地来到山脚下，购票入门，再掏三十元坐中巴车直达"始皇临江处"。抬眼望去，宽阔的江面上、混浊的江水中，大大小小的船只，如散落的棋子。

　　步行至山的最高点凤翔台，登高远望，一览众山小。深秋的栖霞山，枫林如火，漫山红遍，宛如美丽的画卷，尽收眼底，心里不免也有一团红艳艳的浪漫。

　　沿坡下山，迎面是红枫、枫香、三角枫、黄连木、榉树、乌桕，如一位位娇羞的少女，从秋风中走来，淡雅弥香……还有许多百年老枫也挺立其中，依旧泛着红艳，散发着淡淡的幽香。经枫林湖一路去寻找迷人的红叶谷。小路曲径通幽，片片红叶，点缀路旁，台阶层层下移，越石板，登木梯，越走红叶越少，直至谷底，看到片片枯黄的卷叶，飘落地上，厚厚一层。这是因为谷底气温高、受风小，叶子比其他地方红得早的缘故。它们的青春美丽已经绽放，留给了在对的时间来对地方的人，并没有辜负我们一颗赤诚的心。

我想，该去追赶另一场属于自己的美丽了。一路下山，缓缓地、静静地穿行于山林间。怀想，有一天，独自一人，携一本书，在这幽谷密林之中，在这峭岩山巅之上，在青翠绿草间，在山花野果旁，或坐或卧，呼吸着淡雅的空气，深嗅着红叶的芬芳，静读一页书，静听一首歌，静想一个人，让那首歌如丝如缕从远处飘入心中。

满山红叶似彩霞
彩霞年年映三峡
红叶彩霞千般好
怎比阿妹在山崖

此时，一片片红叶从歌声里飘来，落在我的头上、身上、脚边，艳艳的红、淡淡的香、霭霭的静，我也成了一片红透了的枫叶，零落在山坡……

牛首山行思

很早的时候，听朋友说，南京的近郊有一座牛首山，是佛教文化传承圣地。

在九月初的一个乍凉还燥的日子，迎着初升的阳光，驱车直奔山环雾罩的南京江宁。远望牛首山，四周一片片浓深密布的青翠树木，树梢间有稀疏的雾气缭绕其间，飘浮着淡蓝色的岚烟，如农家房顶烟囱上袅袅升起一股生活气息，撩拨着田野里劳作的农人。这淡蓝色的岚烟又缥缥缈缈、无拘无束地向外扩散，如玩耍的孩子嬉戏在大人的身旁。

牛首山的佛顶宫，就在这如雾似烟的缭绕中突显出来。

也曾多次自驾路过山之南侧，天气晴好之时，可见幽静深邃的密林，可见云雾缭绕的山峦，观远山之巅，看那淡蓝色的大圆顶，窃以为是天文学家们观天象、看星星，探究邈邈太空的天文台。

牛首山又名天阙山，是古时金陵四大名胜之一，因山顶东、西双峰形似牛头双角而得名。"一座牛首山，半部南京史。"牛首山风光秀美，素有"春牛首"之美誉。

车子停入景区西门外的停车场，前一天在网上订的景点门票加景区内公交车票，共八十八元。在入口处扫码、取票、进门、上车，直奔天阙站。

沿路拾级而上，来到佛顶圣境。站在广场上环顾四周，雾气缭绕，烟雨朦胧，弥漫山谷，岚烟在山峰间飘来荡去，形成了高远、幽静、深邃的景象，群山和寺庙美轮美奂。

这是一处新建的风景区，景点的现代感很强，缺少历史沧桑感和神秘感，也缺少些庄严和肃静。有许多老人带着孙辈们在玩耍，如在休闲娱乐场所；有一对对情侣悠闲地沐浴在山风中，吃着零食，窃窃私语；有老老少少全家出动，背包提篮，说说笑笑；也有刚入学的大学生们趁着周末结伴来寻圣搜古。尽管如此，广场非常干净、整洁。朋友说，这是在全国各地看到的最干净的旅游景点。景色也很壮观，立体雕刻的壁画让人叹为观止，每个小细节都精心雕琢。这里还没有浓重的商业气息，佛顶宫门口可凭门票免费请香。

佛顶塔就建在广场上，是佛顶圣境的标志性建筑之一。佛顶塔建筑高约八十八米，九级四面，与明朝所建弘觉寺塔相为呼应，重现历史上牛首山"双塔"的恢宏格局。

转身便是佛顶宫，它坐落于牛首山西峰之处。原东、西二峰两相对望，遥相呼应。后西峰在中华人民共和国成立前后因多年采挖矿石，形成深坑，今依坑而建的佛顶宫，共九层，每层高七米，设计为禅境大观、舍利大殿、舍利藏宫三大空间。

宫殿外部分为大穹顶和小穹顶两个部分，寓意外供养和内供养。大穹顶形如佛祖袈裟覆盖在小穹顶之上，象征着佛祖的无量加持；小穹顶上部为摩尼宝珠造型，下部为莲花宝座造型，上下结合形成"莲花托珍宝"的神圣意象。

走进禅境大观，首先看到的是大厅中央全铜铸造的释迦牟尼卧像，铜像按照释迦牟尼圆寂时的形态雕塑而成。我双手合十，默默地面对着三百六十度缓慢旋转的佛祖，仿佛看到他涅槃时的宁静和安详。厅内南、北各植无忧树和菩提树，默默地静立，似在诉说着佛祖的一生一世。

乘电梯来到五层下的地宫，地宫很震撼，我们随缘而下，精进而上。

释迦牟尼佛顶骨舍利就供奉在藏宫里。藏宫的设计者依佛家六戒做成，分别为持戒、布施、忍辱、精进、禅定、智慧。面对这六戒，我在想，当今世人有几人能做到一二，不贪不占，不淫不逸，弃官减禄，为民为众，静心学习，精心做事？

回到大厅的购物处，看着店内张贴的释迦牟尼佛顶骨舍利图片中那一颗颗舍利子，我笨笨地问身旁刚从重点大学毕业的大学生，这结晶体是如何形成的。这位大学生满脸是比我还要茫然的表情。这舍利子是智慧的晶体，是修身的晶体，是慈悲的晶体。我的无知的确让我羞赧。

从佛顶宫步行回到天阙站，乘公交车回到东门，再转乘才能到达佛顶寺。

佛顶寺位于牛首山主峰西南侧，坐西朝东，依山造势，贯穿对称。寺院深幽，整洁干净，游客们小声说话，轻步缓行。抬头可见殿宇宏伟，雕梁画栋，飞檐翘角，可闻梵音回荡。

游客中信众甚少，大多为趁周末自驾游玩者，只有少数中老年妇女供香、叩首、膜拜、礼佛。寺院中也没见到有引导他人购高香、抽挂签、解命运、化凶险的僧人。也许是未到佛教盛大节日之缘故，寺中香火并不旺盛。游客们更多为感叹建筑之宏大、精良，而后听那一缕缕禅音缭绕其间，把一颗颗浮躁心静下来，忘却昨日尘世间的烦恼，尽情地享受这难得的一片清静世界。

当然，这并不算旺盛的烟雾，也缥缥缈缈地穿过大殿，弥漫在山腰的层林涧壑，与山间那雾岚相互缠绕、融透，你中有我，我中有你。这岚烟也熏染着芸芸众生的心灵，让其沉浸在静默悲惘中。

望着盘绕在寺庙四周的岚烟，我想起唐朝诗人杜牧的诗句
"南朝四百八十寺，多少楼台烟雨中"，极言南朝寺庙之多。由
于南朝提倡佛教，大兴建寺造塔之风，故南朝寺院林立，而绝大
部分佛寺皆在今天的南京。在南朝佛教盛行之时，牛首山也成了
佛家"牛头禅宗"的发祥地。自梁朝到明朝的千余年间，牛首山
一直是僧人咸集、群贤毕至之地。清初诗人余宾硕曾描写道：
"秀宇层明，松岭森阴，绮馆绣错，缥缈玲珑。"

午后，寺内的钟声响起，只见院内散落在各处身穿红马甲的
中年、老年妇女们，或丢下手中的清洁工具，或离开自己的工作
岗位，直向诵经堂跑去。出于好奇，我站定在塑料遮帘门前，
向内张望，只见室内几十人，人人端坐桌前，手捧经书，随着
一名男领诵者麦克风传出的诵读声，快速而高声诵读着我们听
不清的经文。对于我的好奇，她们仿佛视而不见，只是专注地
看着两手捧起立在书桌上的经书，整齐而有力地诵读着，那么
的虔诚、用心。

来到牛首山，我想起孩提时听过刘兰芳的评书《岳飞传》，
其中牛头山大捷的故事，就发生在我的脚下。岳飞是我们自小敬
仰的英雄。八百多年前，在那冷兵器时代，岳飞采用牛首山东侧
大大小小石块，垒筑起蜿蜒起伏、高低错落的围墙，在半路上用
石块伏击金兵，大败金兀术。今天，面对这残缺不全的故垒，如
有亲临古战场的时空感。仿若当年鏖战的烽烟一直飘荡在山间，
方使得这牛首山的岚烟更浓更烈。

在牛首山西南，建有郑和文化园，园内遗存着明朝著名航海
家郑和的墓冢。郑和出生于云南一个穆斯林家庭，本姓马，因在
"靖难之变"中立下卓著战功，升任内官监太监，并赐姓郑。他
奉皇帝之命七下西洋，历尽艰险，与东南亚各国进行文化交流，

缔结邦交，促进友谊，开辟了海上丝绸之路，完成了人类历史上伟大的壮举，成为世界上第一个洲际航海家。当今之日，站在他的墓前，我眼前呈现出一只只木船，顶着高高的海浪，冒着腾腾的风雨，飘摇在水雾岚烟中。

游牛首山，还有一个该说的小插曲。因对景点的路线不熟悉，我们乘错了车，从东门出了景区，而我们的车子停在西门外停车场。经和管理人员协商，对方签单送我们二次进门，乘车到西门口。这一经历，给我的一个感觉是：景区的工作人员和公交车师傅们的服务真是一流的好，态度和蔼，语言亲切，自始至终没有听到不耐烦和粗俗腔调。

走出西门口，回望沿天阙路徐曲而上巍峨雄壮的佛顶宫，高耸入云的佛顶塔，静谧藏幽的佛顶寺、弘觉寺，散发着一缕缕禅意，岚烟盘绕在山峰，也盘绕在我的心头，让我沉静，让我留恋，让我遐想。

站在赛珍珠故居院外

当清晨明媚的阳光如一匹绸缎，透过窗户上明晃晃的玻璃，泻进宾馆的房间时，我们已经吃完了早饭，收拾好行囊，正计划着今天的行程。

蕙说："今天我带你们去一个地方。"她说这句话时有些不露声色的神秘，似乎她是个老镇江人。

我说："镇江好玩的地方都看过了，还有哪些有玩头的地方吗？"

趁着双休的时间，我们行走在镇江一个个大大小小的景区，访文苑、爬金山、逛公园、转商场，优哉游哉地游荡在这江南水乡。

镇江在地级市中不算大，这些年来发展不像一些城市突飞猛进，只要出门看到的就是满街的人和车，堵车、拥挤。走在大街上，城市的每一个细胞都在挤压人们的心脏，总有心跳加速的感觉，需要时刻保持高度的警觉。

两天下来，我们一致认为，镇江城市的人口不多，生活节奏慢，是个宜居的城市。

我疑惑地看着蕙，问："今天去哪儿？""今天去——赛珍珠故居，步行，不开车。怎么样？"蕙有些得意地说，似乎看透了我们这些小文人的心思。

我说："我在团购网站怎么没查到这个有名的景点？"

蕙说："你看看网上地图，离这儿几百米，很近的哦！"

打开网上地图，一阵搜索，果然就在附近，直线距离三百多米。不听蕙说，真的不知道赛珍珠故居就在这里，真是意外的收获。

于是，我们跟着手机导航，沿着宽阔的黄山北路前行二百米，看到左前方的润州山路，导航告诉我们应该沿润州山路向前。这条小路很窄，路的两边正在施工，很多工程车进进出出。

我说："导航错了，肯定不是这条路。"沿着黄山北路迎着初升的太阳继续前行，到达下一个拐弯处时，明显感觉我们偏离了方向。于是回头再次来到润州山路，拐进去向前走，原先的水泥路明显变成了水和泥组合的路，一路泥泞，拉建筑材料的工程车呼啦啦地从身边驶过，我们小心翼翼地躲着，只几分钟就来到了一个小山脚下，仍没有看到哪儿有故居或纪念馆。

看着道路两边忙得热火朝天的施工场面，我的心有些凉。我想，这个故居八成是拆了。

问路边的当地人，对方告诉我们：向前走左边有一个小山，故居就在上面。我的心里一阵狂喜，心想，把这个文化遗存保留下来，这是惠及子孙的好事。

我们边走边伸长脖子往高处看，又走了五十米就来到了登云山脚下，抬头看到在一片绿树掩映下真的有一座灰蒙蒙的小楼。

有一条水泥路直通山顶，几个工人正在清理施工留下的泥土和建筑垃圾，有的路面已经可以走人，有的地方还堆着高高的泥土。这条路原本是可以开车上去的，也可以走路中间的台阶，一级一级往上爬。山不高，路直直地往上通，有一百多米吧，两边栽植着高大的法桐树，遮掩着高高升起的太阳。我们沿着这树荫来到故居前，门前的牌子给我们一个大大的失望，由于周边施工，故居暂停开放，谢绝参观。

透过栅栏，看着墙上的介绍，我们再一次认识赛珍珠。她生于1892年6月26日，美国作家、人权和女权活动家。在她出生后四个月，即被身为传教士的双亲带到中国，在镇江度过了童年、少年，进入青年时代，前后长达十八年之久，在中国生活了近四十年。她把汉语称为"第一语言"，把镇江称为"中国故乡"。

这座赛珍珠故居，位于镇江市的登云山顶，建于1914年，是一座东印度式的两层楼房。在这座小楼里生活的十八年中，她潜心研读中国文化，耳濡目染东方文明，终于成长为一位中西合璧、中英语法兼通、中美习俗皆懂的杰出女性。

赛珍珠在这座小楼里，以中文写下了表现中国农民生活的长篇小说《大地》，1932年凭借此小说获得普利策小说奖，并在1938年获得诺贝尔文学奖。

1934年，赛珍珠告别了中国，回国定居。回国后她笔耕不辍，还积极参与美国人权和女权活动。

眼前这座古老的小楼，青色的砖，灰色的瓦，褐色的门窗，静静地在登云山的风中耸立，亮闪闪的玻璃好像是智慧的眼睛，看着中国的社会和人生。

在这里，赛珍珠与中国人民一起饱经沧桑，经历了好年景和饥馑的岁月。她所交往的既有知识阶层，又有处在原始状态的农民。那时候，她经常处在致命的危险中，她是外国人，可又从来没有想过自己是一个外国人。她把看到的和想到的都融入她温暖的人性，注入她的知识，她把自己的同情给了旧中国的妇女，写出了举世闻名的农民史诗——《大地》。

沿着故居的周边绕行，三面山坡，一面陡直。四周皆生长着高大的古树，小楼隐藏在秋阳的浓荫里，像是一个安静的老人，安坐在一座场院中，在树下打着盹儿，似有似无地想着心事。

小院的周边已是一派忙碌，许多工人在忙着清理十几米外的杂树，周边也画出了一道道白线。施工的工人告诉我们，这里正在建"赛珍珠文化公园"。这座山本就很小，坡面也不算很长，我想这个文化公园不会太大。山坡下的小区建筑已初见雏形。

赛珍珠故居的门面向着下山的路，站在故居前，我想象着二十世纪二十年代的赛珍珠。

她下了火车，沿着山坡一路走来，和熟悉的、不熟悉的人一路打着招呼，像从庄前走到庄后，在路边的菜地随便地摘一点蔬菜，手里拿一把葱蒜等鲜蔬，慢慢地走进她的小院，坐下来喝一杯水，望着眼前稀稀疏疏的小房子，想着每一户人家的模样。

晚上，山顶的小楼里一直亮着灯光。静悄悄的登云山，风呼呼地从树林中穿过，远处的灯火一闪一闪地在风中摇摆，寂静的小楼像一座航标塔，不远处长江的水面上传来一声声汽笛。住在山下的人们知道，这个外国人又在写作和读书，说话时都轻声慢语的，害怕打搅了她的工作。

蕙说："真遗憾，没能进到故居里，看一看大作家是如何生活、如何工作的。"

我说："能站到大作家的故居门前已经很满足了，照张相沾沾灵气吧，说不定回去能写出好作品呢。"

然后，我美美地站到故居门前，来一张摆拍，把对这位伟大女性的仰慕和崇敬定格。

沿着来时的路往回走，依旧一路泥泞。这时已经不急着赶路，两边张望，左顾右盼，看着一座座高高竖起的塔吊、一块块站立的大牌子，算是明白了许多。原来，这里扛着"赛珍珠文化公园"的大旗，正在大建太古城住宅小区。开发商独具匠心，宣传口号是："生态建筑，绿色未来——赛珍珠文化公园尊崇独享。"此时，我不得不佩服商人的独具慧眼。

不过，还好，赛珍珠故居还在，我们可以在故居门前照张相。

文明的江阴城

在元旦的吵吵嚷嚷中，几个朋友相约去江阴，凑凑这热热闹闹的喜气，感受江南水乡新年的韵味。

古人称山之南为阳，山之北为阴；河之北为阳，河之南为阴。江阴，因地处长江之南，故称为"江阴"。

江阴是个县级市，可玩的旅游景点也只有几个，声名远播的是华西村。朋友商量，不去那里。因在华西村很难看到男耕女织，瓜果田园，村居瓦舍，袅袅炊烟，鸡鸣犬吠，只剩一柱柱浓烟抛向天野，厂房爿爿，机器轰鸣，一派浓浓的工业化景象。

在江阴高速北出口的不远处，车子沿着干净整洁、花香草绿的滨江路一路前行，我们来到有着江阴"江河门户"之称的滨江要塞旅游区。在长江的入海口处，走进船厂公园，当地的朋友琴告诉我们，船厂公园是滨江花园的"核心"地带，也是一个记忆主题公园。

天气已是二九时节，我们来得也早了些，公园里不多的游人散落在滨水栈桥、船坞草坪、景观亭、景观廊、草阶下沉空间，如散落在收获后田野里几群大大小小的羊，在闲散逗趣。公园里，最引我们注目的是这个数万吨级的巨型船台，如一座山堆积在长江岸边。对于我们这几个在平原长大的人来说，俨然是水中的庞然大物。

　　看公园的标牌知道：公园是在原扬子江造船厂旧址上建造的，将一些遗存有选择地保留、修复和雕塑化处理，试图通过码头、船台、龙门吊、厂房来见证长江船舶工业辉煌的遗迹，以另一种方式诉说长江造船业半个多世纪的繁华和辉煌。

　　今天是个风平浪静的日子，人们常说江上无风也有三尺浪。江面上的风不时地吹到岸上，吹在我们厚厚的羽绒服上，虽不割面，还是有一些凉凉的寒气。可看着那些高高的塔吊、古旧的码头、船头与滚滚的长江水，我们追忆满怀，感慨无限，心里还是暖意融融的！

　　公园是开放式的，现场没有看到管理人员。不光里面干净、整洁、有序，没有一片纸屑、一点垃圾，草坪上也无人踩踏。许多从前的钢铁构件，以及用厚厚钢板、角钢做成的花园墙壁、草坪围栏等都保存完好，无污无损，没有被偷被盗，看起来都很完整，这不能不说是个奇迹。

　　在船厂公园不远处，是渡江第一船景点。"江阴要塞炮台遗址"下，一张高高立起的白帆上，书写着"渡江第一船"五个苍劲的大字。白帆前，一条被桐油浸得发黑的木船，安静地泊在沙石间，船舷外堆着大大小小的石头，石头外是一群观景的游人。

　　这又是一个现场没有管理人员的旅游景点，船的周围也没有任何围栏。在这里，我们也惊奇地发现，船帆和船身上没有留下一处诸如"到此一游"之类刀刻笔耕痕迹，船面上也没有留下一个或大或小攀登的脚印。人们崇敬地仰望，静静地拍照留念，回忆着这艘普通的渔船，冒着敌人密集的炮火，经受着血雨腥风的洗礼，遥想当年百万雄师过大江的英雄壮举。

　　午饭后，我们来到市中心的人民路步行街。此时，这里已经热闹非凡。步行街是江阴最具人气的地方之一，以"澄江福地"

为主题，融入现代化气息，四季花木，音乐流淌，商业繁荣，橱窗时尚，店堂高雅，周边散布着华联商厦、百货大楼、国际购物中心、人民商场等。人们购物之余，漫步在街面，流连忘返。

只见街区内人们娱乐休闲，各得其乐，让我们惊奇的是，街面也很干净、整洁，无一片纸屑、垃圾。

步行街内"一街串八景"，兴国塔、江苏学政衙署遗址、中山公园、要塞司令部、刘氏三兄弟故居、文庙等人文景观散布在整个街区中，成为步行街一道文化"大餐"。街上还植有许多枝繁叶茂的当地大树，夏日里大树底下一定是个乘凉的好去处。

开放式的中山公园历史文化底蕴深厚，传统与现代在这里碰撞，古典与时尚在这里交汇，匠心独具，文韵悠悠，商味浓浓，为日益富裕起来的江阴市民打造了一方生活休闲、观光游乐的新福地。

学政文化区是在原江苏学政衙署遗址基础上建立起来的，是集遗址、广场、雕塑、古民居、雪浪湖等为一体的文化休闲区。园内，有一堵依街而建的放榜墙，榜前立着一群看榜的考生塑像。放榜曰"出案"，所取生童名册由学政亲送文庙张贴，鸣炮击鼓，考生于隆隆之鼓乐声中更官服拜祭孔子，再拜学政，为正式进士。放榜时，看榜生童云集，有护卫鸣锣呼叫被录取生童名单，中榜者欣喜若狂而振臂狂呼，亦有极度惊喜而失常，落榜者则失魂落魄，或蹲或倒，雕塑场面栩栩如生。我们见之感同身受，想起当年落榜时状态，深知衙署是一道难以跃过的龙门。

在学政文化区有许多中老年人用毛笔蘸水在地面上练习书法。我们紧紧跟着一位先生，只见他五十有余，一米七五开外的个头，上身穿藏蓝色羽绒服，下身穿黄色军裤，挺直腰板，手持一根一米有余的长笔，如铅锤形海绵笔头，饱蘸着清水，在那长方形地面上奋笔疾书着潇洒飘逸的狂草，显其深厚的文化底蕴和书法功夫。读其内容，皆为"钟山风雨起苍黄，百万雄师过大江。虎踞龙盘今胜昔，天翻地覆慨而慷""雄关漫道真如铁，而今迈步从头越。从头越，苍山如海，残阳如血"等诗词。

旁边有不少一笔一画踏实认真写着柳体、颜体、欧体的老者，字迹工整，功底扎实，一丝不苟，如做学生时交给私塾先生的作业本上的字。

也有既无临摹楷书之耐心，又无学习名家草书之历练，缺少基本功的中年人在龙飞凤舞地满地涂抹，旁边小桶里的水用得倒比别人快。我们识其字，但细观发现，无一处可见楷书之笔力、草书之润滑。

琴是江阴市里人，她也拿起水桶里的长笔，小心地在地上涂鸦。一段文字写下来，让我们很惊讶，竖起大拇指为她点赞。

我想起家乡，城中心挤满了高楼和商铺，很难找到这样一块充满文化底蕴的休闲之地。在城市的边缘所能找到的场地上，只见成群结队地跳着广场舞，或嗯嗯呀呀地唱着小调。不知何时家乡的小城也能有这样一个场所，也不知那时我有没有勇气每日去涂鸦？

我们漫步在步行街和公园之中，感觉已融入了大自然的怀抱中，穿梭在园景与树林间，这是人与自然和谐相处的最好方式之一！

江阴，有着七千年的人类生息史，五千年的文明史，三千八百年的筑城史，两千五百余年的文字记载史……是一座生生不息、让人们不由得心生自豪感的城市。

在中山公园的一面墙壁上看到一排红色的字："叫全国的文明从江阴发起！"这是一百多年前孙中山先生在江阴演讲时大声疾呼的一句话，也是他改变全中国的心愿。如今孙先生播下的文明的种子，在江阴已经长出片片新叶，先生的心愿得以告慰。

我们由衷地祝愿江阴的城市文明枝繁叶茂！

醉饮江南茶

一个立春日，我们泗洪教育人一行来到锦绣江南的常熟，学习交流学校管理经验。虞山脚下，昆承湖畔，山野里的清风，冬日的阳光在身上温柔地抓挠，心情像天空的太阳一样舒朗，感受着常熟的教育，遥想自己的学校，冬雪初霁，新芽绽放，万物竞放，又一个春天到来。

在常熟，最让我难以忘怀的事就是喝茶。

无论是在办公室，还是在读书吧……总会有人倒上一杯热腾腾的绿茶，送上一句温柔的问候。当杯中的茶水剩下一半时，又会有人及时给续上，让我心里蔼蔼的、润润的。这是礼仪，是文化的积淀，也是教育的传承。

临近中午时分，乘着实验小学金校长的车来到石梅小学。沿台阶拾级而上，数着路边、楼道一盆盆的青枝绿叶、花花草草来到校长办公室，接待我们的是满面春风的顾校长。顾校长身材娇小，一头短发，一身休闲装，戴着一副金边眼镜，满身书卷墨香气，典型的民国时期气质美女。她用一口流利的普通话说："是不是一上楼就知道校长应该是女的？"我说："我一边走一边就在想，校长一定是个大美女，还有点小资，男人是弄不出这花花草草的情调的。"

　　午饭安排在市郊一个生态场内。周围是阴阴的绿树，小小的水塘、河沟环绕其间，河内有一群群水鸭子悠悠游玩。大家坐定后，顾校长说："今天我们以茶代酒，边喝边聊。"

　　我端起杯慢慢饮茶，唇齿芬芳，浸入体内，润泽肺腑，身心舒展，心静如莲，把平时的忙碌、浮躁一冲而净，看袅袅水汽从眼前升起，渐渐地禅从心中来。

　　喝着可口的绿茶，品着淡淡的茶香，咀嚼着乡间小菜，大家很是开心。当然，席间话题也总是绕不过酒文化。常熟的同行说，不敢到你们泗洪去，你们那儿的人喝酒太厉害，有许多酒文化、劝酒词，常常被劝来劝去就醉倒了。可能很多人知道淮阴有淮阴侯韩信，却不知道泗洪归属的老淮阴是酒的故乡，曾经的三沟一河（双沟、高沟、汤沟、洋河）酒名扬全国，现在新划的宿迁市又把双沟、洋河划进来了，人人都是英雄海量。

　　酒，对于我们家乡人来说，真是大事小事都离不开。红白喜事、家里来客、朋友相聚、聊天太晚、打牌太迟、奖金发放、生意谈成……都要聚一聚，喝上几杯酒。酒席上主人带头，能者为王。主人请客唯恐客人喝不好，想尽办法磨破嘴皮劝客人多喝，往往是自己先醉；好酒者自己想喝还要拉上几个人陪着喝；酒量大者想喝也得拽上几个垫背的陪自己喝，直喝得别人倒地或告饶方能罢休；也有恶意者，对谁不满、看谁不顺眼、平时有过节，倚仗着自己有酒量，借酒整人、借酒报仇……说不定也就两败俱伤，不欢而散。

　　当然，我们家乡有一句名言：酒越喝越浓，钱越赌越薄。这是在友好合作、不伤和气的情况下喝酒，大都是文喝，而不是武喝、胡喝、海喝、穷喝……

　　江南人喜欢喝茶，茶文化更是深厚。顾校长说："假如你双休日沿着虞山边走一圈，可以看到山坡上每个茶楼里都是满满的，至少上万人……"

唐朝陆羽的《茶经》中写道："茶者，南方之嘉木也，一尺二尺，乃至数十尺。其巴山峡川有两人合抱者，伐而掇之，其树如瓜芦，叶如栀子，花如白蔷薇，实如栟榈，蒂如丁香，根如胡桃。其字或从草，或从木，或草木并。"

禽鸟有翅而飞，兽类毛丰而跑，人开口能言，这三者都生在天地间，依靠喝水、吃东西来维持生命活动。可见，喝、饮的作用重大，意义深远。为了解渴，则要喝水；为了兴奋而消愁解闷，则要喝酒；为了提神而解除瞌睡，则要喝茶。

如此看来，喝酒与喝茶是有很大区别的。喝酒，是为了消愁解闷，刺激神经，消极而为之。喝茶，则是为了提神解困，愉悦身心，积极而为之。

在江南，主人莺声燕语，每人一杯绿茶，品着淡淡的茶香，谈着感兴趣的话题，遥想着美好的憧憬，氤氲在甜甜的氛围中，话题中充盈着甘甜和水汽，不知不觉中人与人之间的距离拉近了，就像女子脸上甜甜的笑靥，浸透到每一个人的心里，让人陶醉其中。

江南的茶亦如江南的人，理性而温蕴，润心而健脑。

人生如茶，或充满希望，或浸透苦涩，或冲动难耐，或淡泊宁静，闲暇时不妨煮一壶茶，让那些过眼云烟的浮华、追名逐利的情愫，都在茶水中慢慢沉淀，在茶香中淡淡消散，怀着"不以物喜，不以己悲""淡泊明志，宁静致远"的心态，去享受"偷得浮生半日闲"的惬意。让自己醉在茶中。

第五辑

楚风汉韵

走蒙山，从夏走到秋

最早知道沂蒙山的名字是在一首歌的歌词中。《沂蒙山小调》优美的旋律一直萦绕在一个十几岁少年的脑海中。

每当轻轻地哼出"人人那个都说哎沂蒙山好，沂蒙那个山上哎好风光。青山那个绿水哎多好看，风吹那个草低哎见牛羊"，一幅漂亮的山水画就呈现在眼前。那青山绿水、风吹草低见牛羊的景象，总是让我心里美美的。据说这首歌诞生在抗日战争时期，中华人民共和国成立后才定型传唱。

读高中时，在一次全校文艺演出中，看到一位学妹跳了一个舞蹈，是芭蕾舞剧《沂蒙颂》的片段："蒙山高，沂水长，军民心向共产党，心向共产党，红心迎朝阳，迎朝阳。炉中火，放红光，我为亲人熬鸡汤，续一把蒙山柴，炉火更旺，添一瓢沂河水，情深谊长。愿亲人，早日养好伤，为人民，求解放，重返前方，重返前方……"

学妹在甜美悠扬的《沂蒙颂》歌声中如痴如醉，提臀翘首，旋转翻飞，伸展收放，温情脉脉，柔柔的身姿，在炉火烘照下红扑扑的脸，演绎着老区人民对受伤战士的关爱和浓浓的鱼水情。曲美，人美，词美，舞美，老区人民的心灵更美。有这样的人民，共产党哪有不胜利的道理！

从此，高高的蒙山，长长的沂水，红透透的高粱，香喷喷的豆花，漫山遍野的谷子，还有美丽的学妹，优美的旋律，就埋进了我的心田，融入我的骨髓，化作一缕长长久久的牵恋。

立秋的前一天，我们终于踏上沂蒙山这片红色的土地，来到蒙山脚下的平邑县城，开启了圆梦之旅。

第二天来到蒙山脚下，远远就听到童丽柔柔的歌声"人人那个都说哎沂蒙山好"，真是把我的心都唱醉了，让我再一次跌进几十年未醒的梦里。

远远望去，蒙山连绵起伏，一个山头接着一个山头，一座山峰托起另一座山峰。但不知那郁郁葱葱、苍翠欲滴、浓荫密布的大山中可藏着千军万马。

蒙山在一片片树丛中裸露着块块黄白相间的大石块，石块上有可任你天马行空想象的斑纹图案。

走蒙山，从高达九百九十九厘米、周身镌有九百九十九个"寿"字的巨大福寿康宁鼎处起步。

当我们一步一步走近蒙山景区的正门时，门前高大的电子屏上显示出"持有蒙阴、平邑县身份证的居民周一至周四免费游玩，持有2016年高考准考证免门票"。当我们走进游客服务中心准备购买门票时，又意外地发现一个告示牌"凡持有市级及以上作家协会会员证、摄影家协会会员证者可办理免门票手续"。

时值中伏的天气，这几天某气象预报软件都提示最高气温在36℃左右。盛夏的威猛还在疯狂地肆虐着干涸的土地，游走在土地上的人们如被烘干的树苗，有些蔫蔫答答的。还未上山，汗水已经湿透了我薄薄的衣衫。当看到这些时，我的心里涌入一股凉凉的气息，直入肺腑。是老区人民的纯朴和善良，热情和大方，情深和义浓，对知识和文化的尊重，让我透透彻彻地舒心了一把，同时也让我的自尊心得到了极大的满足，如一场彻天透地的

雨，浇灭了烦躁和不安。

蒙山真的让人很想走一走，很乐意走一走。

上山时，同行的游客说：蒙山自然风光秀丽，兼有泰山之雄壮、黄山之秀美、华山之险峻、雁荡山之奇绝。我不论他说的是真是假。此时，蒙山在我心里是美的，是秀的，是峻的，是壮的，是必须走一趟的。

在走完一程热烫烫的山路后，我们选择了乘车。二十七座的中巴车沿着山腰的水泥路一路爬行，一直是三十度到四十度的斜坡，不断向山顶蜿蜒。车子如负重的老牛，不住地喘息呻吟，让我们很是心疼。路如一条白色的飘带撒落在山间树林的枝枝丫丫上，九十度的拐弯不时惊得车上的游客失声大叫，若稍不流意会让一颗颤巍巍的心从张大的嘴巴里蹦出来。

车子到达东天门停车场，再往前行已是一路平坦，继续上行五百米，到达龟蒙顶，这里是一块人工建成的平整整的小广场，如泰山的天街。此时，冷风习习，让此前登山时身上流下的汗水瞬间变成了一股凉意。

为此，我曾在网上查到：蒙山森林茂密，植被覆盖率90%以上，保持着原始自然风貌，空气湿度、温度适宜，据中科院环境评价部1998年3月测定，"空气维生素"——负氧离子含量为220万个/立方厘米，居全国之首，属超洁净地区，被誉为"天然氧吧"。景区年平均气温13.1℃，夏季山上山下温差3℃~6℃。

龟蒙顶为蒙山主峰，齐鲁第二高峰，海拔一千一百五十六米，有"亚岱"之誉。在此山巅，云海风涛，天地悠悠。这里是无法形容的凉爽和舒适，真正体会到心旷神怡的快意。上山时是酷热天气，人如在蒸笼里，享受着桑拿浴，而此时的山风柔柔地飘过，空气湿润得如小姑娘的脸颊，可以捏出水来。

　　放眼向四周望去，一片云雾弥漫，只能见到近处的山头埋在云雾里若隐若现。站在山崖边，有人在雾中飘的感觉。游客们个个抓住时机选择最佳角度拍照留影，从心底喊出一句：蒙山在我脚下。

　　如入仙境的惬意，让我想起在半山腰看到的一句话："沂蒙福地，颐养蒙山"，这里是名副其实的养生圣地啊！

　　沿着右侧写着"龟蒙顶"三个大字的摩崖石往前走，旁边的迎客松，枝干粗短，枝叶茂密，长枝伸展，似在欢迎我们的到来。

　　沿阶而上，路侧崖畔生长着一棵龙凤松，主干侧展，上面挂满了红丝带，像一条巨龙卧于峰巅，而从另一个角度看去又如一只凤凰，故而给人以龙凤呈祥之感。在龙凤松上侧就是孔子小鲁碑，碑上是一石亭，内有孔子画像，两侧石柱上刻着"心悬华夏几万里，身在蒙山第一峰"的对联。传说这里就是当年孔子登临的地方。

　　"孔子登东山而小鲁，登泰山而小天下"，泰山自古人所共知，而东山则相对生疏，其实东山即蒙山。

　　瞭望远处那绿树丛中白花花的花岗岩佛掌山，我不禁感慨：孔子的年代在这里居然就可以"小鲁"，并且进而到泰山而"小天下"，真不愧为圣人，拥有大胸怀。我作为一介书生，虽然距离孔子的年代已经两千多年了，而且得益于社会发展与交通工具的便利，我自以为走过的路比孔子还要远，去过的地方比孔子还要多。但我想，对于我而言，不要说小鲁，就是小蒙山乃至小我家居所在的县乡，也是不敢的。在这里，我真的充满了对蒙山的敬重与感恩，感觉到了自己的渺小与微不足道。

　　面对万世师表的孔子，作为他的后辈学人，我只具备虔诚地向他老人家鞠三个躬的份儿。

太阳已经出来，山顶云开雾散。太阳已不是山下的火炉，暖暖的柔光亲吻着我的肌肤，若女人白嫩嫩的细手轻抚着一般，远山近树又如挂在眼前的一幅山水画。

已是中午时分，我们又回到龟蒙顶下的平台上，坐下来歇一歇，理一理激动的情绪。从旁边大嫂的摊点上买来煎饼卷大葱、水泡方便面和维生素饮料，慢慢地品味，补充着能量，吃得甘甜可口。

从龟蒙顶下行，有一个长长的水汽充沛的炼丹洞。当我走出炼丹洞口，抬头看着右侧高高的山崖时，发现在石头缝隙少有的土壤中，生长着一些生命力极强的芨芨草，其中掺杂着几朵黄灿灿的小花，在中午的阳光下光鲜夺目。我不知它们在山崖上守望过多少年，痴痴地走过了几个轮回。它们仿佛在顽皮地眨着眼睛，向我示意：别找了，洞里没有仙丹哦！

望着那陡峭的山崖，望着那灿灿的花儿，我不知该如何回答。也许我不是它们守过多少轮回要等的人，我们只是一次擦肩而过，也许今生我给了它们一次回眸。

离开龟蒙顶，担心体力不够，我们没有去走弯弯曲曲的栈道，而是乘着索道去拜寿台。站在拜寿台西望石崖上的寿星巨雕，顿感自己的卑微。寿星巨雕是利用天然裸岩依山雕刻而成的，高二百一十八米，头部高一百零八米，为蒙山旅游的标志性景点之一，也是当今世界上最大的山体雕刻，高度为四川乐山大佛的三倍。

站在黑白鱼的八卦图中，仰望对面的寿星巨雕，只见它鹤发童颜，白须飘逸，一手扶鸠杖，一手托仙桃，慈眉善目，笑逐颜开，慈祥地望着形单影只的我，似乎在说：你在此对我如此恭敬，有什么请求吗？

看着清凌凌的水面，我想用凌波微步从水面漂过，匍匐在它的脚下，讨一份长寿秘籍。再请武林高人为我打通任督二脉，把我废了五十余年的功夫续起，开始我新的生活，活好后面的五十年。

　　告别寿星巨雕，回到九龙潭脚下已是下午四时许，我们每人坐着一个橡皮筏，在九龙潭自流的水波冲推下顺坡漂流，像一片树叶被风吹着飘摇下落，直至山脚。

　　走出蒙山，太阳已经挂在了西天的树梢上，热辣辣的风吹过来，已不如早晨那么硬、那么烫，藏在树叶下的知了依然一声声地叫着"热啊，热啊"，但声音似乎柔和了许多，已是秋蝉的鸣叫。

　　今天走蒙山，从夏走到秋，圆了一个甜甜的少年梦。在停车场阴阴的树林里，不知不觉地脚下踩着了几片黄黄的落叶。想一想，今天已把夏天过完，此时，我正走在秋日的阳光下。

艾山，禅随秋风行

十月秋风劲，匆匆邳州行，古徐又古徐，一去几百里。

从家乡洪泽湖西岸的古徐国故地出发，来到公元前约十一世纪曾为古徐国属地的邳州城，城外有个古徐国镇国之山——艾山。是巧遇，是机缘，是天意。在视频里美女们的误导下，冒着深秋里的朔风，我们相约前往"天下银杏第一园"，去赶一场秋熟的盛宴。以为邳州的"银杏时光隧道"已经黄金铺地，大地一片黄灿灿，天空一片黄亮亮，世界一片黄澄澄，田野里堆满了黄金，道路上流淌着光芒。哪承想，银杏树叶还没到完全成熟成片飘落的时节，叶儿只有少量变黄，树林里也只有小面积的落叶，广大的林地仍以绿色为主。知道我们来早了近二十天，便在邳州的周边查找景点，继续游玩。艾山，进入我们的视野，成为我们猎获的目标。

驱车前往，只有二十几分钟的路程。走进艾山风景区的大门，远远地看到，有一片层层叠叠玄黄的建筑立于山顶，我仿若听到隐隐约约的梵音从庙堂中传出，又似檐角那高高挑起的铜铃，在秋风中一声声响起，一缕缕禅意随风飘来，直击我的心脏。

我不知，艾是否有禅意，山是否有禅意。是否，艾在山中，山在艾里，禅在山中，山在禅里。

艾山，位于邳州北部，东近花果山，西邻云龙山，是苏北三大名山之一。在苏北这个一马平川的大平原上，它更显得鹤立鸡群。据介绍，艾山之名有三种说法。其一，此山以"艾"为山名，寓意祁祥佑祉。其二，此山因春秋时期艾王城遗址而得名。其三，此山因每六十年才生长出一次名贵中药材艾草而取名。我认为，此山因长满艾草而得名更为可信。艾草系中草药，可以疗疾治病，艾草做药用，味苦辛，性温，温通经脉、和血止痛、安胎。山中广有此草药。在远古时代，能救百姓疾苦，百姓当然敬之，并以之为山名。

艾草多为三年一采，时间漫长。陈年艾草，清香浓烈，透彻心脾。《诗经》云："彼采艾兮，一日不见，如三岁兮！"言相思之人将款款深情寄托在这几株寻常、柔韧的植物上，寓情之深，思之切焉。可见古人对艾草之钟爱，甚于今人。

还记得小时候，住在农村，每到夏天，母亲总会把艾草编成细绳，悬挂起来，让点燃的那一端慢慢烧，以驱除蚊虫，让家人睡个安稳觉。艾草易燃且燃烧持久，火种便在氤氲的香气与温存的亮光中保留了下来。夜晚，我们便在这淡淡的艾香中睡去；清晨，我们又在这袅袅的艾烟中醒来。

今天，在深秋里的艾山，我恍惚间想到，艾与禅、与秋的丝丝缕缕、缠缠绕绕。艾是香，香是火，火是烟，烟是禅，禅是秋，秋是意，定能照亮世俗者心中的黑暗，驱除积恶者身上的污秽。

走在长长的汉白玉浮雕如意大道上，禅意便铺在地上，立在空间，展在眼前。地上是连绵不断的如意浮雕，两边有佛教法器、九千九百九十九朵莲花、如意宝瓶，人在佛中行，意随禅意动。如意大道两侧的柿子树，就是佛意，就是人心的向往。事事如意、和谐平安、美满如意，不正是自古至今平民百姓对生活的追求吗？

那九龙灌浴佛塔上的清水，日复一日，年复一年，流水不断，飘飘洒洒，奉给人间，奉给众生，奉给每一个来这里的人，能洗净我等凡尘俗子们心灵和身躯的污垢与铅华吗？

踏三级平台九龙御道，过往生池、莲花池，扶汉白玉栏杆，望南海观音巨石群雕，佛家因果轮回之教义，菩萨普度众生之情怀，萦绕心中，佛家菩萨道场就坐落在这气势恢宏的南山诸峰之下。主圣观世音菩萨、千手观音、十一面观音、文殊菩萨、普贤菩萨、地藏菩萨的雕像在这里聚齐，一场盛大的法会开场，送子，送福，普度众生。怎不令人肃然起敬，心里畅然？此时，此景，此境，眺望四周，宛如进入人间仙境，有回归自然、天人合一之境，禅意佛性就在这秋风中传播，意境深远，给人以心灵的慰藉，纯净的心灵又步入一个新的高度。

艾山，林木郁郁葱葱，景色优美，在高高的山之巅是历史悠史的铁佛寺。铁佛寺，又称嵩山少林寺下院。古寺坐北朝南，依山取势，气势雄伟壮观，规模宏大。据说，寺内所有佛像皆由生铁铸造，我走过大江南北，还是第一次见到。铁佛寺是江苏省规模最大的寺庙，在五层大殿中有一尊铁佛，高16.8米。

秋日的古寺，霜叶如荼，晨钟暮鼓绕梁，声声梵音在苍茫的山谷里悠悠回荡。传说中的张良受书和徐庶归隐是否就在这古寺旁的幽林中？这里集日月之精华，集奇山秀水与禅庭胜地于一身，融沧桑古韵与灿烂民俗为一体，亦是邳州人求福祈愿的佛教圣地，寻幽探胜的心灵家园。在这里，禅意裹胁着我那一颗凡尘的心，宁静致远。

艾山，漫山遍野生长着大大小小的乌桕树，有的树形态多姿，如室外盆景；有的树盖色彩斑斓，如江南锦缎；有的树叶红似枫叶，如红霞夕照。这里林深涧幽、空气湿润、土壤肥沃，成为乌桕树的"快乐之家"。漫步在山间小道上，微风迎面吹来，树木花草送来淡淡清香，山景环列如画，空气清新，是一处"天然氧吧"，令人心旷神怡，佛心顿起，仿佛自己已经脱离凡胎，了却世俗，融入了这美丽的大自然怀抱之中，与这万千乌桕树一起伸长手臂，读佛。

秋风打乌桕，声声诵禅经。秋风过处，风也婆娑，心也婆娑，意也婆娑。

"彼采艾兮，一日不见，如三岁兮！"此时，若有幸，与草木相濡以沫，与土地相依为命，是世上最朴素、最清白的生存！唯愿如此！

水声禅韵马陵山

家乡是革命老区，皖东北和淮北抗日民主根据地中心，全国十个抗日民主根据地之一，有"淮北小延安"之称，老一辈无产阶级革命家都在此生活和战斗过。

与家乡相隔百余里的新沂市马陵山，也曾战火纷飞，是解放战争初期宿北大战的指挥中心，是革命传统教育和爱国主义教育基地，我久怀前往瞻仰之心。

庚子年（2020年）四月，最后一个周日，晨起，欣然驱车前往。

四月天，春夏之交，人间最美的季节。风和日丽，神清气爽，车子沿着新扬高速一路北行。一小时后，下高速，向西行，导航显示，还有五千米便到达马陵山风景名胜区。路不算宽阔，但柏油铺面，平坦舒适。一路向西，匀速前行，心有迫切，但不急躁。行进中倏忽间想起，我不是第一次来马陵山。

四年前的暑假，卸任校长之职，没有了责任和约束，没有了牵绊和惦念，身轻心宽，趁着假日，恣意放飞自己。在寻访山东沂蒙老区后，回来的路上，看到有马陵山公园标识，遂生游览之心。车行至马陵山出口，天飘小雨，决然右转出匝道，向西行进。行驶一二里时，天降瓢泼大雨，雨滴大如豆，雨丝粗如绳，风猛雨烈，迎面砸来。我小心驾驶车子，紧握方向盘，把雨刮器扭到最快档，集中精力，看准前方，找着水浅的路面，艰难前行。我心想，夏天的雨说来就来，说走就走，一会儿就过去了。车子缓缓前进，路面上的水已积有十多厘米之深，风雨没有停歇的意向。西边的天越来越暗，黑云雨雾挡住了半个天空，不住地压下来，像要把大地和我的车子一并包进去，装进那看不见光亮的大口袋。

　　路面的水又深了许多，车子不能再前行，我也不能再犹豫，果断放弃去马陵山公园。我小心翼翼地掉转车头，立即驶离雨区，返回高速入口。走上高速路那高高的路基，看着西边那满天的黑暗没有追赶上来，一颗悬着的心才落下来。

　　导航提示，前方左转，把我的思绪从四年前那场惊心动魄的暴风雨中拉了回来。车子驶入了235国道，只十分钟时间，前方右侧便是马陵山。

　　停车，购票，入园。

　　从山脚沿着步行道的石阶，一步一步向上攀登，迎面一扇粗圆木搭起的长方形大门，高高立起，横书蓝色行楷大字"古马陵道"，淡蓝中透出悠悠古韵，洒脱的字间透出闲适的清韵，让人想起"古老"与"沧桑"这两个词。此时，我耳边悠悠响起"丁零，丁零"有节奏的马铃声。眼前恍若浮现出一队队马帮，身负重物，踩着粗糙的石阶，踽踽向前。身边的赶帮人头戴绒帽，长裤长衫，手拿短鞭，随着马队"嗒、嗒、嗒"的脚步声，缓缓行走。这些马队有的是从东海驮运食盐到西面山区，也有的是从运河两岸驮运粮食到受灾地区，还有的是驮运生活用品售卖到那些需要的地方。他们翻山越岭，十分辛苦。就在马陵山道旁，高大清凉的树荫下，人和马都停下，歇息、饮水、进食。

　　他们在这人稀物薄的山野，坐在冰凉的石头上，吃着自带的黝黑坚硬的煎饼，喝着凉凉的山泉水。我想，无论是过去还是现在，养家糊口、挣一口饭吃都不是那么容易，必须付出艰辛、付出坚忍。今天，我走在这条前人走过一个个春夏秋冬的古道上，也许我的每一步都重叠在他们的脚印上，而我比这些故去的先人们少受许多罪，幸福了许多，开心了许多。据说，马陵山曾是古战场。这古道，还走过一茬茬将领士卒、兵马车队，匆匆赶去下一个山头，迎接一场生死未卜的恶战……

由于疫情，景区对游客接待实行限量，最大承载量不超过30%，园内游客不多，大多是家长带着孩子或未开学的大学生们，成群结队，说说笑笑，悠闲安适。踩着一级级不高的台阶，呼吸着清爽的空气，我们是一群"探寻马陵古道，体验第一江山"的生活热爱者。

走完古马陵道，站在半山腰高大的松柏下，正准备歇息时，一块石碑吸引了我。碑上写着"泉潮律院遗址"几个字。我心中产生疑问，这地方该是让人改恶从善的地方吧？犯了清规戒律的僧人，从各寺庙送往此处，学习律法、教育训诫。看介绍说：泉潮律院，属"临济宗"大禅林，资深名高，以大雄宝殿为中轴心，有藏书楼、祖堂、腰殿等庙堂四五百间。寺内合抱古柏数十株，参天入云，墙粉脊紫，暮鼓晨钟，蔚为壮观。可以想象，五华山巅，这座建于明嘉靖年间的寺院（也有考证说：始建于唐开元年间，距今已有一千二百多年），曾独居苏北禅林之首，飞檐翘角、金碧辉煌、绝壁临空，该有多少僧侣清客、骚人墨客、释子羽人、缙绅官宦、耕夫野老流连其间，了却返乡之心。泉潮律院，实为僧人前往受戒之地，也相当于现在的佛学院，曾是全国佛教四大律院之一。可惜的是，这座有悠久历史的律院毁于一把大火。然而，对于礼佛之人，寺虽不在，佛却仍在心中……

一时云水禅心涌入心间，在这微微的山风里，有袅袅梵音，有低沉的诵经声隐隐从风中传来。荡涤着我那颗未了的凡心，没有了喧嚣，没有了烦躁，物我两忘，山静气清，尽享这人间空灵之境。

律院遗址石碑不远处，有明墙红瓦的山隐寺，在阳光下散发着黄亮亮的光晕。可见该寺处悬崖之下，乱石拱立，树木蓊郁，竹林清雅，烟霭雾浓，缥缈如蓬莱仙境。心中若有佛，无须更多形式，见佛便拜，见炉烧香，远远地望着即可。也许，我耳畔的缕缕梵音便是从那里发出来的吧。

走下五华山顶，山腰有一个藏兵洞。远远看去，以为是宿北大战时，人民解放军驻扎的地方。走进去，一股凉凉的气息扑面而来。据说，二十世纪七十年代，为响应"深挖洞，广积粮，备战备荒为人民"的号召，由某部工程兵历时四年开挖而成。主洞长八百多米，宽四米，高五米，军用卡车可以从洞内穿过。洞内有两条四百多米的侧洞，往北通入野菊沟，还挖有指挥室、警备室、厨房、水井、储藏室等小侧洞，洞内可容纳五千人，洞名由原南京军区司令员亲笔题写。

出洞口，有两辆墨绿的坦克停在路边，高高的炮筒直指远方。一群孩子爬上去，嬉戏着、欢笑着，天真快乐，幸福祥和。他们不知，这里曾经炮火连天、血肉纷飞。前辈们在山头浴血奋战，舍生忘死，阻击敌人，为人民的幸福安宁，为争得平等自由舍身捐躯。

再往前，在乱石嶙峋、曲径通幽石道旁，矗立着一块灰迹斑斑的"宿北大战前沿指挥所旧址"的牌子。

马陵山自古为兵家必争之地，战事不断。春秋战国的孙膑、西汉的韩信、唐末的黄巢、宋朝的韩世忠偕夫人梁红玉、抗日战争时期的马陵大队都在这里与敌兵对垒鏖战。马陵山，每一块岩石都浸染着爱国志士的鲜血，它是一部血染的战书。这里，每一声梵音、每一声诵经，都是为死去的英灵祈祷安魂。

一条小路顺着山势蜿蜒，渐渐没入不远处的树木中，路不算崎岖，也不算平坦。沿着一层层石阶，走进林间小路，可以看到流泉如丝带般缠绕山间，如娟秀温柔的少女，梳理着秀美的长发，清新动人。一股股随着山势汩汩流淌的泉水，清澈见底。两旁有青青翠竹，夹道相送。流水清风，丝丝入耳，禅韵袅袅，绵绵密密，敲击我的心脏。这里的绿化覆盖率高达95%以上，空气清新，如雨后初晴般馨香，可说是个"天然大氧吧"。

人在这样的环境里，心静如水，了无杂念，无欲无求，与天地同体，与大自然相融。我缓缓地行走着，体内积蕴着云水禅心，无牵无挂。每个人这样面对着山石，面对着山林，面对着山泉，都会心旷神怡，神清气爽，都会有"我见青山多妩媚，料青山见我应如是"的感觉吧。

一路前往小龙沟，一块块或方或圆的石块，间隔摆放，在窄窄的河谷中形成一条蜿蜒小道，人在水上走，水在脚下流，此时，头上有水流，脚下有水流，身前有水流，身后也有水流，水声潺潺，佛意禅禅。走上一座小小的吊桥时，几个人用力摇晃，吊桥上下颤抖、左右摇摆，似摇篮，若秋千，我们又找回了一次童年的感觉。过吊桥，路上遇一药王泉，一股泉水从地下汩汩冒出，似雾似淋，似水似汤。我虔诚地掬一捧，敷在肌肤上，润渍我的身躯，浸润我的心灵。希望这汤泉能够祛除我羸弱的病体，还我一个康健朗逸的青春。

蛇行谷，借山顺势，小路沿着深深山涧逶迤延伸。这里，有流泉飞瀑，有九曲回廊，还有雾淋设施。喷雾时，烟雾缭绕，水雾氤氲，山石林木，花草游客，若隐若现。做个深呼吸，凉爽入心，惬意怡然，如入蓬莱仙境。呵呵！这里，虽说没有仙人，却有仙境。不对！今天，我就是仙人哦！

在亦仙亦凡的山林中，我们走过小龙瀑、财神庙、金蟾仙洞、纳财门、倪瑞璇诗舍、梯田花海。感受着一花一世界，一叶一菩提。还有漫山遍野簇簇的野花，如点点星光点缀其间，让人温馨，让人轻快，除去心中的繁华与造作，找回远去已久的单纯朴素的甜美、清雅和芬芳。此中有真意：佛在花中立，花带禅意放。

再走过大龙沟、风铃桥、玻璃栈道。这奇峰翠岭、隽山秀水，真的可以让你玩个够。

马陵山，最高山峰只有不到百米。然而，山形奇异，松柏蓊郁，翠竹碧透，花草茂密。行走其间，有桃源幽谷，空气湿润，馨香氤氲，舒心润肺；有禅房寺院，铜铃叮当，梵音悠扬，禅意绵绵；有山涧细流，涧深壑幽，山石峥嵘，溪水淙淙；也有瑶池仙境，日月精华，雾霭茫茫，亦真亦幻。

不知不觉，走走停停，四个小时，金乌西坠，只看了景区的三分之一，还有许多、许多……乘景区内观光车，下山。带着满足，带着水声，带着禅韵……

项王之剑

"项籍者，下相人也，字羽。"《史记·项羽本纪》开宗明义，告诉人们，项籍，是下相人，字羽。说的就是项羽，他出生于秦朝时楚国下相，就在今天的宿迁境内。

宿迁因项羽而声名远播。1996年建地级宿迁市时，便在发展大道、西湖路、青海湖路三路交叉的闹市口起建一尊"霸王举鼎"的雕像，成为宿迁的形象。这举鼎者，就是被称为"楚霸王"的项羽。

那时，每次坐车或开车去市里办事，远远看到这座雕像，便知宿迁到了。后因建地下人防工程和对霸王举鼎广场提升改造，雕像被搬走了。这座雕像，被称为宿迁人的"集体记忆"。如今工程已经结束，"霸王举鼎"雕像回不回到原处，成为宿迁人热议的话题。

据史料载：二十四岁时，项羽和季父项梁在江南起兵。为了扩大力量，项羽去联络桓楚一起反秦，却被告知，如果项羽能举起院中一个千斤大鼎，就考虑一下。项羽便撩起衣襟大步走到鼎前，集中全身力气大喝一声"起"，大鼎被项羽高高举起，而且三起三落。见此状，桓楚满口答应。此典故即"霸王举鼎"。

在我很早的记忆中，项羽身骑高大的乌骓马，手拿一杆虎头盘龙长戟，或一柄亮光闪闪的锋利宝剑，驰骋在尘土飞扬的战场上，一身英雄威武之气。而霸王举鼎这个故事，是后来知道的，只能说明项羽身材高大（身长八尺余），力大过人，胆大过人。也许，在那个冷兵器时代，力气是战胜敌人的主要因素之一吧。

在我所有的阅读和记忆中，对项羽的剑一直存在着无法挥去的矛盾和纠结。

初从军时，项羽受季父项梁之意，拔剑斩下郡守头颅，又连续杀了一百多人，使得项羽威震楚国，名闻诸侯。彼时，那剑是由其季父指挥去斩杀，没有项羽自己的意志所向，他是受其尊重的长者之意，听命于教使，也无仇怨，也无恨，手中那剑只一个"勇"字而已。

项梁死后，项羽凭着冷兵器时代强悍勇武和古代战术指挥能力，斩宋义，灭叛臣，破釜沉舟救巨鹿。战彭城，以少胜多，一路攻城略地败秦军，进入函谷关后，率四十万大军，驻扎在新丰鸿门，自称"西楚霸王"。而此时，沛公刘邦只有十万兵。这个时期，项王手中之剑、麾下之剑，任其驱使，无论对错，该与不该，皆可所向披靡，任意斩杀。

鸿门宴上，"范增数目项王，举所佩玉玦以示之者三，项王默然不应"。范增只好授意项庄舞剑，伺机刺杀沛公。然而，同桌的项伯也拔剑起舞，以身翼蔽着沛公，项庄始终没有机会击杀沛公，让其脱身逃走。鸿门宴，一个绝好杀掉刘邦的机会。因这之前，范增已经对项王说："沛公居山东时，贪于财货，好美姬。今入关，财物无所取，妇女无所幸，此其志不在小。吾令人望其气，皆为龙虎，成五采，此天子气也。急击勿失！"项王的感情用事和优柔寡断，错过了称霸天下的机会，手中的剑为一个"柔"字所困。历史就是这样，这支剑，当用之时而没用，而后必然是留给自己了。

　　我今天坐在书桌前，看两千两百多年前那场宴席，既替沛公担忧，又为项王着急。我既希望项王拔剑发令杀掉沛公，他已拥有四十万大军，天下已定，称王的只能是他，他是理所当然的一代天子。项王此时只要剑出鞘，我只能闭眼屏息，听"咔嚓"一声，手起剑落，血光四溢，人头落地。我会一声叹息，一代帝王应声而起，大楚天下从此开幕。我又不希望项王杀沛公，项王杀死沛公如探囊取物，我为沛公悬了一颗心，捏了一把汗。不忍看项王拔剑，是因为杀了沛公，历史就要改写，就没有长达四百多年的大汉王朝。

　　想想，他们曾经的志向。刘邦是想当皇帝，向秦始皇学习，而项王是想称霸，向他的老祖宗楚庄王学习，所以他才会在鸿门宴上放过刘邦。只要项王未建立新的帝国，后面又是一个群雄并存、不断争霸的局面，但总会有人觊觎帝王之位，或许会是韩信、英布，也或许会是其他英雄。

　　如果不是刘邦及时统一了中原，建立起了一个强大的中原大汉王朝，没有文景之治，没有汉朝的李广、卫青、霍去病三大将领北逐匈奴，封狼居胥，在数百年内基本解决了塞外马上民族的边患，就不可能有两汉的高度繁华与华夏文明的进步。

　　那么，面对不断对中原发起侵略的匈奴，项王能不能剑出号响，抵御外侵，给中华民族和谐安定的日子？

　　沛公和秦朝旧民约法三章，得到了他们的赞许，然后把咸阳送给了项王。鸿门宴后的数日，"项羽引兵西屠咸阳，杀秦降王子婴，烧秦宫室，火三月不灭，收其货宝妇女而东"。这场大火啊，烧红了半边天，烧疼了地下的兵马俑，烧热了车架兵器，惊扰了沉睡中的始皇帝嬴政。项王手中的剑杀了咸阳千千万万的百姓，又火烧了咸阳宫，三个月把一个民族的精华宝殿焚烧成一片尘土。项王对百姓无体恤之情，对珍奇建筑无爱惜之意。我心里觉得，这总是项王不该做的，还是不忍看项王的剑滥杀无辜百姓。

火烧咸阳宫后，项王心中有怀乡东归之情，曰："富贵不归故乡，如衣绣夜行，谁知之者！"一面分封诸侯，一面应对汉军的攻击，再无称霸天下的心情了。

垓下之战时，项王被汉军围于垓下，夜闻四面楚歌……项王吟诵曰："力拔山兮气盖世，时不利兮骓不逝。骓不逝兮可奈何，虞兮虞兮奈若何？"吟完诗后，项王流泪了。此时，楚军虽尚有十万大军，但已被汉军重重包围，项王的心情十分沮丧、悲观。当此之时，项王已知再也无法保护心爱的人了，只想："虞姬啊虞姬啊，我该把你怎么办？"是问己，还是问她？汉军的楚歌声响起，楚军思乡心切，没有了斗志，大批逃亡。项王终失斗志，再也不是霸气逼人的楚霸王了。焉能不败？

在项王的追问里，虞姬心里明白，大王意气已尽，楚军必败无疑。自己怎么办？连深深爱着她的盖世英雄都不能保护她，她不忍心看到项王战死在自己的面前，也不想被刘邦那个好色之徒俘虏，纳入后宫，成为他的玩物。她只能先死于项王，为丈夫殉情。

在项王的追问声"虞兮虞兮奈若何"落下时，虞姬唱和道："汉兵已略地，四方楚歌声。大王意气尽，贱妾何聊生！"是啊，大王都没有了斗志，我虞姬还怎么活？也只有一死了之了！虞姬取出项王送给她的宝剑，手抚剑锋，眼望心爱的男人，毅然决然，自刎身亡。这一次，又是项王的剑，这是一把无情的剑，这一剑写满了"情"字，夺走了自己爱妻的性命。我无法直视剑锋的舞动，是绝命剑，是斩爱剑，也斩断了楚霸王再展雄风的希望。我，只能任泪水默默流淌，洇湿纸页。为虞姬，为项王。

想起电影《霸王别姬》那场戏，让程蝶衣（张国荣饰）走向天国，因为他投入太真，入戏太深。人人为虞姬落泪，为程蝶衣落泪。那场面，不单单英雄落泪，老天也落泪，这是天意啊！天命不可违，霸王命该如此吧！缘定三生，今生尘缘已尽！

虞姬的死，对项王的打击无疑更深了一层。

果然，刘邦后来一路壮大，把项王逼到了乌江之畔。乌江上有个撑船的老人，自称乌江亭长，问项王要不要过江，并说："江东虽小，土地千里，民众数十万，亦足称王。"但是项王却说："天要亡我，我不得不死。"心如尘土，意如草芥。随后，项王把跟随他多年的乌骓马送给了别人，看那慢慢离去的马，身上青白色的鬃毛在风中飘动，那身上一点点黑色若一滴滴眼泪在流动，那该是项王的思乡泪？悔恨泪？哦，不！那是英雄泪！项王想起，当初江东八千子弟跟随自己出生入死，今天没有一人能活下来，我怎么面对江东父老？怎么能一个人苟活于世？他拔出心爱的宝剑，自刎在乌江边，结束了英雄的一生。这一剑写下了一个大大的狂草"绝"字。

李清照赞扬项王道："生当作人杰，死亦为鬼雄。至今思项羽，不肯过江东。"是啊，他怎能走？怎舍得走？他丢不下心爱的虞姬，丢不下战死沙场的八千子弟，丢不下征战八年的那片土地。

这一剑，很多人觉得项羽这样的行为太意气行事了，难道过了江以后重整旗鼓不好吗？但是项羽真的傻吗？绝对不是。项羽自己也知道，这是个天赐的好机会，过了江以后必定还有很多人支持自己。但是，江东虽有数十万人，终究不敌刘邦和韩信手下百万大军的侵扰，虽然还可再顽抗一时，但最终带给江东父老的，则是战争的生灵涂炭。那时，将更加愧对江东父老。虽然项羽的失败让人感到可惜，但是对于全天下的老百姓来讲，早点结束乱世，不是更好吗？

　　项王的这一剑，虽不忍再看，我心里是同意项王这样做的。唯此，才更显项王的英雄本色。以悲剧结束的项王，更让后来者叹息和欣赏。

　　项王的剑杀了城守，杀了成千上万的汉军，杀了虞姬，也杀了自己，唯独没能杀沛公刘邦。

　　项王的剑，无情，也有情。

　　"霸王举鼎"雕像何去何从？终有了确切回复：它不会回到原处，将会被安置在城南的九鼎公园内。同时，在原雕像处，将新建更高、更大、更有气势的"霸王举鼎"雕像，让其延续宿迁的文脉和记忆，让其成为一张城市名片。它站在那里会永远激励着古楚儿女们，让敢试敢闯、奋发有为的精神代代延续。

第六辑

水韵家园

我在大湖等你

一

从那个天上飘着绵绵细雨的秋季，我们在布满彩虹的时空相遇，你说要来大湖，来大湖做一次深呼吸。我就在大湖等你，等你……

在幽幽的、绵绵的、季节变换的日子里，我总是想起你，想起你送给的笑脸，想起你的美丽，还会想起你发来的零零落落的诗句。认识你是因为文学，你说要来看看水边多情的汉子。从此唤醒我沉睡多年的希望，播下一颗期望的种子，让它在我的心田孕育，等待季节的变换，等待雨露滋润，等待阳光普照，等待发芽、生长、拔节……

等你，在我的家乡，这个有诗意的地方。

我想告诉你，我的家乡有一条穿城而过的古汴河，沿着河岸有一条历史上曾享有"隋堤烟柳"美誉的古汴河风光带。这条河不仅有着重要的战略通航意义，而且因为有着丰富的文化底蕴和优美的人文景观而流芳千年，有着"苏北秦淮河"之美誉。

人们都知道隋炀帝是个好大喜功、穷奢极欲的皇帝。他为了贯通中国的南北运输，解决国内的漕运，从605年起，先后征集了一百余万民工开挖通济渠，从河南荥阳的北部将黄河水向东南引流，经过开封、商丘、夏邑以及安徽的宿县直至我的家乡——泗洪，而后一路向南流入洪泽湖。汴河成为世界上最伟大的工程之一，也成了中国南北交通的大动脉。

当年，汴河通航，隋炀帝非常高兴。他要乘船下扬州看琼花、赏美景，便命人建造高达四十五尺的龙舟，挑选一千八百名年轻漂亮的女孩子做纤夫拉船，携带着皇后、嫔妃和三千多名美女以及众多大臣随行，人数达十万之多，真是浩浩荡荡，气势恢宏。时值春末夏初，天气开始变热，隋炀帝一行起程不久，拉船的女孩子们便粉面流汗，娇喘微微。看到此景，隋炀帝怜意顿起，当即召集大臣们商讨解决之计。有人献计说：不如两岸遍种柳树，一来可以遮阴，二来也可加固堤防。隋炀帝立即下诏栽树。于是，汴河两岸，广植柳树，不久就形成了一道绵绵不尽的绿色长廊。而后隋炀帝念及柳树"护驾有功"，赐柳树为国姓"杨"，从此以后柳树也就开始叫"杨柳"了。

后来，"隋堤烟柳"不断地留在历代骚人墨客吟咏的诗词中。不论是春天的青青柳色，还是秋日的黄叶纷飞，都能引得诗人们忧国忧民、浮想联翩。唐朝诗人李益有诗云："汴水东流无限春，隋家宫阙已成尘。行人莫上长堤望，风起杨花愁杀人。"

几千年的斗转星移、时事变迁，千里古汴河目前仅在泗洪境内的三十一千米得以完整保存，这也是连接县城与大湖湿地的水路通道。这个大湖就是洪泽湖——泗洪人的母亲湖。如今，泗洪境内的汴河下游，还存有一片片的柳树，可觅隋唐遗风之一斑。

假如你来，在这个水道上，我想让你体验一回"妹妹你坐船头，哥哥在岸上走，恩恩爱爱纤绳荡悠悠"的感觉，我不会让你像拉船的女孩子粉面流汗，娇喘微微。那时，不知是否能找回汴水漕运繁忙的年代里，古青阳码头商贾云集，舟船往来，游船画

舫，络绎不绝的繁华与奢靡。

二

"汴水流，泗水流，流到瓜洲古渡头……"脍炙人口的诗句所描绘的诗情画意，已经随着大部分汴水的湮没而消失了，人们在吟诵这些华章佳句的同时，不能忘怀的是，许多被古黄河的泥沙埋进黄土层下的，除了这条从隋朝一直流到元朝的黄金水道，还有不计其数的传奇和故事。

其实，我在大湖等你，不仅仅因为烟波浩渺的洪泽湖是中国第四大淡水湖，还想让你体味被称为"悬湖"的洪泽湖的奇妙。

为了你的到来，我查阅了一些资料。洪泽湖原名"破釜塘"。隋炀帝下江南那年，正值天气大旱，行舟十分困难。当龙舟经过破釜塘时，突然天降大雨，水涨船高，舟行顺畅。隋炀帝大喜，自以为洪福齐天，恩泽浩荡，于是便把破釜塘改名为"洪泽浦"。唐朝时改称为"洪泽湖"。整个洪泽湖的形状很像一只昂首展翅欲飞的天鹅，它坐落在苏北这块冲积平原上，湖底浅平，岸坡低缓，四周筑起堤坝，湖底高出东部的地平面七八米之多，湖就悬在地面以上。很奇特吧！洪泽湖的下游是长江和大海，湖水自西向东一路奔腾汇入浩瀚无际的"水的天堂"。

我在大湖等你，很想让你与我同醉在那悠远历史的文化沉淀和博大精深的人文情怀之中。如今，大湖的旁边建起了湿地公园。政府利用洪泽湖湿地国家级自然保护区的资源优势，打造了集生态休闲、观光游览、科普教育等为一体的旅游度假区。这里有多媒体展示馆、湿地生态博物馆、古泗州文化博物馆、湿地水族馆、湿地景观立体电影演示厅、千荷园、鱼类繁育中心、游船码头、水车体验区、湿地芦苇迷宫；有水上网球场、沙滩排球场、高尔夫练习场、水上运动中心、垂钓中心；有金水山庄度假村、游客服务中心、湿地管护中心等。景区内湖水浩渺，原野广袤，荷苑飘香，曲桥蜿蜒，芦荡深深，百鸟齐鸣。置身其中，宛如走进原始、自然的旖旎画卷，让你禁不住想大声高喊、大口呼吸。

三

在大湖湿地公园，有许多地方都等着你的到来。我不知你会何时来，如何到来。我会无怨无悔地、久久地等你，看花开花谢，看潮起潮落，听风吹芦苇声，望万鸟翔集。

你若到来，我会搀着你的手走过芦笛桥，你一个人蹦蹦跳跳跑向前方，急匆匆去追逐一只亭立在路边的野鸭。我在后面着急地唱起："妹妹等等我，哥哥有话对你说，羞答答的为什么，别把哥冷漠。十沟九道坡，大雁高飞头上过，山沟里的黄花花，给妹戴一朵……"

我一路追赶着你，呼喊着你的名字，走过一座淡黄色的小木桥，登上被绵绵细柳、高高白杨围合的岛屿，来到长满一大片荷花的池塘，走上池塘内小岛，走进岛中的小湖。这湖，就是人们最喜欢去的千荷园。只见千荷园内荷花竞相开放，姹紫嫣红的荷花与你相依相衬，绿水碧叶绕裙边，满园飘散着你与花儿的体香，传播着你银铃般的笑声。

夏季的大湖常常是绵绵小雨不期而至。蒙蒙细雨中的荷花更显得婀娜多姿，没有了夏日的闷热和浮躁。雨中，湿地生态博物馆、湿地水族馆等景点若隐若现，朦胧间犹如一座海市蜃楼。

行走在湖边，可看见大大小小的鱼儿，有鲤鱼、鲫鱼、鳊鱼、青鱼、草鱼、鲢鱼戏水。这些鱼，捉上来，用湖水烧煮，鲜嫩可口。有大闸蟹游弋其间，因湖水清澈，蟹肥肉鲜，这蟹驰名中外。

尽管细雨绵绵，但在千荷园里，雨水不会冲淡我们赏花的热情。古往今来，在雨中赏荷是人们追求的一幅诗情画意般的梦中图画。而今，我们牵手在这画中游。

当"荷花仙子"们知道"有客自远方来"时，在雨中毫不吝啬地向你展示她们娇媚的风姿，你在花丛中更是独领风骚。

此时，我想：人们喜欢荷花，是因为它出淤泥而不染，濯清涟而不妖。而雨中的荷花则更多了一丝人们少见的娇美。细雨中，一朵朵、一束束或含苞或怒放的千姿百态的荷花随风摇曳，亭亭玉立；细雨中，晶莹剔透的雨珠，不时滑落在花瓣与荷叶之间，像珍珠在滚动。

当我们相拥着走上千荷园这弯弯曲曲的小径，走进"接天莲叶无穷碧，映日荷花别样红"的世界里。"江南可采莲，莲叶何田田。鱼戏莲叶间。鱼戏莲叶东，鱼戏莲叶西，鱼戏莲叶南，鱼戏莲叶北。"此情此景再一次显现。在这七月采莲的季节，看着浮出水面的莲叶，挤挤挨挨，重重叠叠，迎风招展。在茂密如盖的荷叶下面，我们像一对欢快的鱼儿不停地嬉戏玩耍。

假如你从遥远的大都市来到这里，像七仙女飘落凡间，一身锦罗裹娇体，"人面桃花相映红"。真的如唐朝大诗人王昌龄的《采莲曲》中的诗句："荷叶罗裙一色裁，芙蓉向脸两边开。乱入池中看不见，闻歌始觉有人来。"

你把粉嫩的小脚伸进水中，拍打起细细的水花，开心得像个还没长大的孩子。此时，我该找一只小小的木船载着你，穿行在荷塘中，游向荷塘深处，陪着妹妹去采莲。唱一曲："采莲南塘秋，莲花过人头。低头弄莲子，莲子清如水。"

我望着你，望着满塘的莲花。你是否在低头思忖着心中的郎君，在想我？

我在大湖等你。等你来看雨中湿地，观赏雨中荷花，观荷赏景，在这个"大氧吧"做一次深呼吸，一定会让你终生不忘。或许你从此留在我的家乡，成为大湖的形象大使，与我长相厮守。

四

说真的，我最想在大湖的万顷芦苇滩等你，是因为这里还有一段英雄的历史。

假如你的祖辈在苏北抗日根据地工作过，当你看到一望无际密匝匝的芦苇，你会想起他们曾给你讲过的英雄藕奶奶的故事。在洪泽湖边几乎以藕为生的老大娘，冒着生命危险把女战士藏在芦苇中，每天悉心照料，直到她们伤愈归队。因不知老大娘的姓名，战士们就亲切地称呼她为"藕奶奶"。

当你乘坐小艇，徐徐进入一望无际的芦苇荡，在尽情呼吸着新鲜空气，欣赏眼前的美景时，仿佛不时可以听到远处传来的阵阵枪炮声。放眼望去，隐隐约约看到在芦苇荡深处的一片三岔水道交汇处，新四军战士和水上游击队员正在与日军展开激烈的战斗。当年新四军、游击队在湖区渔民的支援下，利用湖区芦苇荡遍布、沟河交错的有利地形，开展了机动灵活的游击战，他们神出鬼没、来无影去无踪，时而化装成渔民，巧端敌人岗楼；时而出没在敌人运送物资的航线上，截获敌人的军火物资；时而深入敌人的心脏，为民除掉通敌的汉奸；时而头顶荷叶，嘴衔苇管，隐蔽在芦苇丛中，伏击敌人保运船。

这情景，你可能只在电影中看到过。

在这片芦苇荡内，由于沟壑纵横斜叉相连，形成了错杂交织的水上通道网，沟边的浅滩上高处是芦苇，低处是挺立的菖蒲，水面是浮水的莲藕，形成了一个"芦苇迷宫"，走进后没有导游的带领就很难走出来。

乘船在其中穿行，微风拂面，心旷神怡，放眼远眺，碧波荡漾，芦苇翠绿，蒲棒棕黄，水面上不时可以看到野生水禽和低飞的鸟类，芦苇荡深处，荷花盛开。真正是"一盆清水"、绿色"大氧舱"、湿度"调节器"。这是一片很难得的休闲胜地、生态乐园。来者，皆流连忘返。

五

只因你是空姐，我希望你乘着印有"南方航空"大字的银雁盘旋在万顷芦苇荡上空。我仰望着你，陪你看沙鸥翔集，看白舢点点，看百舸争流，与满天的彩霞共舞。让云团衬托你的美丽，让气流书写你的典雅与庄重，让五彩霞光解读你的智慧与天真，让银雁载着你热爱大自然的心降落在大湖湿地的停机坪上，让中外游客见证大湖的浩瀚与博大……

而后，我们一起泛舟湖上，看湖光水色，品渔家美食，赏落日余晖，听百鸟欢鸣。看清清的碧水中，水草轻摇，荷叶连天，荷香拂面；看夕阳西下时，满湖碎金灿灿，芦花轻盈，苇荡深深，仰望碧水蓝天，白鹭点点。

假如你是在隆冬时节，在寒风料峭中，陪同候鸟一起到来，你会看到万鸟齐聚的盛况。在大湖湿地保护区，可看到越冬的候鸟白骨顶、黑水鸡、绿头鸭、斑嘴鸭、灰斑鸠、赤麻鸭、绿翅鸭、银鸥；看到小鹏鹀、苍鹭、白鹭、棕背伯劳；看到游隼、鸳鸯、小天鹅这些国家二级保护动物和被世界自然保护联盟（IUCN）濒危物种红色名录列为近危物种的震旦鸦雀，以及江苏省重点保护陆生野生动物喜鹊、灰喜鹊和大山雀。我们数不过来，也认不全，可它们都是大自然的精灵，是我们的朋友。

你曾告诉我，你特喜欢鸟儿，一定会来看它们，和它们成为无话不说的好朋友。因为你就是飞翔在蓝天上的鸥鸟，是我心中美丽多情的百灵鸟。

在大湖，我们一起走进爱情主题公园，写下许愿语，留下同心锁，结下同心结，走过铺满合欢花的小道，走过象征着白头偕老的爱情长廊，在牧师的祝福声中做出百年好合的亲吻。让中外游客见证，让浩瀚的大湖见证，让万羽白鹭见证……

就这样，我怀揣一颗期待的心，痴痴地看着窗外的车流人流，还有那一排排飘香的桂花树和香樟树，细数着季节的变换。数呀数，从黄数到红，从红数到绿，从绿数到秋叶飘落……期盼着冬去春来，小草发芽，草长莺飞，桃花盛开。

我是个憨憨傻傻的男人，我是个寡言痴情的汉子。我不知道等待的时间有多长，我只知道痴痴地等你。

我是飘落在大湖岸边的一株节节草，我是遗落在芦苇滩上的一颗相思豆，我在大湖等你，等你……

满眼清韵满眼绿

夏日的暖阳一步一步向我们走近，早已思念洪泽湖湿地水清天蓝、风光旖旎、"接天莲叶无穷碧，映日荷花别样红"的美景。向往湿地初夏时节那迷人的景致，绿如翠、粉如黛、白如雪、红如霞，浓墨如画的大美湿地不停地向我召唤。

一个阳光明媚的日子，我拿起单反相机，驾着汽车，驶上新铺设好的双向四车道的湿地大道，一路向南前行，微风把隋朝古汴河的淡淡水草味吹进车窗，堤岸上杨柳欢快地向我伸出友好的纤指，似乎在向我说着"早上好"。古汴河是古通济渠的一部分，据说是古老京杭大运河保存最完好的一段。唐朝大诗人白居易有诗云："汴水流，泗水流，流到瓜洲古渡头。吴山点点愁。思悠悠，恨悠悠，恨到归时方始休。月明人倚楼。"此时，河床上没有隋炀帝巡游威严的船队，水岸边也没有年轻女子拉纤的嬉闹。

听着收音机里播放的歌曲："等你我等了那么久，花开花落不见你回头，多少个日夜想你泪儿流，望穿秋水盼你几多愁……"初夏那融融的暖阳，透过车窗落在我的身上，我的心情如初夏的阳光一样明朗，像去约会一个久别的恋人，心情急切而又舒畅。

　　从县城那PM2.5（细颗粒物）达三百多的污浊环境中逃出，二十多千米的路在不知不觉中走过。走进湿地公园，拿起我的单反相机，想学学耍酷的摄影师们把这里的美景收入镜头。我装模作样地四处取景，找一找飞鸟翔翔，选一选人在画中游，抢一抢鱼鹰争食，留一留百花争艳。然而，这些都没能做到。当我转完了三百六十度面向前方时，方才发现这是个绿的世界、绿的海洋。眼前一片翠绿，大地一片翠绿，田园一片翠绿，湿地一片翠绿，远方一片翠绿，天空一片翠绿，我来到了绿的王国。

　　面对这七十五万亩水草丰茂的绿海，我做着大大的深呼吸，把清新的空气吸入肺腑，把这美好的时光藏入心中。七十五万亩是个怎样的数字，在我心中总也找不出可以比拟的参照物，它应该是无边无际的，像晴朗的夜晚我遥望广袤的天空，像乘着海轮漂流在一望无际蔚蓝的海面上。

　　这块大湿地，我不曾来过一次。十年前，我就在离这儿不远的乡镇工作。那时，在"走水路，奔小康"政策的引导下，河湖滩面被一块块、一片片割裂瓜分，围网养殖，筑坝放蟹，也有外地人在水中央打下木桩、拉起丝网放养鱼苗，湿地边建起了星罗棋布的休养生息的工房，湿地面积缩小了很多。

　　后来，县政府下大力气清除了这些围网和围栏，退围还湖，让生态自由发展，才形成今天这片浩瀚的生态湿地。

　　几年前，几位苏州朋友来玩，当他们来到湿地，一个个说：醉了，醉了！他们很少见到这么好的生态环境。那时，我才真正认识到家乡的湿地是块风水宝地，造福子孙，造福人类。

　　网上说：湿地是位于陆生生态系统和水生生态系统之间的过渡性地带，在土壤浸泡在水中的特定环境下，生长着很多湿地的特征植物。湿地广泛分布于世界各地，拥有众多野生动植物资源，是重要的生态系统。很多珍稀水禽的繁殖和迁徙离不开湿地，因此湿地被称为"鸟类的乐园"。湿地有强大的生态净化作用，因而被称为"地球之肾"。

乘上电动小火车来到拦湖大堤，放眼望去，一望无际茂盛的芦苇正摇曳生姿迎接我们。这片青翠的芦苇有七千亩之大，穿过它才能看到我国五大淡水湖之一的洪泽湖，湿地与烟波浩渺的洪泽湖一衣带水，水天一色，相亲相连。泗洪，真是一个用水韵诠释美的地方。

湿地公园，有占地八十八亩、十万株、近二百个品种的荷园，你可以带着爱人和孩子徜徉在8.8千米的荷花观光带。荷花开放时节，满湖荷花，白绿相间，清香馥郁，你可以慢慢品味出淤泥而不染的绿荷的清雅；还有一百九十多种鸟类在这里栖息，看到它们你会不由得想到人与自然和谐共处的图画。

当我们划着小船走进芦苇迷宫时，真担心我们走不出这片波浪起伏的绿海。看着这些绿意涔涔的植被，我的心里感觉有一股甘泉流过。眼前的绿不仅仅是朱自清先生笔下梅雨潭那种绿："这平铺着，厚积着的绿，着实可爱。她松松的皱缬着，像少妇拖着的裙幅；她轻轻的摆弄着，像跳动的初恋的处女的心；她滑滑的明亮着，像涂了'明油'一般，有鸡蛋清那样软，那样嫩，令人想着所曾触过的最嫩的皮肤；她又不杂些儿渣滓，宛然一块温润的碧玉，只清清的一色——但你却看不透她！"

而我眼里这水中的清荷、滩边的蒲草、黑泥中的芦苇呢？它们正在拔节生长、绿意婆娑，是一种悠悠的、滑滑的、爽爽的嫩绿，你看着它、抚着它，似亲吻少女红唇一样的清香，似望着恋人眉眼一样多情，更似盛夏时节饮一听冰镇啤酒爽心……

这片洪泽湖湿地，走进它，你就走进了绿色的青纱帐；走进它，你就走进了百鸟翔集的鸟的天堂；走进它，你就走进了人迹罕至的原始森林。

　　走出芦苇迷宫，再次走上大堤，我没有忘记手中的相机。我该拍下什么呢？我一个人静静地远望，安闲地呼吸，屏蔽思绪，愁烦不涉，爱恨不及。渐渐地，我的躯体像拆了篱笆的院落，无遮无掩，无拘无束，无边无形，一任清风穿过我的薄衫，吹进我的心头。此时，我恍惚成了这绿野中一株绿色的小草。

　　立身向南一眼望去，无尽的芦苇与水天相接，此起彼伏，绿意缥缈；向西极目远望，浓浓的葱绿，是树非树，是叶非叶，是花非花；转身向北时，人在绿中间，连我自己也变得绿意婆娑了；再向东转去，连片的荷叶把凉凉的湖水盖得严严实实，你想捧一把清泉掬入口中都无从下手。

　　我转了三百六十度，看到的只有翠绿、浓绿、深绿、淡绿和浅绿。此时，我满眼清韵满眼绿，那就拍一组湿地的绿韵吧！

湿漉漉的脚印

一

她从远古走来。

她从浩瀚渺远的华夏文明走来。

穿过夏商周时期东夷诸侯国徐国的灿烂文化，带着徐偃王"王行仁义，爱民息战""仁义之君"的气息，让古徐国季札挂剑诚信美德千古流芳；穿过唐宋王朝的辉煌繁盛，带来儒家至圣先师孔子和"亚圣"孟子的儒学思想，让"仁政爱民""以仁治国"理念传承弘扬；穿过明清时期刀枪火炮的烽火战乱，带来富丽堂皇徽商巨贾的雅致与精巧，让风格独特、结构严谨、雕镂精湛的汉风精髓得以延续张扬……

她牵恋着七十五万亩洪泽湖湿地自然保护区，4A级湿地公园中的"荷风芦韵、渔舟唱晚、桃霞烟柳、寒波飞鸿、水天一线、烟波浩渺"优美风景，她裹挟着气势恢宏大汉盛唐的建筑风韵，向我们走来……

她披着一身霞光，乘风驭雨，穿云破雾，在2012年5月这个万物生机盎然的时节，婷婷袅袅走向古徐大地，姗姗遢遢盈立于大湖岸边。像远古飘来的一朵祥云，带来一缕清香，携一串湿漉漉的脚印，湿漉漉的记忆，湿漉漉的情感。

徐悲鸿夫人廖静女士欣然为她题字，把她定为徐悲鸿艺术中心创作基地；南京国际画家村将她定为写生创作基地；央视网能源频道将她认定为低碳生活养生基地；清华大学总裁班也落户在此……

中国韩式旅游创始人韩树春看到此美景，深情地说："古国古风古盐道，圣人圣迹圣湿地。"

二

绿草苍苍，白雾茫茫，有位佳人，在水一方。

景仰着她的芳容，追寻着她的芳香，从虹城向南，沿着古汴河堤岸上的湿地大道一路前行，二十余千米的南端，一座美丽的城郭呈现在我们的面前，她就是古徐水街。

古徐水街是国家级自然保护区湿地景区游客服务中心、千万游客集散中心、售票服务中心、商业服务中心，是洪泽湖湿地的桥头堡。

站在通往湿地大道的西侧，把自己热切的目光与阳光一同射向一百米外，圆圆的水池正喷洒着亮晶晶、凉爽爽的水花，把亮闪闪的圆柱包围，在阳光朗照下熠熠生辉。高高的莲花台上，粉嫩的莲花心上稳稳地站着"莲花仙子"，笑脸盈盈地迎接着我们。背后一主两辅漂亮的房屋是她的仙宫吗？

走进古徐水街，我们看到的是秦汉建筑与徽派建筑的有机融合。在总体布局上，依水就势，构思精巧，自然得体；在空间布局上，规模灵活，变幻无穷；在空间结构和利用上，造型丰富，讲究韵律之美，以马头墙、小青瓦为特色；在建筑雕刻艺术的综合运用上，融石雕、木雕、砖雕为一体，显得富丽堂皇，五百亩的土地集约成景。

这里建有农耕文化体验园，为人们假日娱乐打造休闲平台。还有珍稀、奇特、美丽的农耕文化展示。街内商贾云集，人头攒动，大红灯笼把整个古徐水街装扮得如过年一般火红。熙熙攘攘的人群，布满了几纵几横弯弯曲曲的内街。漫步在柳山红石磨盘铺就的小路上，细数着余庆楼、金磨坊、水街客栈……看笑盈盈的姑娘们吆卖着归仁绿豆饼、麦华香粳米、双沟空心挂面、梅花绿皮草鸡蛋、马永杨石磨香油、双沟小磨香油……把玩着"游大湿地，做深呼吸"的旅游纪念品，凉帽、草帽、腰包、水枪……听柳山石砌成的屋檐下水槽内潺潺的流水声，把自己一颗浮躁的心浸润得凉凉爽爽……

这里也是游客中转站，有一批批来自南京、上海、安徽、河南等地的旅游团队在这里云集，等待湿地公园的接送车辆。停车场西侧是一组石雕，石雕前一尊菩萨像立于前面。许多游客踩着水中的石磨越过水池，站在菩萨像两侧拍照留影，企盼菩萨给未来的人生送上福祉。

眼前这位菩萨是唐朝古泗州时普照王寺的一位高僧，名字叫僧伽，也就是民间所说的观音菩萨的化身。在观音菩萨像前我默默静立，我不求再生子生女，只想着她是如何修炼而成，有如此能量能给人间送子送福，让人类繁衍生息，子子孙孙，永无止境。

三

在如此美丽的地方，愉快地游玩，时间过得很快。

正午的阳光斜照在水街的屋檐上，像闪烁的星光，暖暖的和风已经把早晨补充的能量吹走，咕咕叫唤的肚子告诉我已是吃中饭的时辰了，再一次把街内的饭店、小吃一一数过：湿地龙虾馆、古徐土菜馆、农家草锅、临泽生态酒楼、螃蟹全宴、曼高鸡排、偃王酱府、乾隆老汤黄狗猪头肉、面筋·卷饼·砂锅、红星凉皮……

因偏爱农家小吃，我们走进红星凉皮小店，只见老板娘四十多岁，白净的皮肤，打扮得干净利落，很有读书人的气质，客气地和我们打着招呼，店内有三三两两年轻的游客在吃饭、聊天。坐下来，在等待饭菜的空闲，漫不经心地读着墙上一段内容很有趣的文字：多么希望有一天突然惊醒，发现自己是在小学的一节课上睡着了，现在经历的一切都是一场梦，桌上满是口水。告诉同桌，说做了一个好长好长的梦。同桌骂白痴，叫好好听课。看着窗外的球场，一切都那么熟悉，一切还充满希望……看着这段文字，我的心里有甜甜的感觉，似乎我也穿越了一回，回到童年，记着童年的游戏，记着读书的时代，记着这半生走过的一串串脚印。也正像我现在走进古徐水街，享受着周末的休闲时光，自己开着私家车，穿着时尚衣服，吃着可口的特色小吃，看皇家的建筑，怀想秦皇汉武时的烽火年代，现代与古代，现在与未来，文明与烽火，繁盛与兴旺，历史总是惊人的相似，又总是让人看不清其中的真实与虚幻，正像前面这渺渺大湖，不知何时起风，何时下雨，何时上雾，何时雨雾弥漫，何时艳阳高照。

饭毕，感叹着老板娘独特的经营理念，心情愉悦地离开，而后沿水街南侧子行在青草繁茂的小径之中，小草沿沟生长，攀爬于树干，延伸到路径。呼吸着清香与水腥交织的空气，脚踩着馨香的泥土，一步一湿漉，如走过人生的芳华，像细数着流年，把一辈子的酸甜苦辣回味。当回头看时，身后只剩下一串湿漉漉的脚印。

累时坐在蓬勃如伞的柳树下的靠椅上，望着这个仿古的小

街，心中有许多思绪涌出，且难以理清。

四

古徐水街，临水而居，因水得名，因水逸美。

她没有袅袅的炊烟，没有日出而作、日落而息的农家安详和恬静，却有着节日的繁华和人声鼎沸，有着清晨的寂静和中午的喧嚣，也有着旅游淡季的清冷和萧瑟。这是一个风景秀丽的地方，空气清新，门前是一望无际、水天一色的湖水。在荷花连片的水中，有一处"孤岛"突兀其中，中间建有一座竹木房子，门前鸭子成群，一边啄食，一边嘎嘎地叫着，煞是喜人。每天打开门窗，鸟儿在树头窗前鸣叫，或走出家门，脚下是花园小径，清晨或黄昏可散步、锻炼，有牛羊卧于草间，孩子嬉戏花间，闲时可在水边垂钓，或约两三挚友对弈、打牌，兴致来时也可对饮几盅小酒，更多的时候是斜倚在依依垂柳下读书、思考……假若此处购得一屋，仙居此处，可称桃源仙境了。

此时，我不禁想起了陶渊明和王绩，想起了终南山。

东晋诗人陶渊明不堪吏职，辞官归家，在家闲居。后来写了《归园田居》："种豆南山下，草盛豆苗稀。晨兴理荒秽，带月荷锄归。道狭草木长，夕露沾我衣。衣沾不足惜，但使愿无违。"它为我们描绘了一幅美好的月夜归耕图，洋溢着诗人心情的愉快和归隐的自豪。

而隋末唐初诗人王绩的《野望》写道："东皋薄暮望，徙倚欲何依。树树皆秋色，山山唯落晖。牧人驱犊返，猎马带禽归。相顾无相识，长歌怀采薇。"它带给人们的感觉却是在描写隐居之地的清幽秋景、闲逸情调中，依旧透露着几分彷徨、孤独和苦闷，更有一种无奈相牵相伴不能舍去。

　　我们都知道，唐朝时有一个俗语叫"终南捷径"，"终南"就是过去长安城外附近的一座山，当时很多人去参加科举考试，但不一定能考上，也许终其一生也不能登科及第，就隐居在那里，让人们以为他是高士，好引起京城里的皇帝注意，诏请他出来做官，从而达到入仕目的，用现在的话叫"曲线圆梦"吧。

　　绿草萋萋，白雾迷离，有位佳人，靠水而居。

　　人生的路如这热闹繁华的水街，如这水街南侧凉风习习的花园，亦如这诗意盎然的小径。此时，我多想在这水街等待一场绵绵的小雨，漫步在雨中的水街，长成伫立在水街旁的一株垂柳，拥着这一汪清泉，守着这一方风景，岁岁年年，永不老去。

　　在这里，守望着那从江南水乡小巷深处走来，撑着一把油纸伞的姑娘，一任幸福倏忽在心尖舞成一抹绚烂。

　　守望着那从远古华夏走来的仙子，飘落在这美丽水街，携着黄土高原深厚人文气息，踏着水波汪汪的青石板，留下一串湿漉漉的脚印……

神秘的观鸟园

初夏时节，去赴一场人与自然和睦相处的盛会。

从 4A 级洪泽湖湿地公园到观鸟园，仅仅十几分钟的路程。走过"游大湿地，做深呼吸"湿地公园时，并不知观鸟园会带给我们何种体验。听说那是个神秘的地方，内心揣着一只活蹦乱跳的小兔子，只有好奇和兴奋。心中无端地想起唐朝诗人王维的《鸟鸣涧》："人闲桂花落，夜静春山空。月出惊山鸟，时鸣春涧中。"此时，春已走远，桂花已去，山在心外，只有鸟鸣萦耳，闲寂满怀。这首诗与森林不沾一点边，可能因有鸟鸣，而敲击心脏。

在观鸟园，随着园主姚绍明先生，我们从中门走进浓荫密布的森林。夏日午后的森林，不像清晨那么湿润，阳光如一个个细小的斑点洒落在脚下，在林间的空气里注入一丝丝温热，让氧气和人的体温一样高低，在不知不觉间大口地呼吸吐纳，似午间饮了几杯酸酸甜甜的葡萄酒，整个身体从里到外都很妥帖。

姚绍明先生是洪泽湖湿地观鸟园董事长，当过兵，在对越自卫反击战的老山前线打过仗。踏进这片森林，不知他是否会想起前沿阵地那一道道密林封锁线。经营这片林地，或许是他要记住那场一个年轻战士不能忘却的战争，记住那些永远回不了家乡的战友，让象征和平的鸟儿给长眠在异国他乡的战友捎去遥远的问候。边走边听园主介绍，我还不知道这森林里藏着什么秘密，也许，它该藏着姚先生十几年的梦吧。仰望头顶那绿色的苍穹，筛落下一点点阳光，洒落在我兴奋且胆怯的身上，我心中顿然埋进了辽远的神秘感。

在农夫山庄后，密林深处有一口古龙井，被园主用木板遮盖保护起来。他暂时还不愿让更多人知道这个秘密。揭开一层层木板，一口古老的水井呈现在我们面前。走近细看，井壁全部用一块块古旧的青石砌成，水位高且井水清澈，离地面不过两米深。我不知，在这广袤的洪泽湖滩，在这曾是杳无人烟的地方，怎会有这样一口古井？这儿方圆百里是没有高山的，这青石块一定从远处运来，过去也一定有大户人家居住或官方驻扎。

沿着小青砖铺成的弯弯曲曲的小路，走进原始森林，树木高大、浓深、茂密。这里生长着各种植物，据说有一百一十余种呢。森林以松树、水杉为主，乌桕、紫槐、榆钱树、桑树掺杂其间，也有杏树、枣树、梨树、柿树、桃树，成片、成行生长着，枝枝丫丫间挂着一个个尚未熟透的果子。我想，春天时，这里一定是春色满园，百花盛开。林间还有许多叫不出名字的乡土树种，我心中好不遗憾，小时候怎么没好好地认识这些花草树木呢？！在这占地一千三百八十公顷的林区，越往前走，林木越密，一眼望不到尽头。只有脚下幽幽静静的小路，引导我们走向未知的远方。因为人多，又有园主引领和壮胆，才敢瑟瑟前行。林中还有一片片翠绿的竹林，零星点缀在密林中，与那水塘边还未完全泛青的枯黄的芦苇形成了鲜明对比，充满生机的绿色成了林中无边的风景。

林间草滩上有一片鸵鸟的领地，高大健硕的鸵鸟用好奇的眼神，看着我们这群红男绿女。我们采了一些鲜嫩的树叶去逗引，它们把嘴伸到围栏边，快速地用舌头把树叶卷入口中。初夏正是草叶鲜嫩时节，它们津津有味地啃食着，眼中似乎有感激，有友善，它们是人类的朋友。

林中有一棵六百年的夫妻树，让大家惊叫不已，久久不能合拢嘴巴。这是一棵乌桕树，从根部向上长出两米高后，分杈长成两株，直向上伸展、分枝，树叶浓密，华华如亭盖。同行的两位女士手拉着手才能将树干搂抱。乌桕树的花为单性，雌雄同株，雌花开在花序的下部，雄花开在花序的上部，相守相望，携手共生，不断繁衍。每个人对此都羡慕不已，六百年风雨同行，不离不弃，无论天干地湿，亦无论风霜雨雪，笑看世事沧桑、人情冷暖、人间百态。

在这棵夫妻树旁，还有胡大海将军汉白玉雕像，倾心守卫着。据说：胡大海是泗州虹县人，长身铁面，智力过人。元朝末年，跟从朱元璋起事，成为其手下军事将领，军纪严明，不妄杀人，不掠妇女。在他被降将蒋英杀害，魂归故里后，为夫妻树深情所感，立地成佛，为其守护。不远处，明道旁，便是胡大海的墓椁，在这密林深处安享了几百年。

一座被两千年风雨摔打风化，很破旧的丰收炉汉雕，让我们长了见识。炉子的设计让人惊叹，从上到下雕为一年、四季、五谷丰登、六畜兴旺、二十四节气风调雨顺图案。每个节气里的马、牛、羊、鸡、犬、猪，形状各异，神态不同。这个炉子的雕成，充分表现出劳动者的智慧和匠心，也反映出在农耕时代，人们对耕牛的崇拜，这也可能是人们用于祭祀谷神、祈求上天保佑的道具吧。站在这里，似有一种神圣，一种对祖先的缅怀萦绕在气息内。

森林最南面，还有一条汉道直通汉墓，汉道两旁分别有东汉文官俑、武将俑、仕女俑、东汉白虎神柱、青龙神柱石刻。我们惊悚地走过，犹如和一个个幽灵打着照面，有一种无法排解的压抑，似看到久远深邃处的亡灵们在舞蹈。

听公园主人姚绍明先生的介绍，看他两眼放着智慧的光芒，对着这些汉朝石器，如数家珍，一一道来。洁白的牙齿间，吐出的都是深厚的历史，红扑扑的脸上，满脸泛着爱到深处的自豪。难得遇到这样一位文物收藏家、玉石专家为我们讲解。

明道两旁有沉寂多年、历史久远的汉白玉门档、汉白玉马槽、绿晶石方鼎、汉白玉圆鼎石雕等。在行走中，我们不仅能呼吸到浓郁清新的空气，还能了解到东汉时期及明朝的历史文化，增加了许多从前不曾接触的知识。我想，无论是成人还是孩子都该来此走一走，长长见识，游客们也一定会青睐于此吧。

汉道的尽头，还有未开发的汉墓埋藏在地下，曲水环绕，躲在这林深不知处，安享他们的幽冥。有人猜测，这该是一位诸侯王的陵墓，一大两小，大者为王，小者为妻或妾，中华人民共和国成立初期，曾有军队看守。

远远看到观鸟台，这是一幢钢架小楼，高五层，有五六间宽。未到楼下，便闻到一阵阵随着晚风飘来的腥臭味。我猜想着：这儿离湖岸近，离几十万亩芦苇滩涂近，是死鱼烂虾被水浸后的味道吧？

夕阳西下，云霭慢慢地泛上来，天空也一点点地暗了下来。我们欣然爬上观鸟台，对着一个个摄影家们用来拍摄的窗口望去，西天下，一片茂密的森林上，一只只鹭鸟在低空翱翔、盘旋。这些鸟有白、有灰、有黑、有花白，也有如锦似画的，真美啊！此处林深树密，树不算高大，也不是特殊的树种，可这是鸟的天堂、人的画室、大自然的游乐场。此时，一个我们意想不到的现象出现了：偌大的森林公园，只有路西这片被壕沟围起的不算大的林地，鸟儿们飞进飞出。我在想，为何鸟儿们独独愿意在此栖息？这观鸟园里，以鹭鸟为主，尤其以牛背鹭、池鹭、苍鹭、白鹭等居多，近年来还发现了大鸨、白鹳、震旦鸦雀等珍稀鸟类，共有鸟类15目44科194种。高峰期，鸟类栖息可达数十万只，场景壮观得让人惊叹。是否因为这片森林更靠近"地球之肾"湿地保护区？是否因为鸟儿们思念南方，季节到时，随时准备飞回老家？是否有人类无法破解的自然之谜？这一神秘现象有待于科学家们去探索，给出答案。我想，这里的景色四处弥漫着暖洋洋的味道，这里的人们更温情，这里的环境、气候、湿度、保护措施更好，应该是它们愿意栖息于此地的因素。这里是真正鸟的天堂。

已是鸟儿晚归时分，看着成群的鸟儿在天空翱翔，鸟鸣声不绝于耳。挥动的翅膀，划破天空静谧的灰蓝，裁下一缕温暖的阳光，洒向密林的树梢。于是，树林欢腾了。有成千上万只白鹭或优雅地引颈高歌，或悠闲地梳理羽毛，或浪漫地结伴嬉戏，或安详地栖于树丫。夕阳下，一幅美丽、动静相宜的自然图画，在这密林深处延展，一派祥和的景象映入我们眼帘。我想，诗和远方的模样，大抵不过如此吧。

走下观鸟台，小径旁的树叶上有一片片白色的斑块，路面上也撒满鸟粪，腥臭味更浓了。这时方知，那一阵阵浓浓的腥臭味，是林中堆积多年的鸟粪味。

往回走的路上，路旁一堵陈旧的青灰色的砖墙下，一排九个大酒坛围成半圆形，酱紫色的坛口扎着红红的绸缎，酒坛那圆圆的大肚子上，每个都贴着一张菱形红纸，写着大大的隶书"酒"字，柔中带刚，平静也狂热。在这里我们喝下了一大碗摔杯酒，把古泗州人的豪爽与豁达，把文人骚客的忧虑与彷徨统统摔碎，做一个与大自然和谐共生的自由客，去寻一份内心深处的安宁。

傍晚雾霭缭绕，长河落日。归去时，回望这片神秘的森林，这神秘的观鸟园，这里还有许许多多我未知的东西，隐藏在某个角落里，某棵大树底下，某座土堆之下。晚霞在暮色中晕染着天地，时而有一群群飞鸟掠过绚丽的天幕。远望北门出口，已不是来时的路。迎着习习的晚风，乘着酒兴，走上好运桥，我们期盼把一年的好运带回家。

恋恋虹城

　　青阳，苏北一个县城的所在地。一座历久弥新的小城，在国家飞速发展的快车道上，弯道超车，奋力追赶。近些年来，日新月异，日渐丰盈，变得多姿多彩。小城，如今人们叫它泗洪，它还有着许多美好的称呼呢。

　　泗洪，有人称之为古徐，因为"夏禹分天下为九州，封伯翳子若木于徐，为徐国子爵。商朝时皆为徐国"。战国秦时，小城境内置有徐县，古徐国曾建都于城头乡附近。有人称之为泗州，因为青阳曾为泗州首镇，是东、西水陆二路必经之地的"膏腴之乡"，为泗州府所辖。而泗州城于清康熙十九年（1680年），因黄河夺汴入淮，遭没顶之灾，后全城彻底被泥沙埋没，沉于水底，成为"东方庞贝之城"，地上辉煌九百载，地下深睡三百年。泗州府署侨寓境内的双沟镇。也有人称之为猿洲，因为四五万年前古醉猿化石的发现地，就在双沟下草湾。还有人称之为孟州，因为汉朝孟州城遗址就在境内上塘镇四朱庄。更有人称之为虹州……可是，在我的心里，它一直是一座美丽无比的虹城——彩虹之城。

　　夜晚，走进虹城，城中心那曾经的青阳南大桥，有两条彩带高跨于桥面，是一座人们口中的彩虹桥，也曾是全城人心中的网红桥。在这里，你会不知身在何处，以为是上海，是南京，是香港，彩灯闪烁，万家灯火，车水马龙，乐声四起，人声鼎沸。抬头西望，千禧塔耸立在世纪公园西端，威严高大，犹如一位沧桑的老人，虽历经岁月的洗礼，仍风采依旧，精神矍铄，眨着一闪一闪的眼睛，看虹城一年一年的巨变。而那座亮丽的彩虹桥呢，故去新添，永远留在人们的记忆中，留在诗页里。

花园口，是虹城的商业中心。走进花园口国际广场、富园广场、第一街、步行街，你才知道虹城有多繁华，有多热闹，人们的购物热情有多高涨。不说超市里琳琅满目的商品，不说服装店里济济一堂选购的靓女帅哥，也不说金店里漂亮温柔大方的店员，单说那一个个小吃店、火锅店里坐满的吃客，足足能让你瞠目结舌。花园口国际广场五楼的每个小方块里，皆是食客爆棚，座无虚席，生意火爆得如七月天的太阳，火辣辣地爆眼。

沿着人民路一直向南，黑亮亮、平滑滑的柏油路上车比人多，人比车挤，高大浓荫的梧桐树伸着长臂，搭起凉棚，把一条宽阔的大路搂在怀里，把热情的太阳挡在高高的蓝天之上，路上的车流、人流凉爽爽地行走在下面。女孩们手里拿着烤串，嘴里飘着麻辣，对着男孩说着热辣辣的情话。国庆七十周年纪念日（2019年10月1日）快要到了，梧桐树的枝丫上挂满了红艳艳的国旗，从南到北一片红彤彤的天空。小学生、中学生们背着书包背靠着国旗，拍照；年轻的男孩、女孩们摆着"剪刀手"背靠着国旗，拍照；中年人提着公文包背靠着国旗，拍照；老年人搀着小孙女也背靠着国旗，拍照；跳广场舞的大妈们更是不会放过这个机会，一簇簇、一团团摆起造型，飘扬起手中的红纱巾背靠着国旗，拍照。人人都想和国旗合个影，把祖国铭记在心中，把心中的美好定格。这里成了虹城的网红街。

走进城南那座以淮北抗战为题材的纪念性主题公园，看着一座座烈士雕塑及群雕，看着一个个复原的战斗场景及遗址，在万众一心、潮汐、共赴国难、钢铁长城、和平之声和胜利之门前肃立静思，怀想当年。方知，虹城这片古老的土地是由千千万万个英勇抗日、爱国、爱党、爱人民、爱家乡的将士们的鲜血洇染而成的。红色的印记不仅刻在石碑上，也刻在人民的心中。

这片占地约七十亩的淮北抗日民主根据地纪念公园，与烈士陵园、淮北抗日民主根据地纪念馆相呼应，是苏北地区具有重要爱国主义教育意义的红色旅游景点。

沿着团结河路一路向东，走进古汴河风光带、生态植物园，这里有认识的香椿、杨槐、柳树、榆树、松柏和乌桕，也有不认识的香樟、绿灌、乌心石、珊瑚树、山茶、木兰和杜鹃。这里绿色植被浓密，一块"绿纱"蒙住眼帘，蓊郁的高大、翠绿的散漫、葳蕤的低矮。在这里，你可以心无旁骛、毫无顾忌地大口吸气，把天地之精华，把人间之日月，把清新和负氧离子深深地吸入肺腑。这里可以迎着初升的朝阳打太极、散步、唱歌，可以坐在飞檐翘角的凉亭里打牌、聊天，可以沿着蜿蜒的河岸踏着夕阳的余晖遛狗、垂钓，还可以惬意地休闲着，追寻诗和远方，把日子过得如诗如画。

走进黄山路东的桃花源公园，你自然会想到东晋诗人陶渊明笔下的《桃花源记》，会想起"忽逢桃花林，夹岸数百步，中无杂树，芳草鲜美，落英缤纷……"的描述。桃花源，那可是人们对美好生活的向往哦！当你心无挂碍地漫步其间，满眼绿意，微风吹拂，花草树木随风摆动，一阵阵清香扑鼻而来。公园里除了桃树，还有美人蕉、水葱、芦苇等水生植物，散散漫漫，清新自然。沿路前行，一阵溪水流动声传来……沿着桃花溪踏过精致的小桥，踩着由石块铺成的小路再往前行，一幅自然、清新的图画展现在眼前，这就来到了桃花岭，登高望远，豁然开朗，所有美景尽收眼底。溪水旁，有妇人在桃花潭边浣洗衣服，不远处有人悠闲地举竿垂钓，林荫道上情侣牵手散步，假山上孩子们追逐着轻飞的蝴蝶，还有老人带着孩子悠闲地散步，还有一群群蜜蜂亭立在花瓣上，嗡嗡着采蜜……茅庐、篱笆等复古景观建筑让人仿佛置身幻境之中……虹城竟然有这样一处美地美景！可见，家乡的人们多么向往热爱美好的新生活。这里，让桃花源走出陶渊明的诗词，走进虹城，来到我们的身边。

当你沉醉地从桃花源走出，沿着长江路向西，来到古徐广场。一块硕大的景观石上镌刻的"古徐广场"的潇洒书法让你不能不驻足欣赏。踏上泗洪地图浮雕，细数着中央大草坪、特色水带、水帘景门、浮雕景墙。清风徐来，百花争艳，喷泉流珠，绿意盎然。北望那气派的行政服务中心大楼，伸开双臂指引进进出出的人们，一站式服务把党和政府的温暖传递给每个人的脉搏，印证着广场东侧那尊"季札挂剑"雕像传播的诚信美德。

站在升旗台下，向西南眺望，古徐城、古徐阁、古徐大桥尽收眼底，它们早已成为小城的进户门脸。古老沧桑得如秦汉时的旧物，一片片秦砖汉瓦叠加成一个盛世王朝。这里是徐姓的发源地，徐文化被挖掘打造得独一无二、全国一流、无以复加。这也充分展现了小城悠久的历史，具有丰富的文化内涵。

天已向晚，走进小城朦胧的夜色，你才能体会到灯红酒绿不夜城的真正含义，把多少年曾经对香港、巴黎的憧憬抛却。虹城就是新时代的香港、巴黎，无论你需要展示靓丽的青春、展露多才多艺的才华、展现能工巧匠的手艺，还是来一场忘却自我的嗨歌、一醉方休的释放，都有可去之处。

如今，小城的彩虹桥已经拆去，因为它落伍于时代的需求，嬗变成了一座高架桥，在喧闹的夜幕下，若一条巨龙凌空而起，美丽的弧线上霓虹闪烁、欢腾跳跃、多姿多彩，飞架在古老的濉汴河上空，成为一座更高大、更亮丽的彩虹桥，带着百万虹城人走向幸福，奔向小康。

我很早便在心中认定，家乡小城叫虹城。一是这块土地一直为虹县、虹乡所辖，据说大书法家米芾当年途经风光明媚的虹县时，看到汴水汤汤，挥毫写就了《虹县旧题》："快霁一天清淑气，健帆千里碧榆风。满舡书画同明月，十日陑花窈窕中。"二是二十世纪八十年代初中期时，家乡的文化馆办了一份叫《泗虹》的文学小报，年轻的我经常在这份报纸上发表一篇篇稚嫩的文学作品。从那时起，"虹城"这个名字就埋进我的心里，照耀我前行，成为我人生的航标灯塔。

这样说来，你一定与我一样，认同家乡小城叫虹城吧？时至2019年，虹城七十二年的建县史，筚路蓝缕，一路走来，经过四十年的改革开放，风雨过后见彩虹，社会大变革，经济大发展，人民生活质量大提高，幸福指数大提升，而且苏北第一座流光溢彩的高架桥傲立在小城，它能不是彩虹之城吗？

我想，小城若设计一个标志，一定要有三种颜色的条纹，即厚重的黄色，它代表着"下草湾人""顺山集遗址"的古色文化；鲜艳的红色，它代表着"淮北小延安"的红色文化；浓密的绿色，它代表着"洪泽湖湿地国家级自然保护区"的绿色文化。用黄、红、绿调制成五光十色、美不胜收的彩虹，高高飘浮在小城中心。

爱上紫轩源，爱上你

你手捧着一本我看不到名字的书，静坐在花圃旁。读书、赏花、听音乐，像一朵洁白清亮的白莲花在和煦的细风中，在融融的暖阳中自由而尽情地绽放、绽放⋯⋯

我拿着一台小小的相机，行走在紫轩源弯弯小河边砖头铺成的小路上。拍照、赏花、听音乐，像一枝青葱蜿蜒的常春藤在柔曼的琴声中，在《梁祝》的故事里向你延伸、延伸⋯⋯

我问，你是在听音乐还是在看书？

你说，书中有音乐，音乐中有文章。你不知道吧，你在拍风景，而另一个拍风景的人在拍你。

今天，我们没有约定，是五百次回眸换得一次擦肩而过的情缘。我仰望天空问苍穹，我亦低声细语问花草：可能我和她在前世已经有一万次的回眸了吧，不然怎么总是一次次在这里相遇？

在城北郊这片清雅的天地，我总是愿意在闲暇时把整个身心交给它——这个有二百亩沃土叫作"紫轩源文化创意景观园"的休闲宝地。也许，我想着的是这片绿野仙境清新的空气，想着的是这百花齐放的美景，想着的是朵朵飘香的小茉莉，想着的是听这块块石头诉说它们的故事，想着的是空气中《梁祝》那悠悠弦音的萦回。

我想告诉人们，我们的邂逅是一个美丽的故事。

去年，那是一个秋意浓浓的午后，我斜身背靠在一块大大的石头上，把身子躲在凉爽的树荫下，翻阅着手中一本安徽女作家安意如的《人生若只如初见》，思绪浮游在安意如淡淡的语句中。她的文章不拘泥于对古典诗词字面的理解，也不是传统意义上的简单赏析，她似在谈诗词，又似在谈风月。让我在秋凉中更有一种舒适、一种放松、一种惬意。

你迈着轻盈的脚步慢慢地从那弯弯的小径转过来，手里拿着一本书，小小的身子渐渐向我靠近，微风中飘过来一阵淡淡的墨香，也飘过来淡淡的女人所特有的体香。我没有去看你的脸面，而是放眼直视你手中那橘黄色书的封面，《当时只道是寻常》，也是安意如的书啊！

这是我们第一次相遇。我想，人世间竟有如此巧合的事，此乃天作之合吧。

我们共同的话题从安意如说起。听着你谈安意如的作品，你说夫妻间最美的牵挂就像李商隐说的那样："何当共剪西窗烛，却话巴山夜雨时。"南唐后主李煜的名句："林花谢了春红，太匆匆，无奈朝来寒雨晚来风。"表达的意思是春风虽然带来满园春色，可也是吹落满树娇花的元凶。

相识后短暂的相知，我们很是投缘。心中若有桃花源，何处不是水云间？

在以后整个秋高气爽的日子里，在紫轩源连排成片的花圃间，我们常常走进"百草园"，走进"祥和花卉"，走进"春满园"，观赏红运当头的艳红，滴水观音的鲜嫩，吊兰的茂盛，白掌的纯洁平静、祥和安泰，水培绿萝的发达，宝石花的玲珑翠艳，一帆风顺花（白鹤芋）的昂扬向上，黄刺金琥的硬朗，发财树的招摇，听着花娘如数家珍自信且自豪的介绍。看着这些，我像刘姥姥进大观园，眼睛不知该看哪一盆，哪一簇，哪一朵。你像个小学生走在我的面前，蹦蹦跳跳，白裙子一闪一闪。你欣喜若狂，摸摸这摸摸那，闻闻左嗅嗅右。像所有女孩子喜欢逛街一样，你真的很喜欢这些花花草草，走在花房就像逛商场。在一个个花房，走进花间，你就是一朵娇艳欲滴、清爽美艳的鲜花，我该叫你白莲吧。

在花丛中，我拿起相机聚焦着你和花儿，想拍几张你们的合影。你摆出"剪刀手"，冲着我露出甜甜的笑靥。我说，换个姿势吧。你说，小时候舞蹈学得不好，只会"剪刀手"。我说，你是名副其实的花娘哦，摆出"剪刀手"修花呢！

秋阳里，我们在这依翠读红的紫轩源充实自己、淬炼自己、提升自己，休闲也修身养性。让自己心中拥有一片海，使心灵变得澄明；让自己心中拥有一片花，使心灵变得快乐。

在紫轩源宽阔的迎宾大道上，我们还曾一同欣赏我县知名摄影家的摄影作品。沉浸在家乡大湖湿地那渔帆点点、白鹭展翅、万鸟齐飞、芦花摇曳、牡丹绽放、荷花飘香、美轮美奂的意境中。

记得一天傍晚时分，我们离开花房，走出苗圃，遇到一块三米多长、一米多高的大石头，它像一个睡美人躺在路旁绿篱间。当我们走近时才发现，在石面上还留有几个深深的女人的脚印。我告诉你说，这是嫦娥当年离开凡间升天时留下的足印。你好奇地让我把你小小的身躯撮上去，用你那弯弯的小脚一个一个地印上去，歪歪斜斜地走过。我说，你可别跟着嫦娥去了，不然后羿怎么办呀？

秋天像大晴天露水，没有任何期待就消散了。日子也像西落的太阳，直溜溜走下了山坡。冬天来了，我们也像冬眠的昆虫不再去野外读书休闲。

城中那条古老的运河把我们分在了东、西两岸，我在河的东岸，你在河的西岸。没有了交流，没有了相见，每天我们守候一份悠然静美，让思念如花芬芳。

初夏的一天，春光明媚。我们各自骑着单车，不约而同地相对而行。在紫轩源的嫦娥石旁，我们又相遇了。你说，花不会因为彼此的疏离，来年不再盛开；人却会因为彼此的错过，转身为陌路。

我说，叶子黄了，我们就品味秋意；北风吹了，我们就欣赏雪压大地；草绿了，我们就享受那份绿意；蝉鸣了，我们就聆听那美妙的声音。不该错过的就会再相遇，我一直在前行。

你说，不靠近，不远离，只要你一个回头，我就在你身后。

我们没有约定紫轩源，没有相牵百花房，没有凝眸嫦娥石，也没有在草长莺飞的时节里相约在春长日暖、万物复苏的丹阳下，我们却走进这最美人间四月天。

我们一同从百花房走进紫轩源书画展厅，这里正在展出一批本地相熟的名家名作。我们品读和欣赏着姜广志先生的"春情寄柳色，日影泛槐烟"书法艺术；祝冰老师"秦时明月汉时关，万里长征人未还。但使龙城飞将在，不教胡马度阴山"的洒脱飘逸的书法精品；司永良老师的工笔画《毛主席在井冈山》及人物静态写生；张坦老师的花鸟虫鱼写意；祁斌老师的意境山水。还能听一曲祁斌老师原汁原味的《我们是工农子弟兵》京剧片段。

在这里，我们走过欢欢喜喜的路，看过欢欢喜喜的书画，听过欢欢喜喜的曲，也赏过欢欢喜喜的花草。

我不知道，喜欢是不是一定要拥有才不会留下遗憾，可我知道喜欢可以是一种思念、一种回忆、一种向往。

在草青青、花灼灼的暖风里，我站在紫轩源的小木桥上，仰慕着江南女子"小桥流水人家"般的才情。读作家白落梅的落梅风格、秋水文章。一页页翻开，这里有"西风多少恨，吹不散眉弯"的纳兰容若的悲情人生；一页页翻开，这里有在最深的红尘里重逢的仓央嘉措的一生传奇；一页页翻开，这里有爱如禅你如佛的情僧苏曼殊的红尘往事。

你说你喜欢林徽因的绝世风华，她才华横溢倾倒众生，她让徐志摩、梁思成、金岳霖三大才子痴迷钟爱一生。你喜欢张爱玲的倾城往事，她是中国文学史上的奇葩，她是民国世界的临水照花人。你还喜欢三毛的万水千山，她是一朵自由行走的花，骑在纸背上，将万水千山行遍。你要成为她们的缩影和合成，成为今天的临水照花人。

那天，你因为买得一本三毛的《你是我不及的梦》而高兴，还为购不到一本《此去经年》而失落。我告诉你，我今天买到了《花开半季　情暖三生》，正在品读唐诗的风雅幽情。你好生羡慕，也好生欢喜。你说，你的就是我的。我说，不知你是不是我的。你说，这个保密。

初夏的日子真长，在很久很久见不到你的光景里，我常常在傍晚的余晖中默默孑行在紫轩源，深深依恋它的温馨，依恋它的多情，依恋它的美丽，用心灵和它交融，用身躯和它交融。我缱绻的心在问紫轩源，我的白莲在哪？

在百花妖娆的花房里，在花草铺就的阡陌上，在潺潺的溪流旁，回想着去年那个秋意绵绵的时节，我遇见多才多艺多情的你，与你共度那忘不掉的岁月。我在等待着你俏丽地走近……

夏日总是时晴时阴没个正点，我们何时再相遇也像这时的天气。我想：我真的爱上了你，那些想对你说却不敢说的话，都变成了转发。不是我不善言辞，只是不敢表达。对你，我最害怕的不是遇不见，而是遇见了，得到了，却又匆忙地失去。如若真的失去，从此在我的记忆里，一直会有你的痕迹，且让时光安然，

你我亦安然；且让我们依着岁月的菩提，静静相依，走过春夏秋冬，瘦了风花，淡了雪月。

流年似水，太过匆匆，我不甘心我们的故事还没真正开始，就被写成了过去。

在柔柔的五月的微风中，你像一朵洁白清亮的白莲花在和煦的细风中，在融融的暖阳中总在我眼前浮现、浮现……

而我像一枝青葱蜿蜒的常春藤在柔曼的琴声中，在《梁祝》的故事里久久地等待、等待……

我的沃土，你的芳华

　　在家乡小城，民办学校曾经占据全县教育的半壁江山。这些学校规模不一，良莠不齐。在历经十多年的风雨摔打，被一次次大浪淘沙后，有的自生自灭，有的被拍卖，有的被整合、兼并、重组，顽强生存下来的，更多是得到家长认可，赢得群众口碑者。泗洪县洪翔中学就是被人们交口称赞者之一。

　　小城里一群文学爱好者，应洪翔中学之邀，由《汴河文学》编辑部牵头组织，在丹桂飘香的美好时节，踏着中秋午后的暖阳，在和煦的微风中，在激动和期盼中，走进久已闻名的洪翔中学。我所知道的洪翔中学，是以精致管理著称于教育界的。我想：学校会有整齐划一的行道树、文化墙、宣传标牌、名人雕像……像所有学校一样，千校一面，千人一面。

　　在会议室里，常务副校长朱绍永用成功者、智慧者的微笑，向我们娓娓道来。他从学校的办学理念到办学经历，从师资培养到学生养成，理论高位，实践丰富，成竹在胸，脱口而出。在这其乐融融的氛围中，听着朱校长的介绍，我的大脑在快速运转着，总结思考：学校从2003年创办以来，始终践行着"持善敦行"理念，把每一个孩子培养成为持有美好善良、诚恳切实、知行合一秉性者，是学校的初心。洪翔人从用精力管理到用智力管理再到用文化管理，经历了经验——制度——文化这个艰难的渐进过程，逐步遵循教育规律、调整办学方向、转变育人理念，实施了跨越、高位、内涵发展三级跳跃，用十二年时间完成了其他学校需要三十年甚至五十年的时间才能完成的嬗变，凤凰涅槃，成绩骄人。

洪翔人到底有什么魔法，让丑小鸭变成美丽的小天鹅？跟随董事长许尔平先生的脚步走进校园，我们一点一点地去揭开谜底。

学校大门的东侧，第一眼看到的是一棵高大粗壮的老榆树，葱郁苍翠，蓬松的枝叶覆盖着松软潮湿的地面。主干下有一块不大的石头，上面雕刻着"鸿园"两个字。这也许是告诫莘莘学子，走进洪翔中学，要立鸿鹄之志吧。旁边是优雅的连廊、嶙峋的假山、清澈的水池、曲折的小路，一路清香，一派生机。

每一个景点的建设许董事长都如数家珍："这棵榆树是从上塘运来的，村民把大树卖了，这棵小树不值钱，就送给我们了。其实我也看中这棵小树，虽然矮小瘦弱，未成材，可枝干道劲、造型美观。"他扶着已长大的树干，接着对我们说："你看栽下去十多年，长成了这样，多漂亮啊！这棵乌桕是从双沟买来的，高大壮实。这一棵是夫妻树，这一棵是椿树……"是啊！每一个孩子不都如这一棵棵小树吗？尽管生长在贫瘠的土地上，只要有心怀大爱者的精心呵护，就能成长、成人、成才。

这些只有在农村的庄台上才能见到的古树、土树、杂树，遍布在校园的道路边、屋檐下、墙角处，成了珍宝，配以精选的太湖石、灵璧石，点缀其间，做成了赏心悦目的景点，真是三步两景、处处怡情啊！每个园都不大，也不规则，形态各异，因地制宜，因景命名，相连成趣。有的园只栽一棵树，有的则栽多棵树，有的就是旁边的大树上种子成熟，风吹飘落，滚入泥土，扎根生长，一棵一棵相守相望，虽弯弯曲曲、歪歪斜斜，人工整枝去叶后，还是向上生长，成林成景。还有这片自然生长的洪草地，有二尺高，挤挤挨挨，挺立着、摇曳着，年复一年，春天泛青，夏天发绿，秋天呈黄，冬天变红。在这样的校园里，心情放松了，步伐也变得轻快了。

也有用石磙垒出的层层梯田，用石槽种养的水仙。还有简园、和园、诵读坊、银杏林、笔架山、忆耕园、忆耕坛，景点和园林达二十多个，造就了天地人和、天籁之景。这里，紫藤、绿树、夕阳，小桥、溪水、书房。众学子，在黉堂。人与自然，完美融合，在这里你真的可以找到人生的诗和远方。

村庄拆迁时，学校购来了猪槽、牛槽、马槽，石磨、石磙、石堆，还有榆树、槐树、椿树、乌桕、香樟、水杉等，集群成景，散落成点。凝望着这些，浓浓的乡愁、淡淡的乡思溢满胸间，让我泛起了埋在心底对故乡的思念和怀想。老家，你还好吗？

一条小河从教学楼前静静流过，河边那丝丝垂柳下，星星点点的芦苇生长在浅浅的水岸边，摇曳生姿。这芦苇纯天然，一米多高，被白亮亮的芦花压弯了腰，清瘦斜长。站在小河边的石块上，可以浣洗衣裳，可以淘米洗菜，可以饮马浇园。有鸥鸟飞落水面，戏水捉鱼。水上有一座玲珑的小桥，几位女作家站在桥上，早已沉醉在这大自然的生态美景中。卞之琳曾写道："你站在桥上看风景，看风景的人在楼上看你。明月装饰了你的窗子，你装饰了别人的梦。"此时此地此景，不正是这样的吗？

我们这群心怀美好的人，跟着心怀大爱的许董事长走走停停、看看议议。走过幽静的杉树林，走过明亮的教学楼，走过惊艳的奇石馆，又进入一片更加广阔的天地——图书阅览室。这里收藏着近十四万册纸质图书、二十四万册电子图书，各类报刊近四百种，这里是书的海洋，这里是艺术的天堂。在阅览室的书桌间摆放着一块块巧夺天工的石头，它们在静静地诉说着一段段古老的历史；在洁白的墙壁上挂着一张张山水画，它们在舒展着一张张美丽中国的笑脸；在一方方奇石旁还挂着一幅幅名人书法作品，它们会告诉你什么是儒风雅趣。

此时，我的耳畔又回响起朱校长那坚定自信的声音："洪翔中学自2013年至2017年，连续四年夺得全县教育质量第一，连续十五年进入全市重点高中高考本科达线率前列。我们主要是依靠一支优秀的教师队伍、创建良好的育人环境、施行因材施教的原则，并全心助力学校文化建设，全心助力教师专业进修，引领学校发展，引领学生成才。多年来，学校一直实行因人选科的办法，对那些文化成绩相对薄弱的孩子，依据孩子的兴趣爱好，鼓励他们选择音乐、体育、美术等小学科，分类教学，分层教学，力争让每个孩子都能获得成功，收到了很好的效果，取得了可喜的成绩。"朱校长的话让我想起一件事来。那是2010年，我的一个朋友，他的孩子在县城的一所私立学校读书，因成绩差，学校管理也跟不上，书读不下去了，要退学回家，跟着父亲到水上捞生活，成为又一代渔民。朋友找到我，让我这个做了多年校长的给他想个办法。我说："这么小的孩子，不读书可惜了。转学吧，换个环境看看。"于是，我找到朱校长帮忙，把孩子转入洪翔中学。在学校，老师根据观察，发现孩子的文化成绩确实很差，可他嗓音好、喜欢唱歌，所以动员他进入音乐班学习。孩子对学习有了兴趣，也有了信心，看到了升学的希望，学习一段时间后，本来很差的英语，也因为老师的低难度教学，喜欢上了英语。三年后，孩子顺利考上了南京晓庄学院，毕业后，成了一名教育工作者。

朱校长还说："因分层教学，今年学校有三个孩子考取了航空航天学院的飞行学员，明年争取考取五名。学校正在考虑办一个专门为航空公司输送飞行员的班。"两千多年前，孔子便倡导因材施教。正如这校园里的树木、石器，无论大小，亦无论曲直、方圆、美丑，皆有可用之处。物尽其用，方能成景，只看你从什么角度去取舍、欣赏。

是啊，对于每个孩子，上帝把他（她）的一扇门关闭，总会为其打开一扇窗。做老师的，做家长的，要相信阳光总有照进每个孩子心灵的机会，鼓励他们勇敢地去迎接阳光。阳光总在风雨后！

行走在校园里，有微微秋风拂面，有潺潺流水润心，有琅琅书声入耳，有欢腾跳跃的孩子的身影入眼，还有热情开朗的董事长详细介绍，怎能不让人记忆难忘？赏心悦目的景看不够，怡情养性的园走不完，相知相亲的话说不尽……我从心底问自己，这是校园吗？这是乡土植物园，这是农博园，这是孩子们的娱乐园，这是滋润万物生长、培育累累硕果的万博园啊！

读书虽苦，可在这样安宁、恬静、清新，充满着乡土气息、泥土味道的环境中，读书又是一件多么惬意、开心、幸福的事情啊！你有理由荒废这样的美好时光吗？

洪翔中学，就是用自己的沃土，成就孩子的芳华！

双沟美酒醉古今

走进古镇双沟，你不会相信，这里曾是一片原始森林。

考古学家说，一千多万年前，这个亚热带地区，就有一群古猿人在这里生存、繁衍、嬉戏。

其实，今天我们是寻着酒香来的。我们来寻找酒的故乡、酒的前世今生，来寻找酒的浓烈、酒的醇香。也来寻找自己把酒临风的感觉，想把自己融化在和风细雨里，融化在阳光烈日下，掺着酒糟，兑着酒酿，加进淮水，再造一个自己。

从街北沿中大街直线前行，不过二十多分钟，就来到街的尽头，在淮河的岸边，收住沿着缓坡向前的脚步，临河码头的帆船，挡住我好奇的眼睛。一股浓浓的糟香，把我的头颅引动，垂涎欲滴的口水，流向风的背后。我尽力地寻找着这香扑扑、浓烈烈的味道。

自古，双沟的酒坊便依河而建，面前有货物进出的船运码头，淮水直通院内，酿酒直取淮河清澈之水。曾经，码头上买酒的商船往来不绝，正如元朝萨都剌诗中所写："青旗红字映河滨，九日人家物色新。渡口客船争贳酒，斫鱼裂纸赛河神。"酒坊旁有热闹街市，南来北往的客商，闲坐客栈，看淮水滔滔，品"斜阳幸无事，沽酒听渔歌"。

　　如今，在酒坊上建成的老酒厂，不再加工生产，聪明的双沟人依厂建景，已经打造成了4A级双沟酒文化旅游景区。我想：这里该是酿造美酒历史陈列馆？这里该是酿酒人世事沧桑演播厅？我心怀忐忑，心怀敬仰，心怀渴望。不知这里的酒有多浓、有多烈、有多呛，不知这里的酒有多甜、有多香、有多绵，也不知这里的景有多美、有多秀。

　　在醉猿洲景区，我们看到，一千五百万年前，旧石器时代，火石岭上，茂密的原始森林里，虎啸远山，鸟鸣翠竹，泉水叮咚。几个猿人，刮石为刀，折枝为器，生存于此。他们把采集的野果，堆于洞穴，不小心被河水浸泡，发酵流汁，醇香诱人。猿人啜饮后，竟一醉不起，卧化成石。又经沧海桑田，当这些化石重浴阳关时，科学家们惊奇地发现，化石的骨骼上，浸透着酒醇的印迹，于是称之为下草湾醉猿。在复古的场景里，几百年的老榆树也醉卧不起，醉梦里伸展出柔柔的枝叶，随风招摇，口中吐出一串串呓语。

　　这里就是人类的酒源头，这里就是美到极致的醉猿洲。

　　景区内，我们欣喜地看到，宋元时期的朱家槽坊的旧址，正在挖掘保护中。这是双沟酒厂的源头。

　　朱家槽坊的酒采用生态五谷，取甘泉井之水，古法酿造，纯手工精制，经二十四道工序，生产出滴滴珍贵的原酒。酒香浓郁，口味独特，享誉大江南北。明太祖时，在盱眙建造祖陵，为解决皇家祭祀和日常用酒，选定了朱家槽坊生产，自此朱家槽坊便成了明朝皇室指定的贡酒。

　　在踩曲车间，我们看到十几名年轻漂亮的姑娘，头扎蓝花巾，身穿蓝花衫、藏青裤子，两手背后，跳着踩曲舞，用脚踩制曲块。美女、美酒，相得益彰。我被引得蠢蠢欲动，也想去踩一踩，让酒质阳刚一点、文化一点、诗意一点。

据说，这些踩制出的曲块，被深埋地下窖藏，让它们集天地之灵气，汇五谷之精华，几十年、几百年后，由一粒粒米变成一滴滴醇香的美酒。俗话说"千年老窖万年糟"，我们看到已有六百多年之久，明朝时期的一千三百多条古窖池依旧在使用，数量之多怕是全国罕见。这该是我国酿酒界的一大奇观吧。也正因为有这些千年老窖，双沟大曲酒才能"香气幽雅怡人，口味醇甜绵软，酒体丰满协调，回味爽净悠长"。

珍宝洞，就是藏酒的洞穴。远看，若一座岩石山体，左下方有一洞口，上呈古代将军帽兜鍪形，朱红宫门上浮雕着龙行纹样，象征皇家窖藏的身份。洞内窖藏着大量的君坊、圣坊、帝坊美酒。

从珍宝洞穿过，来到山后的双沟老街，我们穿越到了古代。老街是明朝时繁华的双沟，这里地处南来北往商贾渡淮要冲，又是泗州城的北郊，街上商贾云集，人头攒动。大小作坊竞酿好酒，酒旗、酒帘高挑，灯笼高挂，徽派特色的楼宇店铺鳞次栉比，酒馆、茶馆、客栈、药铺、戏园分布在青石街道两侧，一派繁忙景象，若天上的街市。狭窄的街面上，有赵家空心挂面、柳家铁匠铺、广盛源当铺、望淮楼客栈、酒香居、待诏厂子。当然，这里还曾有姑娘半倚窗外，泪洒香腮，挥手作别，遥望着远去的、多情的船家汉子，喊一声："哥哥，我等你！"

还有一个景点，叫酒海。我只知道，能喝酒的人，叫海量。水域面积大的地方，叫大海。听到这个名字，不知道酒海是什么概念。我想：该是把酒放入缓缓流淌的水池里，人们站在岸边，拿着一个酒器，舀一杯来，随意地品尝。其实，看酒海，只能隔着玻璃窗，远窥。这酒海是一个庞大的地下酒库，里面埋藏着大批陶罐。据介绍，陶罐储酒，既不易泄漏，又能够呼吸空气，还能吸收地下有益微生物，使酒体更加丰满绵甜。我不知这酒海装了多少酒，也不知贮存了多少年，但我记着一句老话：酒是陈的香。

宣统二年（1910年）时，双沟大曲酒曾亮相国际舞台，在南洋劝业会上勇夺头筹，斩获金奖，成为我国民族工业的骄傲。

据《帝乡纪略》载："东西二沟，中夹街市，因以双沟名镇。"在很古老的过去，这里有东山头、西山头，山峰对峙，隔陌相望。我不知他们是夫妻，是恋人，是母子，还是父女。在望眼欲穿，而不可相拥中，把相思的泪水，一滴滴落入脚下，经过多少个春夏秋冬，经过多少次寒来暑往，串串泪水凿出了两道大沟，且逾深如涧。绿树丛荫下，两条山涧溪流，汩汩流淌，清凌凌的涧水，碧波绕城郭，流出了古镇美名——双沟。

双沟原是个古村落，这里是一个淮上津渡，少数商人做买卖，多数农人靠种田维持生计。明朝时，双沟成为泗州腹地，"地势广阜，河面既阔，支港畅流，亦无壅塞冲突之患，居中控驭，地扼淮湖"。汉朝设淮平镇，宋初名顺河集，明朝称双溪镇，清朝时，泗州州守王如玖改名为双沟镇，沿袭至今。

双沟美酒喝出了一个个英雄好汉。古有苏旺、苏智、苏旻三兄弟及朱文玑四人，为掩护百姓渡河，在与贼人搏斗中遇难；有十七岁民女被贼寇掳去后，义不受辱，怒骂以死；有鏖战沙场，奋勇杀敌的民族豪杰。今有勇敢跳入水中救人，英勇牺牲的朱柱；有带着瘫痪的婆婆改嫁，用瘦弱的肩膀支撑破碎家庭的谢红娟；有精工细雕的双沟酒手工班。

晚霞映照着美丽的小城，天已渐渐晚了。朋友设宴招待，我们坐在淮水岸边，推杯换盏，看渔火点点，把酒话古今，酒酣兴浓，端起杯，把这双沟美酒和美好心情一饮而尽，醉在朋友的情谊中，醉在双沟的历史长河中……

俗行雅趣

我的家乡是个酒乡，人人爱喝酒，人人也能喝点酒。

家乡的酒烈人更烈，白酒以五十度以上为佳，度数低了就没酒味了。而我是属于不怎么爱酒一类的，喜淡不喜烈。平时在家心情好时小酌点红酒、黄酒之类，养身、降压。

初秋的一天午后，文友小满邀约去她朋友的庄园，见识一下葡萄酒的酿造过程，顺便品尝品尝新酿的葡萄酒。

酒庄在城郊接合处。车子出城顺着245省道向东北方向一路向前，搜寻着路旁的厂房、大门，想象着豪华、气派、威严的庄园。

天将晚时，几经打听才在一个比较偏远地方的浓浓树荫间找到一个不大的招牌"紫晶酒庄"。

沿着一路的棚架进入庄园，只见一排排葡萄架上挂着绿晶晶的果子，树下散放着一群鸡鸭。庄园中还有水塘，鱼在泛着水花，告诉我们水塘不是空的。

接待我们的是个年轻小伙子，瘦瘦的身材显得很干练，黑黑的脸上有一双智慧的眼睛。

交谈中知道，庄主姓陈，淮阴师范学校毕业，学的美术，是某中学的老师。不知何时也不知何故，陈老师痴迷上了葡萄酒，爱上了酒文化。由于从事美术教学，还想建一个清静的适合自己创作的工作室，既能培训学生，又能有收入养活自己。他的理想是把酒文化与绘画艺术进行结合，就像他朋友说的："理想中的梦境，心中的伊甸园。"

于是，陈庄主在乡村野外租了这块一百余亩的土地，搭建了临时工房和行者艺术工作室，把自己的学生带到这里练习素描，闲暇时种植葡萄，养鸡、养鸭、养鱼。鸡鸭们吃足了虫子就把蛋丢在树根下，朋友来了，庄主招呼着捉鱼、杀鸡、炒蛋。朋友吃了都说好，于是在朋友的"蛊惑"下，庄主业余经营起餐饮。

葡萄酒酿造是个高难度活计。葡萄熟了，他购书籍，查资料，买设备，学起了葡萄酒加工技术。各种事都亲自参与，虽然很辛苦，经济压力也大，可是能找到酿酒的感觉、成功的愉快。他知道，随着人们生活水平的提高，对健康生活的追求也向高端化发展，葡萄酒也将逐步走上餐桌，成为一种时尚。他认定，自己酿造的葡萄酒一定会有销路。于是他做起了线上销售、线下体验，吸引了不少健康生活追随者。

在庄主工房前的空地上，上面搭一块迷彩遮阳棚，底下摆上条桌、凳子，我们一行十几人围桌而坐，陈庄主夫妇从库中取出自酿的赤霞珠葡萄酒，开瓶、倒酒、醒酒、斟酒，一一做来，娴熟而仔细，期待而虔诚，严肃而庄重。

陈庄主向我们讲解了葡萄酒的酿造过程，并告诉我们葡萄酒按颜色可分为红葡萄酒、白葡萄酒、桃红葡萄酒三大类，可根据各人的口味爱好选择不同的酒。

依陈庄主的解说，我们想象着：在这阳光普照的金秋，品味一瓶香气四溢的葡萄美酒确实是一件心旷神怡的美事，酒中的香味可以瞬间把人带进或果香满园，或花香满地，或叶落青苔般的境界。怪不得庄主说，酒中的各类香味是葡萄酒最神秘、最引人入胜的地方。

庄主的夫人是县城某小学的老师，不光漂亮贤惠、能说会道，和我们的朋友小满一样也是一名爱心志愿者。今天，她把爱心也抛洒向我们这群食客。她边向我们做示范边说："葡萄酒开启后，先静放在大肚子的容器里二十到三十分钟，一是让其与空气接触，以增加酒香并去除异味，二是让因倒置放酒而产生的木屑沉到底部。一般情况下，葡萄酒的最佳饮用温度在十八至二十一摄氏度之间。所以，我们拿酒杯时手指要捏住酒杯下方腿脚，不要用手指捂住酒杯肚子，以免手的温度影响酒的温度，但如果是冬天，酒的温度较低，可用手握住酒杯肚子以增加温度。"

她接着说："如果你是主人招待客人，正确的倒酒方法是让酒标的正面朝上，一手托酒瓶，一手控制酒瓶底部，托酒瓶的手上要垫一块毛巾，以免手的温度影响酒温，倒酒时不可晃动酒瓶，以免瓶底的木屑、杂质等倒入酒杯。"

我们学着女主人，一一端起酒杯，手捏高脚酒杯的底部，把酒杯倾斜四十五度左右，看着酒的颜色由紫红变为暗红，然后让酒杯接近鼻子底部，晃动几下酒杯，做一次深呼吸，让这种醇香浸入心脾。而后抿起一小口，尽享这人间甘露。

此时，我想起了"女儿红"。家乡人很少自己酿酒，不像绍兴人，女儿一出世，便埋下几坛米酒，待女儿出嫁时用来招待客人，其间蕴藏着多少父母的宠爱啊！当酒色初艳，母亲的心是乍喜乍悲；当女儿初长成人，浓发密布，面若桃花，酒已芬芳时，母亲的心是亦喜亦忧；当女儿青春勃发，酒甘醇烈，待嫁闺中，酒已待倾时，母亲的心情又是如何？

在品尝美酒的间隙，陈庄主谈了他的酒庄运作和发展。这个酒庄原起名为"紫晶酒庄"，现在准备注册为"铁架地庄园"。

由于这里原是一个测绘站，土地中间有一个高高的铁架，是一个许多年的标志性建筑，当地人人都知道，易记又好找。而且，在这块土地上酿造美酒，占尽了五行中的金、木、水、火、土。铁是金，架是木，酒是水，做饭则有火，地是土，土能生金，金能生水，是一块风水宝地。

现在酒庄主要做酒的经营，线上订单，线下体验，线上、线下结合，在网店专卖。同时，葡萄籽打成粉是副产品，葡萄皮可做醋，葡萄海泥可做化妆品。酒庄进行着立体经营，正如我们看到的，卖酒、养鸡、养鱼、行者艺术工作室、生活体验，让热爱生活者走进庄园吃烤肉，尝纯天然的餐饮，品健康的红酒；让孩子走进庄园看生态养殖，享童年的乐趣，进艺术工作室画素描和油画，进陶艺工作室玩泥艺，多元体验。

今天品尝了陈庄主的赤霞珠，看了世外桃源，听了庄园的立体经营，才知道人生的艰辛、生活的艰难、做一件事的不容易、做成一件事更不容易。不知庄主何时埋下理想的种子，播种下未来的希望，亦如绍兴的母亲为女儿计之远、计之久。

"葡萄美酒夜光杯，欲饮琵琶马上催。"这样优美的诗句久已为我们所熟知。在这荒郊野外，在这浓浓的月色下，在好客主人的劝陪下，一杯又一杯开怀畅饮，酒酣人醉，一展男人本色。虽然没有马上琵琶声响起，没有征战的催促，当夜色渐浓时，是告别热情庄主的时候了……

我想，人们总是在雅俗间徘徊，既不能摆脱俗事的纠缠，又不能放下心中的俗念，对高雅心向往之，又身难企及。生活是一杯精心酿造的红酒，需要平心静气，需要满怀期待地去品尝。有的人心浮气躁，总说辛苦劳累；有的人情绪低落，总说没滋没味；有的人厌世不满，总说社会不公，生活无趣。其实，生活对每个人都是一样的给予，看你如何去接受、去对待、去体悟。正

　　像这位陈庄主，一个普通的师范学校毕业生，一米六几的身高，穿着极为平常的衣服。听他用平静的语气向我们娓娓道来，细说着他对庄园未来的设想，没有想象中的心情激动，没有诉说好高骛远的蓝图，没有诉说创业遇到的艰辛，没有诉说遇到挫折时的后悔，也没有想象自己将成为什么样的庄主，他默默地按自己的心之所想、心之所愿去践行，一步一步地往前走着，身后留下的必定是一个一个深深的脚印，也许这就是我们今天行程的收获。

　　去俗存雅，你将与庄主同行。

第七辑

美丽乡村

美丽乡村行

　　庚子年（2020年）六月，一个风和日丽的日子，宿迁市文联组织一批作家走进水韵泗洪，沿着圆梦小康的道路，走访美丽乡村。夏风习习，阳光灿灿，我们每个人都怀揣着一缕久违的乡土情，心底埋藏着美丽的田园梦。

　　中巴车行驶在乡镇的柏油路上，只见两旁收割后的麦田，留下浅浅的茬口，粉碎了的麦秸秆撒在地面，在阳光下放射出金灿灿的光晕，耀眼、闪亮，把我一颗火热的心也敷上了一层金箔。

　　六月，是丰收的时节，是劳作的时节，也是庄稼人播撒辛勤与汗水的时节。今天，田野里没看到弯腰收割的村妇，没有看到一步一锄点豆的汉子，也没有看到挎着篮子拾麦穗的孩童，更没有手扶拖拉机在宽广的田野上"突突突突"地来回奔忙。成片成林的果树规规矩矩地站立着，耸肩拔背，比着高矮，田野一派安详。偶尔有一两台大型旋耕机在啄土碎秸，田埂上几株小草低着头和风儿絮语。路边的树荫下，没有歇息的农民和绿豆水桶，没有草帽、毛巾和镰刀、锄头。我有些疑惑、不安。

江苏农村改革第一村——垫湖村

第一站，我们来到上塘镇最北端的垫湖村。这里地处泗洪县西南岗，西与安徽省泗县接壤，北临新汴河。

踏上垫湖村的土地，每个人都眼前一亮，村庄周边环绕的只有两种颜色：一是黄灿灿的麦茬，麦子已经收割，只等播种；二是绿油油的蔬菜大棚和树苗，抬眼望去，村庄除了油亮的蔬菜，就是脆嫩的碧根果树苗。

村庄里，水泥路两边是两三层的小楼房，一栋栋、一排排。小区里，有太阳能路灯、超市、农贸市场、广场公园，有社区服务中心、医院、学校、幼儿园，如城镇一般。在这里，再也看不到从前那低矮破旧的红瓦房、烂草房，看不到杂乱无章的大树小树，看不到树下拴着的牛羊，看不到狗跑鸡飞，听不到厢房里饥饿的瘦猪在叫唤。出门再不会晴天一身黄尘土，雨天两脚黄泥巴，面朝黄土背朝天的穷日子、苦日子都被装进了历史展览馆。

在垫湖村村口，迎面架着一块"江苏农村改革第一村"的大招牌，阳光照耀下金光闪闪。

走近"春到上塘"纪念馆，迎面是那个高大壮实的任孝干，曾经的垫湖大队第五生产队队长，他的雕像迎接了我们。1978年9月，他偷偷地组织本队三十多户社员，在一个月黑风高的夜晚，在村外的小桥下，谋划商量，终于人人都按下了红手印，把土地化整为零，实行了土地大包干，成为江苏省第一例。1979年，天遂人愿，风调雨顺，麦子取得了好收成，这个生产队家家户户结束了多年吃救济粮的历史。

为使垫湖村早日脱贫致富，"十二五"以来，省人大率领省直机关二十多个后方单位，对垫湖村鼎力帮扶。如今，垫湖人的生产生活条件得到了根本改变，环境面貌焕然一新，似换了人间。

村里还建起了宽大的厂房，一排排机器嗡嗡地运行。生产线平稳有序，流水作业，从抽丝、纺线、织布、漂染、裁剪到成品一条龙。

在去往天岗湖乡的路上，我与坐在身旁的杜文琥一路聊着天，他是上塘镇水利站的工作人员，本县年轻作家，小小说写得非常好。他告诉我："上塘镇所有的厂房都驻满了工厂，还有一些工厂要往这里来，容纳不下。县里已决定让镇里再建一批，满足需要。"我有些疑惑，问道："为什么会有这么多的人要来这里办厂？"文琥说："前几年到浙江和苏南招商，招商引资是一件很难的事。在招来的一些老板中，看到我们这里的政策好、环境好，就扎下根来，还把自己的兄弟姐妹、亲戚朋友介绍过来。南方家家都有工厂，他们需要扩大和转移，所以都愿意来。"

林果芳香——天岗湖乡

从垫湖村到天岗湖乡五十多里路程，半个小时就到了。

天岗湖乡这两年名气有些大，主要是有每年一届的花·鼓节。以花为媒，围绕生态、环保、绿色主题，展示天岗湖乡生态林果、锣鼓文化、风光能源特色，已连续举办五届，把亮丽的天岗湖乡推到世人的面前。就在沿路，我们看到成片的桃林挂满了青的、红的、黄的果实，的确让人欢喜让人爱。

在林果综合服务中心，听工作人员介绍："全乡共栽植果林达2.5万亩，年产果品超过三万吨，产值1.2亿元，是华东地区乡级最大的果树基地，涵盖桃、苹果、梨、葡萄、石榴、薄壳山核桃六大类三十个品种。服务中心将为果农的果品保鲜、冷链物流、交易销售等提供一条龙服务。"他们还去桃林里现摘了一盆鲜桃，让我们品尝。拿起一个红嫩嫩的黄桃，只比鸡蛋大一些，一口咬下去，脆生生、湿润润、甜蜜蜜的，真是好吃。正如今天农民的幸福生活，吃在嘴里，甜在心里。

从前只知道，三月桃花开，五月桃子鲜。今天，来到天岗湖乡才知道，桃子是可以一年四季都有的。春有水蜜桃，夏有黄桃，秋有油桃，冬有冬桃。让我惊讶的是：冬天也可以吃到现摘的新鲜桃子。据说，天岗湖蜜桃，产于高岗，生态、绿色、天然、无污染，汁甜如蜜，营养丰富，为桃中精品，已做成知名品牌，行销全国各地。

在果林种植时，乡里还专门聘请了砀山高级农艺师，为一千多户果农培训，指导果农科学种植，积极鼓励低收入农户参股，让他们脱贫增收，带动他们致富，走上小康之路。

走在天岗湖乡窄窄弯弯的田间小道上，在明媚的阳光下，十余万株桃树显得尤为妖娆，仿若画卷展现在眼前。压弯枝丫的果实，如一张张笑脸，将无限光芒演绎于枝头，将无穷的欢愉送给开心的我们。

来到天岗湖的东岸边，顺着水面向西远远望去，西岸不远处就是安徽省五河县天井乡，这个湖面属两个乡共有。他们共同采取渔光互补立体经营模式，风力发电风轮、水面光伏电板与波光粼粼的湖面交相辉映，构成一幅幅和谐的生态美景图。这里是全国重要的光伏产业基地，滩涂水面达一百六十六万亩，乡里因地制宜，利用天然资源，大力发展光伏新能源产业，有效地实现了经济发展、资源节约和环境保护的良性互动，赋予乡村振兴新动能。这又是一道乡村美丽风景线。

仁孝深厚——罗岗村

罗岗村是双沟镇的一个村庄，位于镇北几千米。

走进罗岗村集中居住区，一块大大的墙壁吸引了我们的眼球，墙壁上有一幅剪影，内容是：一个年轻的女子低低地坐在一个男性老人面前，弯下身子为老人洗脚。她或许是老人的女儿，或许是老人的儿媳。右侧竖排着四个大字：仁孝罗岗。扫描罗岗村居住区，绿树成荫，徽派建筑，粉墙黛瓦，飞檐翘角，楼前还种有一块块小菜园。党群服务中心前的仁孝文化广场边有一排宣传栏，在这里，罗岗村的干部向我们讲述了仁孝罗岗一个个感人的故事。罗岗村曾是一个革命老区，抗战期间，这里曾经设置过苏皖地区罗岗办事处，为磋商国共两党联合抗日做出过积极的贡献，留下了优良的红色基因。

"全国孝亲敬老之星"谢红娟，就是罗岗人。在谢红娟事迹被新闻媒体传播后，罗岗村成立了仁孝理事会、仁孝儿童团，小区的道路命名都以仁孝为主题，时时处处提醒村民记住仁孝、践行仁孝。他们广泛宣传罗岗村历史上出现过的仁孝典范、先贤能人、仁德厚爱者，每年举办一次五美庭院接力"晒"，让中国的传统孝道文化传承与新社会文明风尚一同发扬光大。引导村民们不仅要在物质上脱贫致富，还要在精神上脱贫致富。

听着村干部的讲解，其实我们也接受了一次触及灵魂的仁孝文化教育，如何做好自己，也是我们这些大大小小作家应该率先垂范的。我想，假如整个社会都能传承儒家文化，取其精华，去其糟粕，融入现代，今天的社会风气一定更清新，我们的乡村也一定更加美好。

稻虾富民——姚兴村

"稻花香里说丰年，听取蛙声一片。"

采风的第五站，是成子湖畔的姚兴村，到达时已是下午三点多钟。站在窄窄的乡村小路上，可以看到万亩圩区，无垠水浪翻滚，一块块稻田和平整的土地淹没在白茫茫的水中，稻秧还没插下，也还没到蛙声四起的时节。据说，姚兴村有三分之二面积在波浪滔滔的湖水里，若是我们再迟些时间过来，可看到满湖滩的青绿，蛙声在水中此起彼伏地唱和。一派诗情画意伴着美妙的乐声，怎能不让人陶醉其中，流连忘返？

自古就有"靠山吃山，靠水吃水"之说。姚兴村水域资源丰富，土地肥沃，具有得天独厚的稻虾共作条件。从2018年起，村里开始试验推广稻虾共作，取得成功，随后又以党支部为纽带，鼓励党员、群众投身稻虾共作，并逐步探索形成了党支部引领、龙头企业带动、党员种植大户牵头、农民互助合作的发展模式。稻虾共作两千四百五十亩，占全村土地种植面积的64.47%，平均每亩收入比以前提高六百元。

在党的富民政策风帆推动下，在县现代渔业产业园的带领下，姚兴村正向着稻虾共作劈波斩浪、奋力前行。姚兴村想不发展都不行，姚兴人想不富都不行。

在姚兴村，我们还走进辰光纺织品有限公司。公司是村里在撤并的姚兴小学旧址上，投资三百万元兴建的。泗洪县辰光纺织品有限公司入驻后，在原有五千平方米厂房的基础上，投资两千余万元购置了纺纱机、梳棉机、并条机、针刺机等七十多台（套）设备，年生产六千五百吨精品棉纱（棉条），供应外地企业。公司年税收达两百万元，返给村里一百三十万元。我想，一个村，一座工厂，一年净收入一百余万元，再加上稻虾共作，这样发展下去，脱贫致富达小康目标指日可待。

在生产车间里，我们看到四排机器整齐排列，一根根棉条瞬间变成一丝丝棉纱。机器沙沙作响，我们慢慢走动，小声议论，看不到操作的工人，偌大的厂房，百十台机器，自动运行，如有一双无形的大手在指挥，弹着相同的曲调。老板告诉我们："这些棉纱、棉条有纯棉的，有混纺的，混纺的主要用于生产时尚牛仔裤，颜色艳，弹力强，产品定点向外输出，不愁销路。"

我们看呆了，看愣了。在这偏远的农村，有如此现代化的工厂，是我们来之前没有想到的。的确，心有多大，舞台就有多大。只有想不到的事，没有干不成的事。

在六月的热风里，在成子湖的浪潮中，我们浑身热烫烫的，脚步急匆匆的，又要向下一个采风点赶去。

现代化林业——丰沃林业育苗基地

界集镇北面这块黄土地，两年前我曾来过，记得边上的村庄名字就叫黄泥村，这里是典型的丘陵地带。地势高高低低，落差几米；地块大大小小，几亩、几分不等；地形形态各异，呈三角形或菱形；水不通、路不达，每季种下去的种子靠天收。

今天，又来到这块土地上，再不是昔日的模样。一条水泥路贯通南北，一排排两米高的竹竿笔直地站立田间，等高度，等距离，等尺度，同密度，竖成列，横成行，遍布田畴，东西南北望不到边界。如整齐的队列，场面宏大，非常壮观。这里，每一根挺拔的竹竿下都守护着一棵绿生生的小树苗。见到我们，一棵棵水嫩嫩的小树苗躲在黄亮亮的竹竿下面，紧贴着，依偎着，怯生生地害羞着。

再看脚下的土地，平展展，无沟无坎，无隔无挡，一望无垠。那黄土疙瘩已经变成了细腻腻、软绵绵的粉尘，细如面，黄如金。

这就是界集镇丰沃林业育苗基地，规划占地一万亩，现已建成三千七百亩，为保障水源供给，镇政府还专门将附近的水库划归基地使用。那一根根竹竿下面栽植的小树苗达七十八万株，它的学名叫橡树，属名贵的风景树种。基地由国内专业水平最高、品质最好的专业团队之一——中林丰沃亲自打造。这块土地的流转费，从前每亩六百到七百元，现在增至每亩八百元，每五年还要递增5%，让农民得到了实惠。基地有常态化用工一百余人，可带动一批低收入农户尽快脱贫致富。

老板介绍说："基地全部实行现代化管理，只需在办公室的电脑上，就可以监控苗木的生长情况，哪里需要什么，鼠标点击按钮，随时可以进行分片分区喷淋浇水、治虫、施肥。"在这里，现实比我们想象的还要先进，这就是科技的力量，这也是科技农业发展的必由之路。

我们虽然是外行人看农业，依然有一股暖流在心头，心里喜不自禁，脸上绽出了笑容。甭管高岗上气流有多热，甭管西边的太阳有多烈，我们为农民未来的好生活开心、高兴。

我也终于知道，为什么田野里很少有机器在播种。这是因为天气干旱，土地在等待着一场透彻的雨水，方能开播。而那些男男女女、老老少少的乡亲们呢？他们已经摆脱了土地的束缚，再也不会把自己拴在几亩责任田上，走出了家园，走进了工厂，走进了城市，干自己想干的事业，田地交给大户，交给合作社，会做得更好，收入更高。

一天，行程匆忙，所见丰富，我的心灵震撼。每一个村居、每一座工厂、每一片田园都流淌着六月的火苗，都氤氲着富民新风，都将挂满累累硕果。小康的路有千条万条，哪一条都离不开党的好政策和人的勤劳。美好的乡村，美丽的行走，载着浓浓的乡土情，甜甜的故园梦。

赵庄的月儿

2014年10月9日（农历九月十六），月儿还在地平线下没有露出白净净的脸来。泗洪作协一行八人怀揣几分兴奋，身披一丝晚凉，携着一缕浓浓的秋风，在夜幕刚刚开启时走进赵庄。

赵庄位于泗洪县梅花镇南侧的省道121线、宁宿徐高速公路西两千米处，是一个在地图上很难找到的小村庄。

走进赵庄，迎接我们的是赵庄村支部书记陈亮。他黑黑的脸庞上长着一双明亮敏锐的眼睛，热情邀请我们走进一户农家院落随意就座。直觉告诉我，这是一个精明能干而又务实的小伙子。

今天，作协一群人到赵庄有两个目的。一是冲着陈亮来的。陈亮不仅是赵庄村书记，还是一位作家。十几年来，陈亮醉心于小说创作，在全国文学期刊上发表了多篇中短篇小说，受到文学界朋友的关注，他的人生经历也可以说是一部高潮迭起的小说。据熟知他的朋友介绍，陈亮靠写小说找到了志同道合的漂亮的四川女子做老婆，也因为写小说从农民身份转为市文学院有编制、有工资的专业作家。不久他就要到市文学院工作，我们是赶在他走之前来做一次送别。写小说解决了他的婚姻问题，写小说也解决了他的生计问题。

两年前，陈亮到赵庄做书记。他既不是为名而来，也不是为利而往。他是一个住在城里的农村孩子，想体会更多的农村生活，挖掘泗州地区农村的历史文化和风土人情，想尝一尝作为一个农村基层干部的酸甜苦辣，积淀生活，为自己的小说创作找到源泉。

二是冲着顺山集遗址来的。顺山集遗址就在赵庄境内。2008年被发现，2010年起经南京博物院、泗洪县博物馆历时三年钻探考古发掘，全国三十余位顶尖考古专家论证，认定顺山集遗址距今约八千三百年，是江苏最早的新石器时代遗址。它的确将江苏文明史至少推前一千六百年，还入选了2012年全国考古十大发现之一。

当星光点亮了浓浓夜色的乡野时，主人为我们准备了锅贴死面饼，炒好了从农家小菜园采摘来的青菜，烧的是自家养的猪肉和从野外河沟里捞上来的野生活鱼。重温着久违的农家生活，我们无拘无束地品菜、品人、品事，开心的笑声不时地传出小屋，飘向挂着夜露的禾苗，像风一样撞响沉沉的稻穗，掠起一群觅食的麻雀和萤虫。

酒足饭饱后，陈亮引着我们走进赵庄如水的月夜，徜徉在洒满月光的乡间小路上。看那月儿从树叶间不断挣扎上升，终于摆脱树叶的相牵，灿灿地向我们微笑。每个人脸上都挂着兴奋与满足，似回到了孩童时代，与月儿相视相嬉。同行的张主席正对着顺山集遗址方向拍下一张月挂树梢头的照片，照片中竟然有一道神奇的光束悬在空中。当我们拿出手机拍摄时，却怎么也找不到那道光束。这道外来之光给我们此行增加了几分神秘色彩，也使顺山集遗址陡增了几分灵气。

夜风吹薄了我们的衣衫，吹紧了我们的衣扣，把一缕缕清新的禾香挤入我们的怀中。

沿着赵庄的小径一路向南，路旁丛丛深深的田野似乎有影影绰绰的人们在劳作。八千年前的这里，为防止野兽侵袭村落，保护老人、孩子，保住自己的家园，人们在月色下有组织地开挖壕沟，老人、孩子齐上阵，没日没夜地用石铲一点一点地挖，不知挖了多少年，流了多少汗水，终于挖成了深1.5米到三米，宽六米到二十四米，长达一千米的环壕，把豺狼等野兽挡在壕外，让家园和老人、孩子有一个安全的居所。

月光下，有袅袅炊烟在东方升起，而后慢慢散开。那是女人们在环壕内用简陋的石器、陶器蒸煮着自己种植的大米，烧烤着男人们白天打来的野物，等待劳作累了的男人们回来享用。生活在女人们的忙碌和孩子们的欢叫声中开心地延续着，伴着太阳落山，伴着星星的闪烁，伴着溶溶的月色……

"今人不见古时月，今月曾经照古人。"站在白亮亮的月光下，穿越八千年历史。我想，顺山集古村落的人们真的没有想到，他们在浓浓的月色下开挖的这条壕沟成了整个淮河下游流域时代最早、规模最大的环壕，被称为"天下第一壕"。

此时，我已经隐隐约约听到从东方传来劳作的撞击声，听到先人们欸乃的号子声。

在赵庄顺山集遗址的西面，还有一个"进士湖"。走上湖西岸高高的大堤，向东远眺，月色下如镜的湖面上还可以隐约地看到七座岛屿。据说，这湖中的七座岛屿是和天上的北斗七星相对应的。

这个进士湖其实是农民靠着人抬肩挑挖出的一个近千亩的大水库。这个水库惠泽赵庄村的千顷良田。我想，这些良田在八千年前的顺山集部落人居住时，应该就用石器开垦、播种，而后代代相传。据说，在开挖水库时，从中挖出一个古代进士的墓穴，后被有识之士冠名为进士湖。

当我转过身来，从大堤上向西望去时，在进士湖畔林林丛丛的低洼处有几许点点灯光，像浩瀚大湖中的渔火在闪烁。陈亮告诉我们，我们现在所站的大堤比西面村庄的屋顶还要高，这里是站山远眺，那点点灯火是屋里有人在家。在夏秋季节农田需要水的时候，只要把水库闸门提起水便自然流向低处，顺着人们的引导一路奔腾，一路欢歌流向田野。

当我们兴奋地沐浴在月光之中，感受着多少年没有亲近过乡村野外月夜的喜悦时，陈亮依旧眨着明亮的眼睛，用他那讲故事的语调告诉我们，就在这个大堤上，每到午收或秋收时节，夜晚看火时，他会组织村干部站在制高点四面瞭望，观察农田里有没有点火烧秸秆。在夜深人静瞌睡难熬时，他会塞给一同看火的村干部一包烟，请他讲乡间野事。所以，他的头脑里装满了真真切切的乡间故事，成为他写小说的素材。

也就在这个堤坝上，我们知道了一个村支书的酸甜苦辣、不幸与收获、无奈与无畏。陈亮指着那星星火点说，每当一天工作忙完后，他会带着村主任在村庄里的每家每户转，遇见灯光亮着的就走进去和他们聊天，倾听村民们的诉说，帮助他们解开心中的疙瘩，解决他们遇到的困难。如果自己没吃饭，走到农户家里赶上饭点坐下就吃，面对面边吃边聊家长里短，了解村民的真实想法和需求，把群众路线的最后一千米缩小成零距离，真正做到访民意，听民声，解民忧。

赵庄，是一片红色而又充满时代气息的土地，老一辈革命家刘少奇、江华在这里留下过战斗足迹，我党早期的党支部之一"赵庄党支部"就在此诞生。这里还走出过中华人民共和国的第一代飞行员韩如良和韩贤敏将军。陈亮，这个年轻的村支书，坚守在这片古老、厚重而神奇的土地上续写着文明的弦歌，在时代的潮汐中，顺应历史发展的大潮弹奏着党的群众路线教育的强音。

如今，农民们有的经商办企业，有的外出务工赚钱，早已经解决了温饱问题，他们需要的是社会尊重，是党和政府的信任，是干部们的平等相待。

踏着湿润润的小路，踩着自己的影子，我们一路谈笑，一路感慨。我轻抬自己的脚步，走过路边那熟悉的芦苇地和绿油油的禾田。我不由得加快步伐踩着婆娑的树影匆匆走过，去追赶前面的月色。

月光下，路西旁，一块四五米长的长方形墙壁吸引了我。顺着如水的月光望去，只见墙壁上面用特大号字体写着"有困难找书记，要办事找会计"，后面紧跟着的是手机号码，背景是鲜红的中国共产党党旗。

是啊，在赵庄，书记就是当家人，就是农民的主心骨，就是群众的靠山，就是为民解忧的一把钥匙。

看着这块浸漫在月光下发着微微亮色的墙壁，凝视着这面鲜红的党旗，抬头再看看东方挂在空中的一轮又圆又亮的明月。今天，我真切地看到了人们常说的"十五的月儿十六圆"。此时，我已有几分陶醉，几分忘情。

今晚，赵庄的月儿真美！

湖畔拾梦

在田边，在湖畔，如痴，若狂，陶醉在秋风里。

一群人走进田野，有老，有少，有男，有女，有红，有蓝，有说，有笑。我们采撷湖风，呼吸浪花，和袅袅秋风嬉戏。

> 我们的田野，美丽的田野，
> 碧绿的河水，流过无边的稻田，
> 无边的稻田，好像起伏的海面。
> ……

此时，我仿佛听到这首《我们的田野》深情的旋律。这是一首深受中华人民共和国成立后几代少年儿童喜爱的抒情歌曲，传唱六十余载经久不衰。走向大湖，由近及远望去，如歌如诗如画的景色尽收眼底。在洪泽湖北部，成子湖西岸，眼前的美景勾起我的怀想。

大湖文学研究会的会员们走近大湖，是一件美事、幸事，是大湖之幸，亦是我们一行文学逐梦者之幸。

在这里，首先是缕缕稻香牵引着，我们走进窄窄的田间小路，俯下身子去嗅一嗅，那熟透了的沉甸甸金灿灿的稻穗，如羞答答低着头的少女，在风中呢喃。阡陌中，我们如追风的少年，脚踩着自己走过的足印，寻找着自己的童年。欢笑声，散落在湖滨秋色里。

还没走近湖边就看到，高高耸立的风力发电扇，每隔一百米一根，如一排巨人，矗立在湖岸。白色的高杆上印着的"深能华东"黑体大字，远远地跳入眼帘。巨大的三片扇页，固定在电机头，顶部那"远景能源"字样在灿烂的阳光下闪亮。我仰望着这庞然大物，心中默数它的转速，大约每分钟十几转吧。你别看它转得慢，据说风扇每转一圈就发一度多电呢。这些电能将并入华东电网，输送到工厂、学校、军营、机关，输送到农村、城市，输送到大山深处，输送到千家万户。

它的旋转，有多大的引力，我不知道，只是站立在它周围的玉米们呵，收完后，已经被吸干水分，成片成片枯黄的秸秆，耷拉着黄褐色叶片，在风中呜咽。

看着这庞然大物在风中稳如泰山，夸张地对着我们张开臂膀，不似站立在禾田中的稻草人，一阵风吹过，招招摇摇。它伸出长长的手臂，漫舞，如太极高手，动作舒展、柔缓。想起小时候纸折的小风车，一根竹签拿在手中，迎着风满世界地跑。此时，我很想爬上高杆，看看它有多高，有多威武，有多扎实。更想站立湖岸，松身运气，与它来一场太极对练。

与我们共舞的还有水边那一片连着一片的芦苇，深秋时节，依旧生长着青青的阔叶，顶上的灰白色芦花在微风中摇曳，舞动。我真想钻进这芦苇丛中，去看一看有没有小时候常常抓到的鸟雀或鸟蛋，看一看水中有没有鱼儿在潜伏，苇根处是不是还藏着一窝窝的螺蛳，正伸出舌尖在舔舐白亮甜嫩的苇根。

我们每个人都争先恐后地站在芦苇前，合影留念。女人们的白风衣、黑外套、绿裙子、红围巾，紧贴着它们，此时，只有相依相偎了。在绿叶的衬托下，男人们愈显挺拔、阳刚、自信，女人们更显艳丽、妩媚、娇柔。

不甘被冷落的小船，早已急不可耐，在水中左摇右摆，可无法摆脱拴在岸边的缆绳。男人们不顾落水的危险，一个个跳上小船，或遥望远方，或指点江山，或伫立凝望，也有故作内行者，谎称自己是打鱼人，曾风里行，浪里来，一叶飘摇走天涯。

在这如诗的风景画里，我们都是画中人啊！

沿湖岸北行，去寻找传说中的机场。跨过河口大桥，沿北岸东行，河边紧锁着一只只大大小小的采沙船，听说这些船主们曾上下勾结，疯狂地从湖中捞取黄金般的沙子，卖给建筑商，赚得盆满钵溢，破坏了洪泽湖的生态环境和水生植物，被绳之以法。

在徐洪河的入湖口北侧，终于有人跟我们说：这就是你们要找的机场。机场很小，水泥混凝土铺就，如农家门前的晒谷场，此时正晾晒着刚收获的黄豆秸，且有一条直路通向后面的水上搜救中心。大家议论起来，有的说是小型陆航机场，有的说是直升机起降点，总之都是猜想，没有权威的解说。是的，不论大小，反大泗洪有机场了，这多诗意，多敞亮，多美哉！

信步走进建筑精致的洪泽湖水上搜救中心，正面是一幢四层白墙灰顶的办公楼，左侧是生活楼，再左侧是宿舍楼，一排三幢样式相近、大小不一的楼群。楼前有花园小径、垂钓池，水上有浮桥，绿树成荫，垂柳依依，秋风习习。据管理人员介绍说：这个搜救中心占地五十四亩，建筑面积两千平方米，是集救助、水上搜救、船舶调度、船舶安检、船舶进出港签证、事故调处、电子视频监控、通信保障、气象服务、业务培训等为一体的综合性服务设施，并配有瞭望塔、机房、救生设备仓库、车库、传达室、配电间、生活服务区等辅助设施，为江苏省内河水上搜救系统的重要组成部分，搜救中心不仅能够停靠搜救船舶，而且建有停机坪，救援直升机可随时起降。搜救中心共有九名员工，其中驾驶员五名，他们每天在这里工作、值守，也可以在这里休息或生活。

兴致正浓时，我们一行人在楼前留下一张开心的合影，把美丽的瞬间留住，把美好的心情定格。

同行中有人说，这里风景优美，空气新鲜，假如这里有一两间小屋，门前种几畦蔬菜，那可是纯天然、无污染的绿色食品。闲暇时还可举竿垂钓，捉得几条鲜活乱跳的小鱼，做一锅小鱼锅贴，喝几杯小酒，真是神仙般的日子啊！当然，这可没人当真，谁愿来这空天野湖地，与清风做伴，与野鸟为伍呢？更何况老婆、孩子怎么办哪？

遐思间，转过脸向河边望去，只见两艘搜救船停靠在水岸边，随时待命出港。踏岸走去，岸边还停泊着许多打鱼船，今天风大浪高，他们没有出湖打鱼。我们在河岸边还看到两间板房，里面有休息的大床，有缝纫机，有沙发，有电脑，有无线网，还有有线电视。真让我们羡慕不已，在这湖岸，可以躺在床上浏览网页，可以坐在沙发上看有线电视，有阻不断的信息，有享不尽的惬意。

站到河岸边的水泥台阶上，看水波里有几只白鸭在水草间戏水，渔船上有晾晒的小鱼干，还有挂着的衣物，使用的生活用具。放眼望去，越过风浪起伏的宽阔湖面，湖对岸隐隐约约可见房屋、树木，若海市蜃楼，更若远远立在水面上的一幅水墨画。面对此景，我仿若听到对岸飘来一阵时断时续的歌声，缥缈在我的耳际，还是那首《我们的田野》。

　　　　平静的湖中，开满了荷花，
　　　　金色的鲤鱼，长得多么的肥大，

湖边的芦苇中，藏着成群的野鸭。

……

在我们的痴望中，船上走出渔民祁老汉，他那被湖风熏染得黑黝黝的脸上，从褶皱里绽出的笑容告诉我们，如今的生活真的如在梦里一般美好。

此时，我的思绪里依旧萦绕着那缕缕稻香，伴着湖风、随着波浪如梦般地飘向远方……

潘大庄的春天

戊戌年（2018年）四月的第一天，在翠柳摇曳的春风里，去淮河岸边看美丽乡村潘大庄。

我印象中的淮河湾里，柳树夹岸，落英缤纷，土地平旷，阡陌纵横，良田美池，蔬果遍野，村落密布，灯火点点，令人神往，让人流连忘返。

一枝桃花挑开仲春的门帘，如画的乡村美图，羞羞地露出一张半遮的脸。

当一脚踏进河湾里的潘大庄，又是一番美景在眼前。脚下红涢涢的土地，高高低低，起起伏伏，在一片平畴沃野中，凸起几座小山峰和丘陵。村庄门前，有新修筑的一层叠一层的梯田花海，若美丽的村姑，笑嫣嫣迎着我们，爽朗地袅娜在阳光下。抬眼看去，一片沿坡建起的房屋，古旧、深沉、静雅，淹没在暖暖的春风里。高压线上排列有序的燕子，"叽——"的一声，从五线谱中滑落下来，把我们的目光引向湛蓝的天空；又"叽——"的一声，在春风里斜飞过来，如老熟人向我们打一声亲切的招呼；再"叽——"的一声，如箭一般射进小院，似乎在告诉主人，家里来客人了。

潘大庄，一个陌生而有点乡土味的名字。我想，这该是潘姓居多且有些规模的自然村庄吧。村庄蜷缩在汤汤的淮河湾里，它从那遥远的洪荒年代一路走来，把人间酸甜苦辣尝个遍，它见证过淮河洪水肆虐，见证过老天爷久旱无雨，见证过蝗虫遮天蔽日，也见证过风调雨顺。今天，正在见证太平盛世、百业兴旺、百花盛开。

踏进村庄，就踏进唐诗宋词，踏进明清雅致，踏进民国风韵。不是江南，是水乡；不是皖南，若皖南。村前方方正正的镂空照壁，诉说着一页页风雨如虹的村庄史。

家家是一户一院，一条窄窄的小路，通进每一个院落，小路两旁青灰小砖砌成花墙，围成两片大小相同的菜园和花坛。青灰色的屋瓦，青灰色的烟囱，有袅袅青烟弥散在屋顶，一阵轻风吹来，缕缕青烟飘向河湾深处。深灰色的墙线和白粉粉的墙相连，深紫色的门和窗镶嵌在白墙内，如一幅浓淡相宜的水墨画，每户都有前屋、后屋两进，也有后屋为二层小楼的。说不准，还有楼上小姐，躲在深闺的窗帘后把来客探望呢。但愿有绣球抛下，偶遇一次人生随缘的惊喜。思忖间，见小院紧锁，庭院深深深几许，不知院墙内是深藏着金银财宝，还是金枝玉叶。

很想走进去，坐在小院的石榴树下，挥手弹一曲琵琶，摇头晃脑吟咏一段宋词。当然，最好是吼一声家乡的拉魂腔，哼几句情意绵绵的淮河小调。把灵魂深处的小资情调，把多愁善感的文人情怀，把高墙深闺小姐的内心苦楚唱出来。

这房子，层层叠叠，错错落落，高高矮矮，大大小小，足可看出门户的大小，家中人口的多寡。门前屋后，长满了大树小树，新树老树，有榆树，有槐树，有楝枣树，有石榴树，有小孩拳树。也有我叫不出名字的，如老友，如兄弟，如庄邻，如同学，多年未见，陌生也亲切。这一座座农家小院，沿着红土坡，迎风舒展着，阳光从淮河上空洒下来，挤进一座座、一排排洁净的小院，光亮亮的，暖融融的，催开了一朵朵桃花和海棠。

我们行走在村庄的小路上，路旁有长方形的红崖石堆放，还有一片片蓝莹莹的婆婆纳散落其间。村子不是很大，接接连连地分东西、分左右，有的人家建在坡底，背风得水，有的人家建在坡崖，阴晴不愁，有的人家建在坡顶，得风得雨。村里为每户人家铺了水泥路，连接到村庄的主路上，不管是晴天还是雨天，都可穿着绣花鞋出门，也可骑自行车、电瓶车和摩托车外出。村里的路灯，也是一年三百六十五个夜晚亮着，晚上出门再不需要打手电筒。这可喜坏了上学的孩子和年轻人，他们可在任何时候，在村子里任何地方约会、玩耍、疯跑。

在坡崖近底处的路旁，有一明清时古井，青砖铺面，青砖砌围，口窄小，水清澈。水位高，只需在铁桶上系两三米绳索，垂之可得井中水，全村的人都还在取用。我们一群好奇的人，伸颈觑望，投影水中，恍若风吹。井旁一洗菜村妇，见之好笑，觉得我们是一群傻人，连老井都没见过，太少见识了。

听村里王会计介绍，潘大庄村共有八百二十一户人家，三千二百零七人，土地一万三千一百三十亩。这些年，村里靠塘口承包、集体公墓收入，积累了村集体经济，为村民医保、孩子读书等做了许多福利事业，带领村民走上了富裕道路。如今，又紧紧围绕生态发展、富民增收政策，大力调整种植结构，流转土地，开展果林种植。跟随着王会计的脚步，我们来到山坡上那三百亩碧根果、二百亩软籽石榴种植基地。春风里，暖阳下，红土地上，一眼望不到边的树苗横竖成行，笑呵呵地吐着青嫩嫩的绿芽，咧着小嘴"呜呜呜——"唱着歌谣，把我们一行人撩拨得心旌荡漾，齐口称赞。

还有三百亩桃林，脸正娇嫩，花正粉红，腰正舒展。每一株都似在舒长袖、展曲臂、扭腰肢、献妩媚，把那空旷的山坡地当作舞场，把那呼啦啦的春风当作音乐，把我们这群人当作铁杆粉丝，尽情地舞蹈。

　　紧邻碧根果基地的是二百亩草本油牡丹种植园，这牡丹不光有国色天香的花枝，有沁人肺腑的花香，花果还可以提炼精油，用于美容养身，是昂贵的经济种植物，它将带给村里一笔可观的收入。潘大庄还有一千亩螃蟹养殖塘，二百亩稻虾共作基地，作为集体经济收入，潘大庄人将把小康之路走得更扎实、更有力。

　　晌午时分，热辣辣的太阳有些调皮，火急火燎地照射在我们的身上，不似以往仲春时节那样温柔。早就听说淮河南岸的安徽省明光市境内有座浮山，却不知北岸有个浮山堰遗址。恰巧，这浮山堰遗址就在潘大庄的庄前，我们不管不顾热辣辣的太阳蒸烤，兴奋地前往浮山堰遗址。在青苗枯枝间，看到一块竖立的铭牌，是2010年2月由泗洪县人民政府建立的。

　　据《泗虹合志》记载：梁天监十一年（512年），梁武帝在淮河上修筑长达4.5千米的浮山堰，以抗拒北魏入侵。《梁书》也记载：浮山堰工程浩大，动用二十万人，历时两年。堰长九里，下阔一百四十丈，上广四十五丈，高二十丈，深十九丈五尺。《梁书·康绚传》对此说得更为具体：梁天监中，为求堰淮水以灌寿阳（今寿县），役人及战士，有众二十万。于钟离南起浮山，北抵巉石，依岸以筑土，合脊于中流。

　　可见这项浩大的工程是从淮河两岸的浮山、巉石山同时填土，然后在淮河中心合龙的。

　　在绿油油的麦田里，我们看到，这段现存遗址长约三百米，黄土夯筑而成，宽十五米到五十米，高约四米。浮山堰遗址堤坝直通淮河水下，与淮水融为一体。交谈中，诗人陈家声老兄说："当年修筑浮山堰，梁武帝曾在此监工，还带着他的嫔妃，有一爱妃体弱，病故安葬于此，这里该有一座梁妃墓。"修筑浮山堰已是一千五百多年前的事了，至于有无梁妃墓，还需专家去考证。

《水经注》记载：浮山，北对巉石山。原来，潘大庄就坐落在巉石山上。如今，人们称之为潼河山。

山清水秀、人杰地灵的潘大庄，生态林果旅游新村还在建设中，还有广场、公厕、停车场、游客服务中心、农家乐等，需要一一建成、完善。留住乡愁，留住绿水青山是国家的倡导，更是人们共同的愿望。合青高铁建成通车后，车站离这儿也只有十几千米，人们出行更加方便。那时，这里将会车水马龙，人声鼎沸，游人如织。

假如有机会，我还想在空中鸟瞰潘大庄，看那淮河九曲十八弯，看那河湾里的潘大庄山环水绕，屋舍典雅，绿树浓荫，繁花似锦，让美景永记心中。

"蔬果之乡，绿岛四河"中的潘大庄值得我们期待！

唐马，美丽的田园变奏曲

唐马，一个村庄的名字，庄子的边上曾是一片芦苇滩，土地有近千亩。

这里，曾经坑坑洼洼，高高低低。这里，曾经有方有圆，有直有斜。不成规则，不成平面，若地图上的板块，伸胳膊屈腿，融合着周边，你中有我，我中有你。这里，曾生长着片片高大的芦苇，也生长着茁壮的野茅草。秋风里，满湖满滩一眼望不到尽头，白茫茫一片。走进去，如走进传说中的白洋淀，是一道乡村里的风景。

这里该是："蒹葭苍苍，白露为霜。所谓伊人，在水一方。溯洄从之，道阻且长。溯游从之，宛在水中央。"湖岸边隐藏着多少醉人的秘密，书写着多少求而不得的爱情故事啊！

那时，人们叫它养殖场。土地属集体。有一茬一茬的老支书们来到这里，成为场长，管理着这块土地上的庄稼，这片水域上的芦苇，还有芦苇下水里的鱼。庄稼也和老支书们一样，一茬一茬地收，一茬一茬地换。无非就是夏天的小麦、高粱、玉米，秋天的黄豆、水稻、山芋。鱼和芦苇一样，在这片浅滩上生存繁衍，享受着无拘无束、自由散漫的时光。支书没事的时候，捧着一杆老烟袋或卷一支纸烟，一口一口吐着黄褐色的烟雾，在水边的地埂上转悠，嘴里不停地自言自语，他是在与这些芦苇和鱼儿们说话呢。把那闷在心里多年没敢讲的话，一股脑地说出来，心情就像旷野里的天空，敞亮，通透。晚上回家，自然要喝上一小盅酒，把满心的爽适再熨一熨。秋天，农民们忙完了地里的农活，便想起了它们，把鱼从水里捞上来，除了卖掉的，每家还可分得一些，作为过年餐桌上的一道大菜。芦苇呢？收割完毕，卖给商家，集体又有了一笔不小的收入，是个富裕得让周边村民羡慕的地方。

后来，唐马村在大规模城镇化进程中，拆迁，夷为平地，成为农田。历史的印记，只有2017年新建的唐马大桥，还剩下"唐马"两个字，留在人们的记忆中。也许桥下那清澈明净的安东河水，还能隐隐约约记得清它的过去。

现在，唐马属于山头村。传统的自生自长的芦苇，再不能适应经济发展的需求，芦苇丛里的鱼们和当下的人们有了浓重的代沟。当此之时，唐马一千亩荷藕基地应时而生，人们看到这种养殖模式既有经济效益，又有观赏价值。美在经济效益中体现，价值在美中呈现，美好的生活不能每天只看着一张苦哈哈的脸。

从泗洪县城沿343国道东行，十几千米，路南便可见一望无际绿莹莹的荷田。荷田里，一个高大的牌子映入眼帘，"成子湖万亩稻（藕）虾共作基地"两排红色大字向我们致敬。走进碧水蓝天的旷野，站在唐马大桥上，手搭凉棚，极目远望，阡陌纵横下，有浓荫密布的田头杨树，有田间地头的瓜果、蔬菜，葳蕤茂盛。成块成片的水塘里，静静的一池湖水，宛如碧玉一般，泛着微微的涟漪，如伞一般的荷叶在风中轻轻摇着，就像乡下老奶奶手中的扇子。密集的荷叶，挤挤挨挨，在暖风里沙沙作响。也有一朵朵盛开的白荷花，立在水面上，宛若九天下凡的仙子，似乎在比着谁的妆容最洁白。荷花在明净的水面上，轻轻摇曳，若女子的凌波微步。荷叶如萍，密密地贴近水面，湖水像是盖上了一层碧毯，贴着这绿毯向远处望去，不远处隐隐可见烟波浩渺的成子湖，波浪起伏，水汽蒸腾。

荷塘的边上，拴着一叶小舟，男士们壮着胆子，摇摇晃晃地把女孩搀上小船，举篙入水，贴船用力，小船悠悠离岸。人在画中游，荷叶盖人头。此情此景，我很想吼两声：妹妹你坐船头，哥哥在岸上走……

荷塘岸边，有豆角挂满枝头，有辣椒坠弯秧架，有刚露出地面黄嫩嫩的豆苗。让我想起家乡，满满的乡愁溢满心中。想起童年，怀念炎热的午后，在家门前，蹑手蹑脚，去捏一只停立在篱笆上的蜻蜓。夏日的田野，日新风朗，迎面吹来的风让人神清气爽。夏日的阳光，灼灼地照在身上，辣辣的，痒痒的，似有千万根小银针轻扎在皮肤上，刺挠着，煞是好玩，也更是欢喜。

这里，安静闲适，没有污染，没有喧闹。远离浊世，清净悠然，田园的空气是清新的，田园的天空是蔚蓝的，田园的景色是独特的，田园清纯得让人流连忘返。

说来也真的难怪，东晋名士陶渊明放着好好的官不做，要隐居村野，躬耕田园，过着与世无争、悠闲自在的田园生活。

看着这无边的荷田，我想起中国最早的诗歌集《诗经》，其中就有关于荷花的描述："山有扶苏，隰与荷花""彼泽之陂，有蒲与荷"……这里的荷花，比喻美好，也是象征美女俊男。当然，读了全诗总会有求而不得和思念落泪的伤感。

此时，道不尽的诗情，说不完的欢喜。古人有诗词云："接天莲叶无穷碧，映日荷花别样红。""有三秋桂子，十里荷花。""采莲南塘秋，莲花过人头。""田田初出水，菡萏念娇蕊。""画船撑入花深处，香泛金卮。""微雨过，小荷翻。榴花开欲然。玉盆纤手弄清泉，琼珠碎却圆。""乘彩舫，过莲塘，棹歌惊起睡鸳鸯。游女带香偎伴笑，争窈窕，竞折团荷遮晚照。"……那荷，那人，那景，那情，都在欲说还休、无以言说中。

荷塘边，穿陌而过的安东河，清凌凌的河水静静地流淌，庇荫着两岸的农田，齐整整的堤坝上长满了绿意婆娑的杨树。近些年，界集镇坚持生态优先，打造宜居环境；坚持乡韵乡风，加快美丽乡村建设；坚持聚焦民生，不断增进群众福祉，成果初现。绿水青山，美丽乡村，成为政府为民谋幸福的目标，成为百姓的殷切期盼。

"绿水青山就是金山银山"，站在唐马这片土地上，只见绿水，未见青山。山头村没有山？大家有点疑惑。其实这儿是有山的。山头村，原叫山子头，即山的尽头。在村庄的农田里，有一道南北走向、二里多长的山岭，它是马陵山的延脉，西接平原，东临成子湖。山脉到此即尽，沉入浩渺的湖水中。史家记载，唐马的先民，既无多少唐姓，也无多少马姓，而是孙姓居多，其远祖为东吴孙权第六子孙休，元末明初时，由湖北监利县迁此居住，生息繁衍了六百余年，唐马人一代代、一辈辈，就在这金山银山上辛勤劳作着、富裕着、幸福着。

唐马，昔日的芦苇滩。今天，已成为风水宝地。唐马，不再只属于山头村。村支书孙其响与种养大户韩成江牵头，采用"支部＋合作社＋农户"的经营方式，辐射到周边的黄泥、杜墩、颜圩、曹圩四个村庄，吸纳了五十七家农户，带动了十七家低收入农户，展开了一场多主体共赢的声势浩大的种植革命。家家富才是真正富，共同富才是社会主义道路。四千亩藕虾基地、七千亩稻虾基地，两页蓝图一同绘。唐马已插上双翅，即将成为飞翔蓝天的骏马。

唐马的田园，会更美！

湖　柳

　　深秋的阳光，透过明亮的玻璃窗，伸出暖暖的舌尖，舔弄着我的无聊。一阵电话铃声唤醒我迟缓的记忆，想起今天要做一件事。浑身一个激灵，抖落一身疲倦，甩掉满身慵懒，走出蜗居的鸽子笼，去赴一场约会。

　　今天的阳光真好，秋风送来一缕缕金灿灿的温暖，和我们一道开心前行。车行近四十里路，前面"曹圩村"三个大字召唤车子停了下来。这是个乡村的小集镇，路两边建着整齐的两层小楼，一层门面，二层住人，和常见的乡集没什么两样，街道上稀稀拉拉行走着三三两两的人，不见多少赶街购物的农民。也许正是农村忙着收种的季节吧。

　　在老谢的指挥下，车子左拐，再右拐，便到达今天的目的地。

　　这是乡集北面第二排房，房子依旧是二层联排的小楼，家家门前都种着一畦畦蔬菜，水嫩嫩的小青菜，绿中透着芽黄。门前还晒着红辣椒、花生、黄豆等。

　　靠西的第二户，就是再三邀约我们来做客的曹永华家。进得室内，桌凳摆放好，茶水准备好，喜笑颜开地迎接我们这批并不熟络的客人，温柔体贴得像个大姐，我们暂且叫她曹大姐吧。

　　午饭的时间尚早，有人提议，这儿离成子湖很近，可以去湖边走走。

　　驾车沿着窄窄的水泥路，蜿蜒曲折，一路向东，路面上不时有一段段被碾碎了的玉米瓤，车轮轧上去软软的如铺了地胶一般。过了颜圩村便闻到湿润润的水汽味，前方一片低矮的红砖红瓦房散落在路北旁，犹如二十世纪八十年代时我的老家，房子大都是一样的高矮，一样的宽窄，一样的样式，没有穷富的悬殊，没有高门大院。我如回到离别三十年的故乡，亲切地想去拥抱这湖边的小村，量一量门前的小树，亲一亲脚下的土地，喊一声：故乡，我回来了！

　　路的尽头，便是成子湖。走近湖岸，一眼望去，成子湖烟波浩渺，望不到尽头。阵阵秋风吹来一排又一排波浪，把固定在湖边的小木船、小铁船推搡得不停地飘摇、旋转。小船若不是被牢牢地拴在岸边的树桩上，那可真能"野渡无人舟自横"。湖边有三两只家养的白鹅在觅食、戏水，看到我们到来，伸长脖子，"鹅、鹅、鹅"地叫几声，表示欢迎和亲近。远处有一大群灰褐色的水鸟浮在水面上栖息，可能它们还沉浸在美好的梦中吧，我们不会去打搅它们的。

　　沿着湖边行走，脚下是被浪涌过来已经腐烂、晾干、板结的水草，走上去松松软软的，如海边的沙滩，柔化在心里。风浪一下又一下地打过来。我说：这水边怎么会有这么大的风、这么大的浪啊？益波接口说：老人们常说，水边无风也有三尺浪呢。是啊，在湖边，这风，这浪，刮在脸上，打在身上，怎会如此惬意，如此舒心？

　　湖边一棵大柳树引得我们驻足，它不挺拔俊秀，也不算高大，它的根如一盘石磨罩在水面上，许许多多的根系四通八达，虬曲苍劲，直入水底，扎入泥土，钻入沙砾，撑起亭亭华盖，屹立在湖边，守望着湖上的渔船、岸边的农田，守望着湖边人家。

这棵湖柳，不像陆地上的柳树，一根枝干长出离地三四米高，才分枝长叶。它是丛生的，才刚刚长出水面后就分枝长叶，蓬勃向上，不住向四周延展长高，枝枝树干组成一棵既高且宽的大树，站立在湖边，无惧无畏地迎接着风浪的侵袭，拥抱一个个黎明的到来。在它不远的地方，还有几根被砍去树干的树根，根系依旧牢牢地抓住水底的泥土，顽强地迎接着风浪的摔打，一点都不摇晃。据说，湖边曾有一排挡浪的柳树，在多年变换的生存状态下，或适应不了环境死去，或被附近村民砍伐。

湖柳旁，湖岸并不宽阔，只有几步宽，再向外就是庄稼地，种植着黄豆、山芋等农作物。在几十米外有一个界桩，红蓝色的黑体字标明"洪泽湖管理范围线 HZH—S857"。其实，成子湖与洪泽湖是一个整体，是洪泽湖的一部分，在这里人们习惯地称之为成子湖。此时，线内、线外都已是收获后的闲茬地，明显可见豆叶、豆根散落在沙礓、蚌壳和黑土相间的滩地上。我知道，这些勤劳、憨厚、朴实的农民们视土地如生命，哪能容得闲置啊！每年每季在湖滩边播下种子，不管界内、界外，也不管收与不收，求得心理的慰藉。他们对幸福的要求很低，只要有房住，有地种，有粮吃，有衣穿，就行。几千年来，一直牢记祖辈传下的信条"家中有粮，心中不慌"。

岸边，一对中年夫妇，正在收割田里尚未熟透的黑豆。女人快速地从地下抱起一堆堆豆秆，放到手扶拖拉机车厢，男人正在手摇启动拖拉机，准备回家。我们大声地和他们说话，问着今年的收成。他们的脸上洋溢着幸福的笑容，告诉我们，如今日子好过了。

一行几人，踩着松软的腐草，弯弯曲曲沿湖滩彳亍前行。几十米外，岸边有一块块围起的水塘，圈养着螃蟹、鲫鱼，堤坝上有无人的小屋，小屋是看管鱼塘人居住的，敞着门，里面锅碗瓢盆样样俱全，门前晾晒着花生、红辣椒、小干鱼。沟坡上种植的青菜、萝卜、大葱、大蒜、水芹正旺盛地生长着，清凌凌、嫩汪汪，很是招人眼馋。小屋旁熟透的柿子挂满了枝头，如节庆时城里挂满街头的红灯笼。大家都说，住在这里，吹着湖风，晒着太阳，捧着一本厚书，静心地读着，思考着，真是惬意。也可以两眼望着天空发呆，什么都不想，什么都不做。还可以邀三五好友，围桌而坐，湖水煮湖鱼，再从小菜园里薅一些纯天然的青菜、萝卜，几个小菜，一壶酒，天南海北，国际国内，谈天说地，侃着大山，放浪形骸，真乃神仙过的日子啊！

　　滩涂的岸边还丛生着许许多多野草、杂草，边走边听胡继云主席如数家珍地一一向我们介绍。胡主席不仅小说写得好，对草本也有研究，这黑七叶菜可以止血，这野地黄可以养肾，这蒲公英可以泡水喝，这鸭舌草可以清热解毒，这猪耳菜……还有我几十年未见的红蒿草，这草在二十世纪七十年代前可是农村人的宝贝呢。那时家家的住房都是泥墙草苫，而用于苫顶的草就是今天看到的红蒿草。这种草长起来有半人高，秸秆粗且柔软，不存水分，不易腐烂，盖在房顶不仅平顺厚实，而且美观。俗话说：屋不漏，墙不倒。所以，那时稍有条件的人家都用这种草苫屋，几十年不腐烂，房子也就不漏。

　　离这棵湖柳更远处，湖湾里一根根林立的扒杆在向我们招手呢。听说，那是原在湖上非法采沙的船只，被政府扣留后，集中抛锚在这里，等待处理。

　　走着，走着，就快到午饭的时间了，我们只能放弃继续前行，向那棵美丽的湖柳告别，向呼呼的秋风告别，向刷刷的浪花告别，向田野告别，向渔村告别……

　　回到曹大姐家已近十二点钟。房子是两层的楼房，一楼有两间，房子虽然不像城里人家那样装修，倒也应有尽有，有客厅，有厨房，有餐厅，也有卫生间，还有卧室。收拾得还算干净整齐。我们刚在厨房左侧的餐厅坐下，菜就大碟大碗地端上来。有红烧草公鸡，有红烧鲫鱼，有红烧牛肉，有青菜煮排骨，有炒藕片，有炒倭瓜，有韭菜炒鸡蛋，有豆芽炒粉丝，有凉拌黄瓜，有醋泡花生米，有银鱼汤。这些菜有盐有味，酸辣适中，且大都是自家种养的，纯天然，绿色食品。还有小鱼锅贴，那小鱼只有三五厘米长，刚从河里捞上来，无须刀切，洗净后放到锅里便烧，鲜嫩可口，无骨无刺，烧鱼的草锅上围上一圈小麦面的死面饼，香软硬脆皆有，真是美得无可比拟……

酒是家乡双沟酒厂生产的苏酒，大家推杯换盏，笑语连连，欢笑声洇红了每个人的脸颊，欢笑声也在悄悄地顺着酒精的弥散，走出房间，拐进街巷，被秋风带向乡野，去赴一场美丽的温存。

大家谈生活，谈诗歌，谈读书。曹大姐，五十来岁，圆脸，大眼睛，笑起来甜甜的如少女。一袭红色羊毛开衫，黑色秋衫外挂一串乳白色珍珠项链，一条黑色珠串随意地把头发高高地扎在脑后，红光满面，开心地讲着自己的生活，自己的悲喜，自己的向往。她说：每遇到不开心的事，找一本书静静地读几页，就忘掉了一切，所有事情都可以过去。她曾在外地打工多年，踩踏过电动机，做过鞋面，做过衣服，包过饺子，当过店长，也在中药店卖过药。三十一岁时就离了婚，在女人最美好的年华，遭遇秋霜，艰难孤独地行走在漫漫长路上。她把人生的苦难咀嚼成诗，化成美丽的花朵，把对人生的思考凝结成词，与大家分享着快乐和成功，她想结交更多文友、诗友，提高自己，写好诗词，用文学滋润美好的生活，装点人生。

在曹大姐的热心热情中，大家一杯一杯地喝着酒，这时又有韭菜馅儿饺子、白菜馅儿饺子、猪肉馅儿馄饨端上来。按农村的风俗说：饺子就酒，越吃越有。今天，农村的日子也确实如此。

我静静地看着听着，想起湖边那棵柳树，只要把根扎牢在大地中，抱团丛生，哪怕是泥浆，是砂石，也无论多大的狂风，多猛的暴雨，都吹不倒，打不垮。

曹大姐不就是这样一棵湖柳吗？

寻访老榆树

在冬日的冷风里，走进原野里的乡村。

一顷碧波的天岗湖北侧，湖坡的黄土地上，繁衍着一个不大不小的西马庄，庄子里荒凉的土地上，生长着一棵老榆树。

这棵树，并不神奇，但在四乡八邻却很有名。名声如石子抛进水中，波圈越漾越大，传到了乡里、县里和市里。据说，慕名而来者络绎不绝，把破旧的村庄闹腾得颇不安宁，把树旁的黄土地踩得白生生、亮闪闪的，如生产队时压实了的打麦场。

我们一行近二十人，便是被水波漾着的，属于慕名而来者中的一批。这批人，来自汴河与沭河两岸的作家、诗人、词人、编辑、写作者、文学爱好者、摄影爱好者们，还有爱赶热闹者、生活好奇者们。这也是一群愿意把日子过得红红火火、热热闹闹、有滋有味、有波有纹，如一部新时期生活剧的人。

路如夏天大雨过后的蚯蚓，逶逶迤迤地通到庄头，再无平坦小道可走时，车停树隙间。下车四顾，眼前可见大大小小、高高矮矮的杂树，遮挡着远望的视线。树在风中哗哗讲着我们听不懂的故事，如我幼年时在元宵灯会上，购得泥做的小吹哨，呜啦呜啦吹着只有自己才能听懂的曲调。房舍外，旷野里的各种树发出高低长短的音符，似乡村里遇红白喜事时，请来民间小乐队演奏的交响乐，把这片乡野弄得热热闹闹的，也把我们这群赶热闹的人逗得喜笑颜开。这是一曲久违的乡音。

浓荫下两间低矮茅舍坐北朝南，给了我们一个侧影，矮矮小小的，不似江南女子那般纤弱娇媚，更像蹲在农田里劳作的老妪，不修边幅，胡乱地搭配着衣衫。这该是四五十年前的房舍，顶苫麦草，檐口下两排红瓦直伸到人的肩颈下。泥土墙上披压着湖边野生的洪草做的帘，屋山墙上裸露着几层土坯，歪歪斜斜地羞涩着，墙的底角那砌了六七层的红砖，已经被泥水浸染得褐中透黑，似大地向上伸出的一只脚。沿着它的后墙向东搭肩的，是高出许多、宽出几尺、红砖青瓦大点的房子，这是另一户人家。几只散养的红公鸡、黄母鸡，在墙后杂乱的麦草中，懒散地扒弄着、叼琢着，对我们的到来不惊不喜，既不欢迎也不表示反对，只顾寻它们的食物。贴着西墙向南建有一座更矮小的红砖红瓦小屋，屋上有袅袅炊烟，可见这是灶房。近前看去，见一老大娘正在门前扫着地上的落叶。这是一座很小的院落，住着年迈的老人。

年轻的女孩未见过农村这样的房舍，很是稀罕，喜滋滋地扶着小树站在屋墙下照相。几位年龄大的老者也站在墙边拍照，他们该是怀念那远逝的青春岁月吧。这时，似有一缕思绪不停敲击着我的心脏，我的灵魂早已穿越到儿时，想起童年，想起家乡的老屋，想起旧时的事与物。那时，老家的草房子亦如此低矮窄小，可冬暖夏凉。室内的物件很少，三间小屋空空荡荡的，除了几张小床，别无他物，门前的小院里生长着茂密的苦楝树和枣树，亦亭亭华盖。我们在院内，在树下乘凉玩耍，尽管穿着破旧，吃不饱肚皮，也无忧无虑，天真快乐，享受着美好的童年。

在小院的门前三十米外，生长着一棵大榆树。这就是我们车马劳顿，跑了二三百里或一百多里路，要看的景观。这棵树的根，盘根错节地伸向四方，扎进泥土。主干离地面只有一米六七的高度，树干光秃秃、滑溜溜，需两三人才能搂抱过来。可想，有多少双男人的、女人的手，粗糙的、细嫩的手，文明的、粗野的手抚摸过，搂抱过。树的主干向上分权生长着五根枝干，伸向高远，如粗壮的五指直指天穹。树冠形成一柄庞大的雨伞，遮蔽起一片宽阔的场地，也遮盖着脚下那起伏的荒凉。

据说，这是一棵生长了三百年的老榆树，它的前辈曾救过汉高帝刘邦。当年，刘邦尚未得天下，打败仗逃跑时，路过树下。累了，坐在地上，背靠着树干歇息。饿了，采摘树上的叶子充饥。刘邦得天下后，感念这棵树的扶靠之情、充饥之恩，赐名"老榆树"。眼前，我们所看的这棵树，已是那棵有扶帝之恩老榆树的第六代孙了。老榆树的第七代、第八代孙也已绕膝左右，茁壮成长。

看着这棵树，也许每个人心里都有一个关于成长的故事。这些读书人，会想着它的坚韧、绵长和沧桑，想着它看过多少人间世事，经历过轰轰烈烈，见识过朝代更替，也见过世态炎凉。这些写字人，把那双执笔撰文的手，敲打键盘的手，描龙画凤的手，干净素雅的手，搭在它的腰上，与它亲近，抚摸它成长的印记，抚慰它沧桑的年轮。

我们手扶着老榆树拍照，贴近它、背靠它、仰望它、思考它。老榆树的华盖如一张网，罩在天空，也把人和心都罩住，我们如网中的鱼儿，嬉戏、蹦跳、欢笑。从网外漏下点点薄凉的风，飘过衣袂，飘过我们谦谦的心。

还听说，中华人民共和国成立之初，国家遭遇三年困难时期，人们吃光了田地里的粮食，吃光了家养的畜禽，也吃光了沟沟坎坎上的野菜，再也没东西可吃时，人们想到了它，是老榆树一茬一茬满树青绿的叶子养活了一庄子的人。人们感恩它，如感恩一位历经风雨慈祥的老人，几十年来，无论谁想砍伐它，村民都不允许，方使其存活至今，成为历史和生活的见证者。如今，农村的村庄已所剩无几，不知哪一天，西马庄也会被拆除。那时，一棵孤零零的老榆树还能存在否？

我想象中，有这棵树在，西马庄该是地方政府倾力打造的景点。有宽阔的柏油路，有平整的场院，有精致的围栏，有精美的标示牌。树上挂着层层叠叠的红布条，在风中飘摇，那是祈福的人们许下的愿望。这愿望，有家长希望孩子考上大学的；有夫妻希望早点生儿生女的；有病者希望除病祛灾的；有种地人希望风调雨顺粮食丰收的。树下还应该有焚香留下的迷蒙烟雾，袅袅散去。没有，真的没有。它如纯朴的庄稼汉子，素面朝天，在风霜雨雪中伫立，在灿烂阳光下微笑；它如一位天真的老人，带领着幼小的儿孙在荒野里玩耍。

面对这些，我们没有遗憾。这些人，不是高官，不是富商，都是平凡人，每天过着不够浓墨重彩，可也素静清凉的日子，对功名利禄视若粪土，只有一颗素淡的心，去直面它的历久弥新。只有一双素净的手，去搀扶它年老且伟岸的身躯。如依偎在祖父的怀里，听听过去的故事，如牵着祖父的手去看看田里庄稼的长势，去听听老街上鼓书艺人演说《隋唐演义》和乡村逸事。

当然，还要陪着它去看看湖边沼泽地旁那口老井，那可是与它的祖辈同庚且同日救主的老伙伴。当年刘邦在老榆树下稍做休息，便打马穿过古松林，沿着湖边一路向南逃去，后面楚兵紧追不放，忽见路旁一口枯井，情急之下，刘邦翻身下马，跳入深井。那马也深知人性，跑向远处，滚入泥水、草泽之中，只露出两只眼睛，远远看着主人的安危。追兵到此，见一老井，井口结满蜘蛛网，心想刘邦一定还在前面，便直向前追去。刘邦躲过此劫，建立了大汉王朝，成为一代帝王，他感念老井救命之恩，赐

名"天井"。

时令已是初冬，老榆树的叶子大多落去，剩下的枯黄的叶子挂在树梢，当阳光透过时，还有一簇簇、一片片泛着灿灿的黄，依然那么璀璨、洒脱，看惯世事，没有任何落寂和遗憾。

我们围着老榆树转着圈，心里只是空空的，不知在找寻着什么，心如旷野里衰落的枯草。也许我们在找寻楚汉硝烟，找寻魏晋风骨，找寻唐诗宋词里的声音和情意……

纤纤擢素手，切切扶古榆。面对老榆树那沧桑、高大、威武的身躯，手扶着它微凉的肌肤，我们再与它合一次影，把一群红男绿女们纤纤的手、切切的心与历史相勾连。

桃花香，情意浓

一

又是一年春草绿，三月桃花始盛开。2018年第四届泗洪·陈圩桃花节即将开幕，届时，当你在最好时候，走进最美的地方，会看到"陈圩桃花压满枝，枝枝娇艳赛西施"的景象，还有那"鹅鸭水中游，岸上桃花红，水面泛金波，画面行小舟"的诗情画面。

陈圩乡（2020年7月撤销，并入半城镇）是个水乡，地处洪泽湖西岸，属沿湖乡镇，水域面积广大，人们思维活跃，经济意识超前，这里的人很早就进行螃蟹、鱼虾水产品养殖，是全市首批"走水路，奔小康"示范乡。祖姚村是陈圩乡的一个村庄，也是每一届泗洪·陈圩桃花节的主场地。

二

二十世纪九十年代末期到二十一世纪开启后，那段时间，我曾在陈圩乡中心小学任校长七八年。对陈圩感情深厚，对祖姚印象深刻。这不光源于祖姚村有个热情好客、工作能力强的姚书记和王校长，也不光源于祖姚村是彭雪枫、张爱萍、张震、刘瑞龙等老一辈无产阶级革命家曾经战斗过的一块红色故土。更重要的是，我亲眼见证祖姚村日新月异的变化，见证祖姚村村民们的笑脸，一天天、一月月、一年年越来越舒展，如春风婆娑，一树桃花恣意怒放；村民们的心情也如春雨浸润，暖意融融。我的思绪一直穿行在二月春风拂面、三月桃花飘香的土地上，心中充盈着满满的幸福感。

十几年前，祖姚村是个不算贫穷，也不算富裕的村，村子坐落在青临路与青城路交界的东南隅。全村二百三十六户人家，二千一百多口人，家家靠着几亩旱田，年复一年种着玉米、大豆、小麦，生活马马虎虎，缩手缩脚。远远看去，村庄大都为红砖红瓦房，十几排的房子，高高矮矮，前前后后，也算错落有致、树木浓荫吧。踏着泥泞的小路，弯弯曲曲地走进村庄，也有少数高门大户、院落宽敞的，更多是门庭矮小、院小壁窄的。房前院后，有厕所，有猪圈、羊圈，有牛屋，有草垛，有垃圾杂物，有叉把、扫帚、扬场锨，有耕地的铧犁，也有临时停放的手扶拖拉机。天晴时，门前小小的场地上，晾晒着从一块块农田里收获来的花生、豇豆和绿豆。

那时，我不会骑摩托车，也没有私家小轿车，去村里、去学校联系工作，多是骑自行车，沿着穿街而过的青临公路，贴着浓浓的杨柳树荫、水杉树荫，车轱辘轧着高低不平的公路。向北行七里路，在陈圩与半城道路连接处，一个九十度右拐弯，直向东去，一里多路的光景，便到了祖姚村村头。若是坐通往县城的公交车，在通往半城街的丁字路口下车后，向东步行，也就十几分钟吧。

向晚时分，西天的夕阳，透过淡淡的云层，照射过来，映红了房顶上的树梢，红的房子，红的树木，红的草垛，红的农具，还有霞光中晚归的大人、孩子、牛羊们，整个村子一片鲜红。而后，渐渐变紫，变褐，变黑。此时，农家堂屋里亮起了一百瓦电灯泡，一片白亮亮的舒心。我们坐下来，开始品尝门前菜园里采摘来的瓜果、蔬菜，河沟、池塘里捞上来的小鱼。双沟大曲酒一杯一杯地碰着，听姚书记爽朗的笑声，这笑声随着酒分子的游走，撞击着门前那厚厚的石槽，如敲响又一个黎明出工的钟声；听王校长滔滔的思辨，把村里的人情世故，学校的大事小事、发展前景描摹得似景如画；看祖姚村村主任大碗喝酒的海量，彰显着水乡人的英雄豪迈，把生活过得山高水长，让你不得不在他面前矮下去半截，小心翼翼地抿着酒，藏下没喝完的小酒杯。此时，不可忘了今天来的任务，把要紧的工作捋一捋，该敲定的敲定，该推迟的推迟，该推翻的推翻。争争执执，吵吵嚷嚷，笑意盈盈，红晕晕的酒花泛在脸上，美滋滋的满足荡在心头，每个人都笑成了一朵男人花。

三

2005年，炎炎的夏日，出身于农家、从小在农村小河边长大，对农村孩子格外亲切的上海九洲画院院长、著名艺术大师刘海粟关门弟子、"当代的潘玉良"、著名女画家——康金梅女士，抱着柔弱的病体，专程来到祖姚村，向当年中国人民抗日军政大学第四分校旧址的祖姚小学捐资十六万元，用于改善学校的办学条件，为孩子们打造一个优雅的读书环境，也把她的敬意献给这片红色故土，让中国人民抗日军政大学的优良校风得以延续。捐资仪式现场，八十余名孩子开心的笑脸，如一朵朵花儿，他们用经久不息、雷鸣般的掌声，表达了对女画家的感激之情。彼时，我亲眼见证了这一幸福时刻。从此，祖姚小学改名为"祖姚金梅小学"，"康金梅"三个字如傲霜红梅，绽放在莘莘学子的笑语间，绽放在师生的心灵间，香满校园。

那是一个多雨的夏季。为了使用好这笔宝贵的资金，在康金梅女士决定捐款时，县乡便商讨规划，配套部分资金，最大化地利用好资金，建设美化好祖姚小学，让康女士的爱心化为暖流，润泽每个孩子的心田。

学校地处村庄的东南角，东面、南面都是平畴沃野，田野里一片绿莹莹的庄稼，馨香四溢，还有西面、北面村庄里那菊花、海棠、凤仙花香飘进了校园。学校无遮无挡，校园里处处都浸润着弥散着新鲜的空气，也最早受到阳光的沐浴，东风的抚慰。一个多月时间，学校门前铺设了三米宽、二百多米长的水泥路，通达公路。学校新建大门，新建标准化教室，铺设运动场，铺设校园内道路，栽植花草，安装篮球架等体育器材。工人们冒着绵绵细雨，干得热火朝天，如期完工。开学时，一所崭新的学校，迎接着欢欢喜喜、蹦蹦跳跳的孩子们。孩子们坐在宽敞明亮的教室里读书、写字、唱歌，如一朵朵盛开的花蕾，鲜艳着，明媚着，灿烂着。

四

2012年开始，祖姚村进行整村拆迁。所有房子全部拆除，就地建设康居示范村，建成一幢幢、一排排整齐的两三层高的徽派风格单体小楼。阳光下粉墙黛瓦马头墙，亮丽可心，如走进皖南鱼米之乡。小区干净整洁，门前屋后栽植着高大的香樟、榉树、红叶李，垂柳、栾树、广玉兰，香椿、榆树、大叶榕。一棵棵风景树在微风中招招摇摇，摇头摆尾，如欢似狂，飘飘逸逸，把住在里面的人招惹得心花怒放。地面上三叶草、马尼拉草，把那黄土地覆盖得严严实实，一片郁郁葱葱，绿意葱茏，在这里吸一口空气，如饮一杯口齿留香的绿茶，嚼一口青嫩嫩的麦苗。

　　新居的正门外，一块高三米、宽八米的照壁墙，飞檐翘角，琉璃瓦黄亮亮、金闪闪，白色墙面上书写着一个大大的"福"字，泛着红光，透着喜庆，洋溢着美满！

　　小区南面，村部旁有一个能容纳二百余人的广场，夜幕降临时，灯光亮起来，吃过晚饭的大姑娘、小媳妇们，一通梳妆打扮，涂脂抹粉，穿红戴绿，喷上淡淡的香水，早早来到广场，加入跳舞的队伍；大爷、大妈们收拾完家务，安顿好猫、狗，掸去身上的灰尘，也慢腾腾地走进跳舞的行列。音乐伴着闪烁的灯光，起舞弄清影。月亮渐渐升起来，朦胧夜色中，一个个方阵在流动，一群群人做着相同的动作，犹如在田间劳作。时而肩挑麦草，沿着那田间窄窄的小径，列队前行，大妈们此时一定是记起了当年战天斗地铁姑娘的风采；时而举起锄头，看准豆秧下的杂草，用力除去，犹如在家中承包的田地里，精心侍弄着长势喜人的玉米、高粱和豆苗；时而端起箩筐，捡起稻谷中杂物，轻轻抛出；时而也如晌午时刻，淘米下锅，燃起柴火，袅袅炊烟升起，香香甜甜的生活盘绕在脑海中。

　　这些简单纯朴的动作，让他们回味着田园生活，重温着劳动场景。如一排排高飞在蓝天上的大雁，变换着队形行云流水般地翱翔。如围坐在门前那棵老柳树下，伴着皎洁的月光，做着针线活儿，聊着家长里短，把汗水和幸福都写在脸上，汗水伴着体香、伴着桃花的香气飘飞，把白日里的惬意中透着的慵懒，慵懒中夹杂的缱绻统统驱散，让自己成为路边的婆婆纳，开放在夜风里，开放在朦胧的月色下。

五

　　土地流转，大户承包，农业合作社，开启一个新时代。

规模种植解放了劳动力，激发了生产力，村东那片四千亩桃园应时而生。忽如一夜春风来，千树万树桃花开。桃花源前，三块巍然的圆石上，"祖姚村"三个鲜红大字，离老远就看得真真切切。

桃树挂果的那一年，王强校长送我一小箱水蜜桃。那桃子，个大，水嫩，红里透着青白。一口咬下去，红嫩嫩的肉，水蜜蜜的甜，汁水顺着口角直往下流。这是我朝思暮想，多年没吃到的水蜜桃啊！这水蜜桃，不是天宫里王母娘娘蟠桃会上的蟠桃，却胜似蟠桃！

去年7月，一位朋友送来一箱祖姚黄桃。虽说个头不大，可歪着笑盈盈的小嘴，黄亮亮的小脸透露着一副可爱，吃在嘴里脆生生，甜丝丝，爽歪歪，可真是夏日里的消暑果哦！哪能不从心里喜欢着呢？

祖姚村的桃花源旁，不远处有半城街的雪枫墓园，有张墩村的季子挂剑台遗址，还有被誉为"淮北小延安"新四军四师师部驻地大王庄，再远一点还有两千亩原始水杉林，实实在在的"森林氧吧"，值得去走一走，看一看。

在祖姚村，你还可以到桃花岛上去寻找心中的女神——黄蓉。那时，你的成熟稳重，你的英俊潇洒，你的知性儒雅，你的清雅脱俗，可别让古怪精灵、冰雪聪明、玲珑剔透的黄蓉看穿看透，把她彻底征服，把你留下做桃花岛的岛主，成为她的郭靖哦！

花香四溢的祖姚村，在春风里招摇，将引来一群群蜜蜂，采花酿蜜；引来一批批领导，关注推介；引来一群群客商，大咖云集；引来一个个热爱生活的游客，踏春寻梦。他们信步走进陈圩，走进祖姚村，走进桃花源，看花、品桃、赏景、言商。

红石山下牛夹沟

春天的气息，犹如燕子飞过柳树的枝头，一叶一叶生长出来。向往自由者，在春风和煦中破茧而出，飞向广袤的大地，在山岗绿野中停落。

网上视频里，几个妖娆的美女晒出了野性的舞姿，把生命的活力和律动的春心——抖出。视频背景：荒郊野外，风吹草低，土红草绿，巨石丛中，一条迷人的牛夹沟。

这引起我浓浓的兴趣。窗外，那如烟的柳枝由鹅黄变成翠绿。草叶，若山间的嫩茶。窗前的小鸟，叽叽喳喳叫个不休，呼唤着我："出来玩吧，出来玩吧。"

那一日，当太阳升起，暖阳四射，驱散了暮春的寒凉，把我的阳台、我的身心都照晒得暖融融的。时不我待，电话邀蕙，驱车前往，寻找那迷人的牛夹沟。

询问得知，牛夹沟地处重岗大考山北侧，陈集村附近。车子在大考山旁迷了路，导航也罢工了，在大考山附近一遍一遍地转圈圈。可巧，在往回走的路旁，遇一大嫂卖饮料、祭祀品等，便下车询问。她告诉我们："在往大考山去的路北边有一条小路，向北走，再向西走，顺着路走就能看到了。"我们沿着大嫂所说的路线，真的在路北侧找到了那条坑坑洼洼、长满杂草的小路。

车子向北只走几十米，便直线掉转车头，一路向西。显然，这条小路走过了不少车子，雨天过后，窄窄的路面被碾轧成两道深深的沟，中间凸起。路基上是红泥土，并伴有碎石。我的轿车底盘低，只得让两只车轮尽量在高处走，左冲右突，摇摇摆摆，就这样车子底部还是被剐蹭了几次，十分心疼。路的两边是人工小水沟，岸上长满丛生的杂树和白茅草，条条叶叶、枝枝蔓蔓伸到路间，不时偷偷地抚摸车身，亲吻车脸，留下浅浅的吻痕。

这样，小心翼翼地前行。终于，看到有几辆白色的车子停靠在旷野里的路边。我们猜想，就该是这里了。在田野中找一处丁字路口，把车停稳。下车，向着远处，探寻。放眼四望，地形呈南高北低之势，一片红彤彤。田野里，生长着稀疏的麦苗。脚下，青草丛生下的红沙土，细粒粒，沙生生。我们顺着地势，向西北方向找寻。

此刻，脑中倏忽间想起刘胡兰式的女英雄——喻尊霞。抗日战争时期，就在这片土地上，她被恶霸地主出卖被捕，面对敌人的威逼利诱和严刑拷打，坚贞不屈，年仅二十岁的生命，一位鲜花般的少女，牺牲在日寇的屠刀下。同时牺牲的还有其他四位同志。重岗山是一片英雄的土地，自古至今，有多少仁人志士、民族英雄为了民族大义，为了保家卫国，把鲜血洒在这片土地上，是英雄的鲜血洇染了重岗山的泥土，让它变得如霞般灿烂。

在坡岸下，南北隆起的阡陌田畴间，红沙土被雨水冲刷成东西走向、蜿蜒奇曲的沟壑，崖岸犬牙交错，如两山中的深涧，也如黄土高坡下常年被雨水冲刷的泄水道。我们找到了几块小小的红石和水沟，沟内有水，岸上有草，但不是视频里看到的那样美好。问田间劳作的大哥，说还在西面更远一些的地方，那里停着车，有人走动，还有人在烧烤。我们摘下口罩，放肆地在软软的红沙地上开心地奔走、跳跃、呼喊，掬起一捧捧细细的红沙土，顺风扬起，让它飘向远方，落入稀疏的青草间。把近两个月的沉闷心情挥洒，把自己融进大自然原野天籁。

寻车寻人走去，二十分钟吧，很远的地方，终于找到。走近，旁边停着一辆越野车和一辆轿车。他们比我们先到，已经去了更远的小河边。

这是一片什么样的土地哦！表面是浅浅的红沙土，土层下是一个完整的红石块，无边无尽。我想，沧海桑田，万年亿年，日晒雨淋，风化浸润，才能有这浅浅的、养活人类的红土层啊！那石头呢，依旧在地下沉睡着，等待着上苍的唤醒。

从地质看，这里是丹霞地貌，地表由红色砂岩构成。最基本的特点是，在地质变化过程中，被水切割侵蚀，形成了红色山块群，顶平、身陡、麓缓。在重力作用下，形成洞穴景观，观赏性强。我想，也许亿万年前，这里峰林耸立，山势陡峭，红岩丹壁，色渥如丹，灿若明霞。如我曾去过的云台山的红霞谷、马陵山的大龙沟。

南高北低的坡地，远处是红沙地，近处一块硕大红石，表面没有一粒土壤，安静地躺着，高高凸起像一个柔软可人的馒头，馒头下两块黄亮亮、红润润的平滑阔大的石头，长长地分在两侧，上口微微向外竖立着。石头经风吹雨淋，细细糯糯，光滑水润，饱满生动。两石间有一道深涧，溢出了一汪莹莹清泉，水从地下似有若无地渗出，一块小小的被水冲刷浸泡得圆润润的石头，卧在中间想改变它的流向，水终是流向北面的沟壑，形成一道涧沟。石块两边的沙地上，有一层薄薄的暗红色的土，长满高高的丛生的芦苇和菖蒲，它们已经在冬日里枯黄。我想，夏天来时，一定会绿野茵茵、郁郁葱葱、葳蕤茂密，把这几块漂亮的玉石遮挡护卫，让其安然舒泰。

此时，我们在石头边的红沙地上坐下来，呼吸着田野里馨香的空气，享受着头顶上阳光的照晒，凝眸，痴痴地看着这美丽的牛夹沟，思绪飘飞，浮想联翩，忘记了疫情的困扰，忘记了忧郁，只把这美好装在心间。

顺着水沟向北，百米外的坡下，是一条东西走向的小河，河两岸植满阴阴的柳树，阳光下柳叶茂密，挡住树下半间屋的地面。一群男孩、女孩围着一条长桌在吃着自己做的烧烤，喝着饮料和啤酒，开心的笑声传过来，敲击着我的耳膜，我也跟着他们一同开心着、美好着……

午时已过，太阳移过了头顶，我们心满意足地回家。

沿着来时的路往回走。为避免重犯来时的错误，我驾车，蕙在前，指挥我开车、打方向。"向南，向南，再向南！直行。"车子跳着舞，轧着高处的泥块、碎石走，回避着中间的凸埂，回避着硬树枝和长茅草。"向北，向北，再向北！停！停！回方向。"我小心谨慎地听着口令，立即回正方向，再多一点就滑沟里去了，该死的树枝！车子用十迈（10千米／小时）的速度向前挪动着，心怦怦跳，脸上冒出了豆大的汗珠。还好，没有一次剐蹭，平安驶出。

停下车，回头看一眼远处，那春风里迷人的牛夹沟，有霞光氤氲，有雾霭弥漫，有绿荫丛丛，有炊烟袅袅……